ハヤカワ文庫 SF
〈SF1897〉

刺青の男
〔新装版〕

レイ・ブラッドベリ
小笠原豊樹訳

早川書房
7165

THE ILLUSTRATED MAN
by
Ray Bradbury

Translated by
Toyoki Ogasawara
Published 2013 in Japan by
HAYAKAWA PUBLISHING, INC.
This book is published in Japan by
arrangement with
RAY BRADBURY ENTERPRISES, INC.
c/o DON CONGDON ASSOCIATES, NEW YORK
through TUTTLE-MORI AGENCY, INC., TOKYO.

目次

この本を
父と母とスキップに
愛をこめて

刺青の男〔新装版〕

プロローグ　刺青の男

わたしが初めて刺青（いれずみ）の男と出逢ったのは、九月上旬のある日、あたたかい昼さがりのことである。ウィスコンシン州の二週間にわたる徒歩旅行も、そろそろ最終コースに入り、わたしはアスファルトの道路を歩いていた。日が西へ傾いたので、わたしは休憩し、豚肉と豆とドーナツをたべてから、本でも読もうと横になったとき、刺青の男が丘を登ってきて、空を背景にぬっと突っ立ったのである。

刺青のことが、そのときすぐ分かったわけではない。男は背が高く、かつては筋骨隆々たる体だったらしいが、今は、どういうものか肉がダブつき始めている。わたしには、それだけのことしか分からなかった。記憶をたどってみれば、男の腕は長く、手は大きく、けれども顔はまるで子供の顔みたいに、どっしりした胴体の上にちょこんと載っていたような気がする。

男は、わたしの存在をすぐ感じとったらしい。こちらをまともに見もせずに、こう話しかけた。

「どこかに仕事をくれるところはないかな」

「さあ、わたしは知らないけれど」と、わたしは言った。

「もう四十年ばかり、ながつづきする仕事にありつけないんだ」と、男は言った。

日暮れどきとはいえ、まだかなり暑いのに、男は喉元までぴっちりウールのシャツのボタンをかけている。シャツの長袖は、ふとい手頸のところで、これまたボタンをかけている。汗が顔をだらだら流れても、男は襟元をあけようとしなかった。

「じゃあ」と、男はややあって言った。「どこへ行ってもおんなしこった。ここで夜明かしをしようかな。かまわないかね？」

「どうぞ。食料はすこし余分にあります」と、わたしは言った。

男は何やらぶつぶつ呟きながら、どっかと腰をおろした。「おれと一緒に夜明かしすると、きっと後悔するよ」と、男は言った。「いつでも、だれでも、そうなんだ。だから、こうして歩いてるのさ。九月の初めといやあ労働休日（レイバー・デイ）で、見世物小屋は書き入れどきだろう。ドサまわりか何かで、いくらでも金が儲かるときだってのに、おれはこんな所で、あしたのメシにも事欠く始末だからなあ」

男は大きな靴をぬぎ、それをのぞきこむように、じっと見つめた。「仕事にありつくと、まあ、十日ぐらいはつづくんだ。それから、きっと何か起こってクビになる。もう、アメリカ中の見世物小屋が、おれのことは知ってるよ。どこへ行っても、絶対に使っちゃくれねえ」

「いったい、どうしてですか」と、わたしは訊ねた。

返事の代わりに、男はゆっくりと襟のボタンをはずした。それから、目をつぶって、上から順々にシャツのボタンをはずし始めた。そしてシャツのなかに指をすべりこませ、胸の皮膚にふれた。

「妙だよ」と、まだ目をつぶったまま、男は言った。「こうして指でさわれば、なんのこともないのに、ちゃんとあるんだからな。ある日、なんの気なしに見たら、きれいに消えてる——そんなことがないかなあと、いつも思うんだ。暑い日に、肌をジリジリ焼けば、汗や日光で消えちまいそうな気もするが、日が沈む頃になると、駄目だ。ちゃんと、あるんだから」男はあたまをわたしの方へ向けて、胸を見せた。「どうだい。まだあるだろう?」

永い間をおいて、わたしは小さな声で言った。「ええ、まだあります」

刺青である。

「襟までボタンをかけておくのは、もう一つわけがある」と、男は目をあけて言った。「子供さ。おれが道を歩くと、ぞろぞろついてきやがる。みんな、この絵を見たがる。かと思うと、みんな見たがらない」

男はシャツをぬぎ、小さくまるめた。頸のあたりに、青い環の刺青がある。そこから、ベルトのあたりまで、いちめん刺青だらけである。

「そう、これだけじゃない」と、わたしの疑問を察して、男は言った。「刺青は体じゅうにあるんだ。ほら」男は片手をひらいてみせた。てのひらには一輪のバラがあった。摘みとったばかりのバラ。やわらかいピンク色の花びらには、真珠のような水玉が数滴。わたしは思わず手を出して、そのバラにさわってみた。もちろん、それはただの刺青にすぎない。

ほかの部分については、一体なんと言ったらいいのだろうか。わたしは唖然として見守るばかりだった。男の肌には、ロケットあり、泉あり、人間あり、それらがすべて大そう詳細かつ色彩的に描かれているので、男の肌に宿る群集の、おしころしたような、かすかな囁き声までが、きこえてくるように思われる。男が体を動かすと、ちいさなくちびるはねじれ、ちいさな緑と金のひとみはウインクし、ちいさなピンク色の手はゼスチュアした。黄色の牧場があり、青い小川があり、山があり、男の胸にかかる銀河には、星や太陽や惑星がいっぱい散らばっている。人間はといえば、二十人内外の奇妙なグループをなして、男の腕に、肩に、背に、脇腹に、手頸に、そして腹の上にも、散在していた。かれらは、胸毛の森やそばかすの星座のなかに身をひそませ、あるいは腋の下の洞窟からも、ダイヤモンドの目を光らせ、あたりをうかがっている。一人ひとりが、それぞれのいとなみに夢中であるように見える。一つひとつの刺青は、それぞれ独立した絵画である。

「きれいですねえ！」と、わたしは言った。

どう説明したら、男の刺青の感じをお伝えできるだろう。もしも円熟期のエル・グレコがその独特の激情的な色彩と、長く伸びたデフォルマシオンと、解剖学的な正確さをもってのひらのなかに入るほどの密画（ミニアチュール）を描いたとしたなら、たぶんこの男の肉体を利用したに相違ない。それらの刺青の色彩は、三つの次元に燃えていた。それは火のような現実にむかってひらかれた窓だった。ここ、この一つの壁面には、この世のありとあらゆる優美な光景があつまっていた。この男は、いうなれば歩く美術館だった。まさか、三原色しか持たぬ、ウィスキーくさい息を吐く場末の彫物師が、これらの刺青を刻んだのではあるまい。これは天才の作品だ。明晰で、響き高く、美しい作品だ。

「きれいだろう」と、刺青の男は言った。「これを消しちまいたいのも、大切に思えばこそだ。紙ヤスリでこすってみたし、酸で焼いてみたし、ナイフで削ってみたし……」

日は沈みかけていた。東の空には、すでに月がのぼっていた。

「なぜかというと、つまりだね」と、刺青の男は言った。「この刺青は、未来のことを予言するんだ」

わたしは黙っていた。

「昼間はまだいい」と、男はことばをつづけた。「ぶじに見世物の仕事をやっている。ところが、夜になると——絵が動くんだ。絵がいろんなふうに変わるんだ」

わたしは思わず微笑したと記憶している。

「その刺青は、いつごろ彫ったんですか」

「一九〇〇年だ。おれは二十(はたち)でね。見世物小屋で働いていて、足を折った。寝ているあいだ、退屈で仕方がなかったから、彫ってもらった」

「でも、彫った人は誰です。その人はどうなりました」

「未来のなかに帰って行ったよ」と、男は言った。「いや、ほんとにさ。婆さんなんだ。ウィスコンシン州のまんなかの、ちっぽけな家に住んでいた。そう、ここからそんなに遠くないな。ちっぽけな鬼婆さ。千年の劫(こう)を経た婆(ばばあ)に見えるかと思うと、二十(はたち)の小娘に見えたりする。だが自分じゃ、現在から未来へ、自由勝手に飛んで歩くと言ってた。おれは、そのときは笑ったがね。今になってみれば、思いあたる」

「その人と初めて逢ったときのことを話して下さい」

男は話してくれた。〈**肌ニ絵ヲ描キマス**〉と軒先に看板が出ていたのである！　刺青ではなくて絵だ！　芸術的ではないか！　そこで男は一晩かかって彫ってもらった。老女の魔法の針は、あるいはクマンバチのように強く、あるいはミツバチのように微妙に、男の肌を刺した。朝になると、男はまるで二十色の捺染機(なっせんき)にかけられた末、ようやく絞り出された人間のように、体じゅう色だらけになっていた。

「もう五十年間、毎年夏がくるたんびに探してるんだ」と、両腕をひろげて男は言った。「あの婆を探し出したら、きっと殺してやる」


日は沈んだ。一番星が光り始め、月は牧草地や小麦畑を照らしていた。刺青の男の肌に描かれた絵は、うすくらがりのなかで木炭のように赤く輝いた。それは撒きちらされたルビーやエメラルドのように見えた。ルオーの色、ピカソの色、そして引き延ばされたように細長いエル・グレコの胴体。

「で、絵が動くから、おれはクビにされる。おれの刺青があばれるのは、みんなにきらわれるんだ。どの刺青も、ちょっとした話になっている。じいっと見ていると、一つひとつの刺青が、みじかい話を語るのさ。三時間も眺めていりゃあ、十八か二十くらいの話がおれの体の上に起こる。声もきこえるし、いろんな考えも伝わってくる。ただ見ていさえすりゃいいんだ。しかし、ことわっておくが、おれの体には一箇所だけ特別の場所がある」男は背中を見せた。「ほら。右の肩甲骨のところは、絵になってないだろう。もやもやした形があるだけだろう」

「ええ」

「だれかが永いこと眺めていると、そこのもやもやが凝り固まって、はっきりした形になるんだ。女が眺めているとすると、一時間も経てば、その女の一生がそこにあらわれる――どんな暮らしをして、どんなふうに死ぬか、それからその女が六十になったときの顔やなんかがな。男が眺めているとすれば、やっぱりその男の姿があらわれる。崖から落ちるとか、汽車に轢かれるとか、そんな場面だ。だから、おれはすぐクビにされてしまう」

喋っているあいだ、男の手はしきりに刺青を撫でていた。まるで額縁のゆがみを正し、埃を払うように。それは絵の鑑定家、でなければ絵描きのパトロンのしぐさだった。やがて男は、月の光をあびて、ながながと寝そべった。あたたかい夜である。そよとの風もない。息づまるような空気だ。わたしたちは揃ってシャツをぬいだ。

「それで、その婆さんは、まだ探し出せないのですか」

「まだだ」

「ほんとに未来から来た女だと思いますか」

「でなきゃ、こんな絵を描いて、未来を予言できるはずがないじゃないか」

疲れたように、男は目をとじた。その声がだんだん低くなっていった。「ときどき真夜中に、絵が動くのを感じることがある。アリみたいに肌の上を這うんだ。ああ、やってるな、とおれは思う。もう見もしないんだ。せいぜい眠るようにしないと、この頃はなかなか眠れなくてな。あんたも、こんな刺青なんか見ないほうがいいぜ。あっちを向いて寝てくれ」

男から数フィート離れた場所に、わたしは陣取った。男は乱暴を働くような人間には見えないし、刺青の絵はきれいだった。さもなければ、こんなお喋りからは、さっさと逃げ出すところである。だが、刺青の絵は……わたしはそれをまじまじと見つめた。こんな絵が体じゅうに彫られているのでは、どんな人だって、すこしへんなことを口走るようになるのが道理かもしれない。

すみきった夜である。月あかりのなか、刺青の男の呼吸の音がきこえた。遠くの狭間(はざま)では、コオロギがかすかに啼いている。わたしは刺青が見えるように、横向きに寝そべった。三十分も経ったろうか。それは寝言だったのかもしれない。とつぜん刺青の男が囁いた。

「動いてるだろう。え？」

わたしは一分間ほど待った。

それから、「ええ」と言った。

刺青の絵は、一つひとつ順番に、一、二分ずつ、動き出したのである。月あかりを浴び、きらめく小さな思想と、遠くの潮騒(しおざい)とをともなって、それぞれの小さなドラマが演じられた。すべてのドラマが演じ終えられるまでには、一時間か、ひょっとすると三時間もかかるだろうか。わたしはただ魅せられたように身じろぎもせず、横たわっていた。空の星たちは、ゆるやかにその運行をつづけた。

十八の刺青、十八の物語。わたしは一つひとつ指折りかぞえた。

まず大きな家と、二人の人間が見えた。焼けつくような空を飛ぶコンドルが見え、黄色いライオンが見え、さまざまな声がきこえた。

第一の刺青がゆらめき、生き返った……

草原

「ジョージ、子供部屋をのぞいてみて下さらない」

「子供部屋がどうかしたかい」

「べつにどうもしないと思うけど」

「じゃあ、なぜ」

「なぜでも、のぞいてみて下さらない。心理学の先生を呼んで、のぞいていただいてもいいわ」

「心理学の先生と、子供部屋と、どういう関係があるんだい」

「関係があることは分かってらっしゃるくせに」妻はキッチンのまんなかに突っ立ったまま、低い音を立てながら四人分の夕食をつくっているレンジを、じっと見守っていた。

「子供部屋の様子が前とちがうのよ」

「よし、のぞいてみよう」

二人は、防音装置をほどこした、「ハッピーライフ・ホーム」の廊下を歩いて行った。この家を作るには三万ドルかかった。この家は人間にきものを着せ、たべものをたべさせ、子守唄を歌い、人間といっしょに遊んだり、歌ったりしてくれる親切な家である。二人が近づいていくと、センサーによってどこかでスイッチがはいり、十フィート以内に近づくと、子供部屋のあかりがぱっとつく。おなじように、廊下のあかりも、二人の移動につれて、自動的についたり消えたりする。

「さて」と、ジョージ・ハドリーが言った。

二人は、子供部屋の草ぶきの床に立っていた。そこは、暑い真昼のジャングルのなかの空地みたいに、がらんとしている。壁はまっしろな平面である。ジョージとリディア・ハドリーが、おもむろに部屋の中央に立つと、壁はごろごろ音を立てて、無限の彼方まで後退するように見えた。まもなく、アフリカの草原が立体的にあらわれた。どこもかしこも、小石や藁屑に至るまで、みごとな天然色である。あたまの上の天井は、黄色い太陽がかがやく深い空に変化した。

ジョージ・ハドリーの額に、汗がにじみ出た。

「日陰へ行きたいね」と、彼は言った。「これはあまりにも写実的だな。しかし、べつだん、わるいところはないようだが」

「ちょっと待って、これからなのよ」と、妻が言った。

どこかに隠された臭音装置(オドロフォニックス)が、焼けつくような草原のまんなかに立つ二人に、匂いつきの風を吹き送りはじめた。熱い藁の匂い、どこかの水溜まりの冷たい緑色の匂い、日向のトウガラシの匂いに似た埃の匂い。次に、音がきこえた。遠くでカモシカが足踏みする音、紙をめくる音に似たコンドルの羽音。ひとつの影が空を通りすぎた。ジョージ・ハドリーが上を向くと、その汗ばんだ顔を、ちらと影がかすめた。

「いやな鳥」妻の声がきこえた。

「コンドルだ」

「ほら、ずうっと遠くにライオンがいるでしょう。水を飲みに行くところなのよ。たったいま、獲物をたべたらしいの」と、リディアは言った。「何の獲物だか分からないけど」

「きっと動物だろう」ジョージ・ハドリーは、小手をかざして、焼けつくような日光をさえぎった。「縞馬か、キリンの子供じゃないかな」

「そうかしら」妻の声は妙に緊張していた。

「いや、もう確かなことは分からないがね」と、彼は面白がって言った。「きれいに平らげたあとの骨と、舞いおりてくるコンドルが見えるだけだ」

「あの悲鳴、きこえたでしょう」と、妻が訊ねた。

「きこえないよ」

「一分ぐらい前の悲鳴」

「いや、きこえなかったね」

ライオンが近づいて来た。ジョージ・ハドリーは、この部屋の仕掛けを考案した人間の天才的頭脳に、いまさらのように感心するのだった。この奇蹟的ともいうべき仕掛けのお値段が、また格別安いのである。どこの家庭でも備えつけるべきだ。もちろん、あまりにも本物そっくりなので、時には、ぎょっとしたり、ぞっとしたりはするけれども、それにしても、あっというまに外国へ行ったり、次から次へと変わる風景を眺めたりするのは、あなたの息子さんや娘さんだけではない、あなた御自身にとっても、たいそう楽しいことではないだろうか。何はともあれ、これがその仕掛けなのである！

ライオンは十五フィートの距離に近づいていた。とても写実的である。身ぶるいがするほど写実的。ちくちくする毛の感触まで伝わってくる。埃っぽい家具の匂いそっくりの、熱い毛皮の匂いがむんむんする。毛皮の黄色い部分は、まるで優雅なフランス綴れ織り(タピストリ)の黄色だ。ライオンの黄色と、夏の草。しずかな真昼の空気を吸いこむライオンの肺の音。ひらいた口からただよってくる肉の匂い。

緑と黄の恐ろしい目で、ライオンはジョージとリディア・ハドリーをじっと見つめた。

「あぶない！」と、リディアが金切り声をあげた。

ライオンが二人めがけて走ってくる。

リディアは身をひるがえして逃げた。本能的に、ジョージもそのあとを追った。ぴしゃりとドアをしめて、廊下に出たとき、夫は笑い、妻は泣いていた。二人ともお互いの反応におびえていた。

「ジョージ！」

「リディア！　ああ、可哀そうに、こわかっただろう！」

「もうすこしで跳びかかられそう！」

「しっかりしなさい、リディア、壁なんだよ。ただの透明な壁なんだよ。そりゃ、ひどく写実的なことは確かだ。お茶の間にアフリカ、ってとこかな。でも、つまるところは、ガラスのスクリーンに、高感度の立体カラー・フィルムが映写されて、それに臭音装置（オドロフォニックス）や何かが働いているだけなのさ。ほら、リディア、ハンカチを使いなさい」

「こわいわ」妻はジョージにもたれかかり、しくしく泣いていた。「あなた、ごらんになったでしょう？　あの感じ？　写実的すぎるわ」

「まあまあ、リディア……」

「ウェンディとピーターに、もうアフリカの本は読むなっておっしゃって」

「言うとも――言うとも」ジョージは妻の肩をやさしく叩いた。

「約束よ？」

「分かった」

下さる？」

「それから、二、三日でいいから、わたしの神経が落ち着くまで、子供部屋に鍵をかけて

「それはピーターが大騒ぎをするぞ。先月だったかな、罰に子供部屋をほんの二、三時間閉めるといったら――あの子のふくれたことたるや！　ウェンディもだ。子供部屋がもう二人の全生活になってるらしい」

「でも鍵をかけて下さらない。どうしても鍵をかけなきゃいけないと思うわ」

「よしよし、分かった」ジョージは不承不承、大きなドアに鍵をかけた。「お前は疲れて、気が立ってるらしいな。すこし休まなきゃいけないよ」

「そうかしら――そうかしら」妻は鼻をかみ、揺り椅子に腰をおろした。椅子はただちに、リディアをあやすように揺れ始めた。「疲れるだけの仕事がないからなのよ。考える時間がありすぎるからなのよ。この家をすっかり閉め切って、二、三日旅行に出掛けたらどうかしら」

「というと、目玉焼きを自分でこさえたいのかい」

「そうなの」妻はうなずいた。

「靴下をかがったり？」

「そうなの」目に涙をためて、リディアは異様に烈しくうなずいた。

「掃除したり？」

「そうなのよ――そうなのよ！」

「しかし、そのためにこの家を買ったんじゃなかったかね。仕事を何一つしなくてもすむように」

「そうよ。わたし、もう自分の家にいるような気がしない。家そのものが奥様、兼、お母さん、兼、子守りでしょう。わたしがアフリカの草原に太刀打ちできる？　オートマチックのお風呂みたいに能率的に、手際よく、子供たちにお湯を使わせられる？　とても駄目よ。わたしだけじゃないわ。あなたもよ。あなたもこの頃、とても気が立ってるわ」

「どうもタバコの喫みすぎらしいんだ」

「この家にいると、いかにも所在なさそうな顔をしてらっしゃるわ。このままだと、朝のタバコの本数も、午後のお酒の量も、夜の鎮静剤の分量も、ふえるばかりじゃないかしら。あなたも余計者みたいな気持ちになりかけてらっしゃるんじゃないかしら」

「そうかね」彼はことばを切って、事態を考慮するような表情をした。

「あ、ジョージ！」妻は彼の肩ごしに、子供部屋のドアを見つめた。「あのライオンは、あそこから出られやしないわね」

彼もドアに目をやった。ドアは、何者かが内側から跳びついているような揺れ方をしている。

「もちろん出られやしない」と、彼は言った。

　夕食は夫婦だけでたべた。ウェンディとピーターは、町はずれの特別プラスチック遊戯場へ遊びに行っていて、おそくなるから先にごはんをたべていてと、テレビ電話をかけてきたのである。そこでジョージ・ハドリーは、食堂のテーブルの中から、ほかほか湯気の立つ料理が自動的に出てくるのをぼんやり眺めていた。

「ケチャップがない」と、彼が言った。

「失礼しました」と、テーブルの中から小さな声がきこえ、ケチャップがあらわれた。

　子供部屋の問題だが、あれに鍵をかけて、子供たちをしばらく閉め出しておいても、べつだん害はあるまい、とジョージ・ハドリーは考えた。何事でも適量以上というのはよろしくない。子供たちの大部分の時間が、アフリカに占められていることは、もはや明白だった。あの太陽。あの熱い日の光は、今でも首筋に残っているようだ。それから、ライオン。そして血の匂い。子供たちの心が放射する精神磁波のようなものを、子供部屋が正確にキャッチして、その望み通りの場面をつくりだすことは、まことにおどろくべきである。子供たちがライオンを思えば、ライオンがあらわれる。縞馬を思えば、縞馬があらわれる。太陽といえば太陽。キリンといえばキリン。死といえば死。

　それだ、問題は。ジョージは、食卓が切ってくれた肉のひときれを、まずそうに嚙んだ。死という考え。死を考えるにしては、ウェンディもピーターも、まだ子供だ。いやいや、子供だからといって、死のことを考えないだろうか。死の実体をすこしも知らないうちから、あなたはだれかの死を願ったりする。ほんの二歳ぐらいのとき、あなたはおもちゃのピストルで人を撃ったりする。

でも、これはどうだ。炎熱のアフリカの草原。ライオンのあぎとのなかの恐ろしい死。しかも、何度も何度も繰り返される死。

「どこへいらっしゃるの」

彼はリディアに返事しなかった。しずかにあかりが明滅する廊下を、憑かれたように歩いて行って、子供部屋のドアの前に立った。耳をすました。遠くでライオンの吠える声がきこえる。

彼はドアの鍵をあけた。中に一歩踏みこんだ瞬間、遠くから悲鳴がきこえた。そしてライオンがふたたび吠え、すぐ鎮まった。

彼はアフリカの風景のなかへ入って行った。去年ならば、このドアをあけるたびに、不思議の国があり、アリスや、まがい海亀がいた。あるいはアラジンがいたし、魔法のランプがあった。あるいはオズの国のカボチャ頭のジャックや、ドリトル先生がいたし、とても写実的なお月様を牝牛が跳びこえていた——つまり、いつもお伽の国の楽しい雰囲気だったのである。天井の空を飛ぶ天馬（ペガサス）や、あとからあとから湧きあがる赤い花火を、いくたび見たことだろう。天使たちの歌声をいくたび聞いたことだろう。ところが今は、この黄色い暑いアフリカ、殺人をはらんだ焼けつく草原。ほんとうに、リディアの言う通りかもしれない。十歳の子供にとっては写実的すぎるファンタジーの世界から逃れる意味で、しばらく旅行に出たほうがいいのかもしれない。ファンタジーが豊かなことは、すこしも責めるにあたらないが、生き生きとした子供の精神が一つのパターンに固定してしまったとすれば……？　ここ一カ月あまりというもの、思い出してみれば、いつもあのライオンの吠え声がきこえ、ライオンの体臭が彼の書斎にまで伝わってきたのだった。しかし忙しさにかまけて、彼はすこしも注意を払わなかったのである。

ジョージ・ハドリーは、アフリカの草原のまんなかに、一人ぼっちで立っていた。獲物をたべていたライオンが、ふとあたまをあげて、彼を見た。このイリュージョンをこわすただ一つのものは、あけっぱなしのドアである。そこから暗い廊下が見え、その向こうでぼんやりと食事している妻の姿が、額縁に入れた写真のように見える。「あっち へ行け」と、彼はライオンに言った。

ライオンは動かない。

この部屋の規則はよく分かっていた。何か考えればいい。考えたものは、すぐあらわれる。

「アラジンと魔法のランプにしよう」と、彼は言った。

草原はそのままである。ライオンもそのままである。

「おい、部屋！　アラジンだってば！」と、彼は言った。

何事も起こらない。ライオンは口をもぐもぐ動かしている。

「アラジン！」

彼は食堂に戻った。「あの部屋め、どうかしている」と、彼は言った。「反応しないんだ」

「ひょっとしたら――」

「ひょっとしたら、なんだい」

「ひょっとしたら、反応できないのかもしれないわ」と、リディアは言った。「子供たちが、アフリカやライオンのことばかり、毎日毎日考えていたものだから、部屋が型にはまってしまったんじゃないかしら」

「かもしれない」

「でなきゃ、型にはまるように、ピーターが仕掛けをしたのよ」

「仕掛けをした？」

「部屋の機械をいじくって、何か細工をしたのよ」

「ピーターに機械のことが分かるかなあ」

「年のわりにませているから。知能指数（アイ・キュー）だって――」

「しかし――」

「ただいま、母さん。ただいま、父さん」

ハドリー夫妻は振り向いた。ウェンディとピーターが玄関から入って来た。二人とも、ペパーミント・キャンデーみたいなほっぺた、青い瑪瑙みたいな目。ヘリコプターで帰ってきたから、ジャンパーはオゾンくさい。

「晩ごはんに間に合ってよかったね」と、両親はくちぐちに言った。

「いちごアイスとホット・ドッグを、たくさんたべてきた」と、手をつなぎ合った二人の子供は言った。「でも、ここで見ているよ、父さんと母さんのごはんを」

「そう、子供部屋の話をしておくれ」と、ジョージ・ハドリーは言った。

兄と妹は、ぽかんとして父親を見つめ、それからお互いの顔を見合った。「子供部屋？」

「アフリカやなんかの話さ」と、父親はわざと快活な口調で言った。

「一体なんのこと」と、ピーターは言った。

「さっき母さんと二人でアフリカを横断してきたよ。速足トムと電気ライオンみたいに」と、ジョージ・ハドリーは言った。

「子供部屋にアフリカなんかないよ」と、ピーターがそっけなく言った。

「知らんぷりはいけないな、ピーター。父さんたちは、ちゃんと知ってるんだから」

「アフリカなんかなかったと思うけどなあ」と、ピーターはウェンディに言った。「お前、おぼえてるか」

「ううん」

「行って見て来い」

妹は命令にしたがった。

「ウェンディ、行くんじゃない！」と、ジョージ・ハドリーは叫んだが、もうおそかった。廊下のあかりは蛍の群れのように少女を追って明滅した。どうしよう、と彼は思った。さっき点検したあと、子供部屋のドアに鍵をかけてこなかったのである。

「ウェンディに見てきてもらうんだよ」と、ピーターが言った。

「見てきてもらわなくてもいい。父さんがさっき見たんだから」

「きっと父さんの見まちがいだと思うな」

「そうじゃない、ピーター。さあ、いっしょに行って見よう」

だが、ウェンディが戻って来た。「アフリカじゃなかったわ」と、はあはあいいながら少女は言った。

「もういちど調べてみよう」とジョージ・ハドリーは言い、親子四人は廊下を歩いて行って、子供部屋のドアをあけた。

そこは緑色の美しい森だった。美しい河、紫にけぶる山なみ、高い歌声。神秘的な美少女リマが、木の茂みにひそんでいた。その長い髪のあたりに、まるで生きた花束のように、一群れの蝶が遊んでいる。どこにもアフリカの草原はなかった。ライオンもいなかった。ただリマだけが、涙の出るほど美しい歌をうたっている。

ジョージ・ハドリーは、一変した風景をのぞきこんだ。

「もうおやすみなさい」と、彼は子供たちに言った。

子供たちはぽかんと口をあけた。

「きこえないのか」と、彼は言った。

二人の子供はエア・クロゼットの前に立った。風が二人を枯れ葉のように吸い上げ、パイプを通して寝室にまで送りこんだ。

ジョージ・ハドリーは、のどかな森の中へ入って行って、先刻ライオンがいたあたりの地面から何かを拾い上げた。そして、ゆっくりと妻のそばへ戻って来た。

「なあに、それ」と、妻が訊ねた。

「わたしの古い財布だ」と、彼は言った。

それは熱い草と、ライオンの匂いがした。少量の唾液によごれ、嚙み痕だらけで、表にも裏にも血のしみがあった。

彼は子供部屋のドアをしめ、がちゃりと鍵をかけた。

まよなか近く、彼はまだ寝つかれなかった。妻もまだ眠れないらしい。「ウェンディが変えたんだと思う?」と、くらやみのなかで、とうとう妻が喋り出した。

「もちろん、そうだろう」

「草原を森に変えて、ライオンの代わりにリマを置いたのかしら」

「そうだ」

「なぜ」

「分からない。とにかく、それが分かるまでは鍵をかけておく」

「なぜあなたのお財布があそこに落ちていたの」

「それも分からない」と、彼は言った。「どうも、あの部屋を子供たちに与えたのは、まちがいだったと思う。子供たちがノイローゼにかかっているとすれば、ああいう部屋は——

——」

「でも、あれはノイローゼをなおす健康的な部屋のつもりだったでしょう」

「今では疑問だな」彼は天井を凝視した。

「わたしたち、子供が欲しがるものは何でも与えてきたわ。それなのに、こんな結果ってあるかしら——物事をかくしたり、言いつけを守らなかったり」

「だれだったっけ、『子供は絨毯だ、ときどき踏まなければ駄目だ』と言ったのは？　われわれは子供に手をあげたことがない。二人ともわがままいっぱいに育ってしまった。そうじゃないか。好きなときに外出する。そして親をまるで子供扱いする態度だ。このままじゃいけない。われわれもいけない」

「二、三カ月前に、ニューヨークまでロケットで行くといったのを、あなたが止めたでしょう。あれ以来よ、子供たちがどうも変になったのは」

「子供だけでは無理だと、あのとき言ってきかせただろう」

「それでも、あれ以来よ。どうもわたしたちに冷たくなったわ」

「あしたの朝、デイヴィッド・マクリーンを呼んで、アフリカを見てもらおう」

「でも、もうアフリカじゃないわ。緑の館とリマよ」

「いや、あしたの朝までには、またアフリカになってるような気がする」

そのとき悲鳴がきこえた。

二つ。二人の人間が階下で悲鳴をあげている。それから、ライオンの吠え声。

「ウェンディとピーターは、寝室にいないのかしら」と、妻が言った。

彼はどきどきしながら、ベッドによこたわっていた。「そう」と、彼は言った。「子供部屋に入ったんだ」

「あの悲鳴――聞きおぼえがある」

「そうかね」

「そうよ、とても」

ベッドは一生懸命に揺れていたが、二人のおとなはさらに一時間ほど、どうしても寝つかれなかった。まよなかの空気には、猫の匂いがただよっていた。

「父さん」と、ピーターが言った。

「なんだね」

ピーターは自分の靴を見ていた。もうだいぶ前から、父親や母親の顔をまともに見ないのである。

「子供部屋を閉めてしまうってほんとなの」

「まあ、様子を見てからね」

「何の様子を見るの」と、ピーターが問い返した。

「お前とウェンディの様子さ。あのアフリカを何か別のものに――そう、たとえばスエーデンとか、デンマークとか、中国とか――」

「ぼくたちは好き勝手に遊べるんじゃなかったのか」

「遊べるよ。ただし常軌を逸しないということが条件だ」

「アフリカのどこがわるいの」

「ああ、じゃ、やっぱりアフリカを呼び出していたんだね」

「子供部屋を閉めるのは、いやだな」と、ピーターは冷たく言った。「絶対に」

「実はね、ひと月ばかり、この家を閉め切って、どこかへ旅行しようと思うんだ。めいめい好き勝手に、気楽な暮らしをするのさ」

「やだなあ、そんなこと！　靴紐を機械にむすんでもらうかわりに、自分でむすばなくちゃならないの？　歯をみがくのや、髪をとかすのや、お風呂に入るのも、ぜんぶ自分でやるの」

「たまにはそれも面白いじゃないか」

「やだなあ、めんどくさいや。こないだ、絵を描く機械を取り上げられたときだって、がっかりだった」

「それはね、お前がすこしは自分で絵を描くことを知らなきゃいけないと思ったからだ」

「ぼくは見たり、聞いたり、匂いをかいだりしたいだけさ。ほかにすることなんかないじゃない」

「そうか、分かった、アフリカで遊びなさい」

「旅行に出掛けるのは、もうじき？」

「いま考えている」

「もう考えないほうがいいんじゃないかな」

「子供が親を脅迫するのか！」

「分かったよ」ピーターはぶらぶら子供部屋の方へ歩いて行った。

「おそくなかった？」と、デイヴィッド・マクリーンが言った。

「朝めしは?」と、ジョージ・ハドリーが訊ねた。

「ありがとう、たべてきた。一体、何事だい」

「デイヴィッド、きみは心理学者だ」

「自分でも、まあ、そのつもりだがね」

「それなら、うちの子供部屋をちょっと見てくれないか。去年遊びに来たときも、見てもらったっけね。あのとき、妙なところはなかった?」

「なかったと思うね。よくある暴力的傾向とか、ちょっとパラノイア気味のところとか、子供には決して珍しくない。親に絶えず迫害されていると思ってるんだ、子供ってやつはね。しかし、ほんとに、大したことじゃない」

二人は、廊下を歩いて行った。「子供部屋に鍵をかけたんだ」と、父親は説明した。「ところが、子供たちはゆうべ鍵を破って、また入ったらしい。一体どんなことをして遊んでいるか、実物をきみにお目にかけようと思ってそのままにしてあるんだがね」

子供部屋から恐ろしい悲鳴がきこえた。

「ほら、あれだ」と、ジョージ・ハドリーは言った。「よく見てくれたまえ」

二人はノックせずに、いきなり入って行った。

悲鳴はもうきこえなかった。ライオンは獲物をたべていた。

「お前たちは、ちょっと外に出ていなさい」と、ジョージ・ハドリーが子供たちに言った。

「いや、景色を変えないで。壁はそのままにしておきなさい。さあ、行った！」子供たちが行ってしまうと、二人の男は遠景のライオンを見つめた。ライオンはうまそうに何かの獲物をたべている。

「なにを食っているのかな」と、ジョージ・ハドリーは言った。「ときどき、もうすこしで見えそうなんだ。倍率の高い双眼鏡でも使って――」

デイヴィッド・マクリーンは、乾いた笑い声をあげた。「まさか」彼は部屋の四つの壁をまじまじと見た。「いつ頃から、こうなんだい」

「ひと月ちょっと、かな」

「確かに気分はよくないね」

「気分じゃない、事実を教えてくれないか」

「ジョージ、心理学者に事実を求めても無駄だよ。心理学は気分を、漠然たるものを嗅ぎつけるだけなんだ。繰り返していうが、この部屋は確かに気分がよくない。ぼくの第六感を信頼してくれ。よくないことにかけちゃ、これでもなかなか勘が働くほうなんだ。この部屋は非常によくない。きみに忠告するが、こんな部屋は即刻ぶちこわして、子供たちは一年間ほど、ぼくのところへ、毎日、治療に通わせるんだな」

「そんなによくないか」

「そう。こういう部屋はもともと、子供の精神状態を壁に映して、われわれ心理学者が研究するための道具だったんだ。それが、この場合には、部屋そのものが一つの通路（チャンネル）になって、行きつく先は——きわめて破壊的な思想だ。そういう思想から解放された状態とは、正確に逆だね」

「前にこういうことを感じなかったか」

「ぼくが感じたのは、きみが子供をかなり甘やかしているということだ。しかし、今のきみはむしろ子供を抑えようとしている。何か具体的に子供を抑圧したことはなかった？」

「ニューヨークに行きたいといったのを、行かせなかった」

「そのほかには？」

「ひと月ばかり前に、あんまり宿題をやらないもんだから、二つ三つ機械を取り上げて、子供部屋に鍵をかけるよと、おどしたことがある。そして、ただのおどかしじゃないことを見せてやろうと思って、二、三日ほんとに鍵をかけた」

「ははあ！」

「それと何か関係があるかね」

「大ありだ。昔はサンタ・クロース、いまは俄然スクルージ（ディケンズ『クリスマス・キャロル』に登場する守銭奴の老人）というわけだろう。子供はどうしたってサンタのほうが好きだからね。きみは子供たちの感情生活のなかで、この部屋や、この家ぜんたいを、きみや奥さんの代用品にしてしまった。この部屋はいまやかれらの母親であり、父親であり、ほんとの両親よりはずっと大事なものになってしまったんだ。ところが、ここで突然きみが登場して、この部屋を閉めるという。憎しみが発生するのも当然だろうね。あの空を見てごらん、憎しみを感じないか。あの太陽。ジョージ、きみは生活を変えないといけないよ。ほかの多くの連中とおなじように、きみは物質的快楽の上に生活を築いてしまった。早い話が、あしたにでもキッチンの機械が故障したとしてごらん、たちまち腹をへらさなきゃならないんだぜ。子供たちは卵の割り方も知らないだろう。だから何もかも御破算にするんだね。新しく出発するのさ。時間はかかるよ。しかし保証するが、どんなにわるい子でも、ぼくは一年間でいい子にしてみせる」

「しかし、いま急に、これっきり部屋を閉めてしまったら、子供たちにはショックが強すぎないかな」

「とにかく子供たちがこれ以上深入りすると困るということだ」

ライオンは血まみれの獲物をたべ終えた。

ライオンは林のはずれに立ち、二人の男をじっと見つめていた。

「やれやれ、ぼくまでこわくなってきたよ」と、マクリーンは言った。「ここを出よう。こういう部屋はまえから好きじゃなかったんだ。どうも神経にさわる」

「あのライオンは写実的だろう？」と、ジョージ・ハドリーは言った。「あれが何かのはずみで――」

「え？」

「――本物のライオンになることはあるまいね」

「そんな話は聞いたことがない」

「機械の故障とか、何かちょっとした細工でもって――？」

「あり得ないね」

　二人はドアの方へ歩いて行った。

「部屋も消されるのはいやだろうな」と、父親が言った。

「死ぬのが好きな奴はいないさ――部屋だっていやだろう」

「スイッチを切ったら、部屋はぼくを憎むだろうか」

「どうも今日はみんなパラノイア気味だな」と、デイヴィッド・マクリーンは言った。「けものみたいにパラノイアが歩きまわってるぜ。おや」彼はかがみこんで、血だらけのスカーフを拾い上げた。「これ、きみのかい？」

「ちがう」ジョージ・ハドリーの顔はこわばっていた。「リディアのスカーフだ」

　二人はヒューズ・ボックスをあけ、子供部屋のスイッチを切った。

　二人の子供はヒステリーをおこした。金切り声をあげる、ばたばたあばれる。物を投げる。どなる、泣く、悪態をつく、家具を蹴とばす。

「子供部屋にそんなことをしちゃいけない、いけないってば！」

「まあまあ、おとなしくなさい」

子供たちは泣きながら、ソファの上でそっくり返った。

「ジョージ」と、リディア・ハドリーは言った。「子供部屋のスイッチを入れてくださらない。ほんのちょっとのあいだでも。あんまり突然なのもいけないわ」

「いや、駄目だ」

「あんまり残酷なのもいけないわ」

「リディア、いったん切った以上、もう絶対にスイッチは入れない。それから、この家も今日限り、使用停止だ。われわれの混乱は、見れば見るほど胸がわるくなる。この家の機械装置や、電子頭脳の暴力は、もう沢山だ。われわれに必要なのは、戸外の新鮮な空気なんだ！」

そして彼は家じゅうを回り、時計、レンジ、ヒーター、靴磨き器、靴の紐結び器、オートマチックの風呂、オートマチックのモップ、マッサージ器、その他ありとあらゆる機械のスイッチを切った。

家のなかは、どこもかしこも死体だらけになったような感じである。まるで機械の墓場。とても静かだ。ボタンの一押しを待ちかまえて、いまにも動き出そうとしている機械たちの、ぶーんという唸り声が一切きこえなくなった。

「こんなこと、させないで！」と、まるで家や子供部屋にはなしかけるように、ピーターが天井にむかって泣き声を出した。「父さんにいろんなものを殺させないで」ピーターは父親をにらみつけて言った。「ああ、父さんなんか大っきらいだ！」

「そんなことを言ってはいけません。なんにもならない」

「父さんなんか死んじゃえ！」

「われわれは、みな、永いこと死んでいたんだ。これから、ほんとうに生きはじめるのさ。機械にあやされるんじゃなくて、ほんとうの生活を始めるんだ」

ウェンディは、まだ泣いていた。ピーターもまた泣き出した。「子供部屋のスイッチを入れて、ちょっとだけ、ほんのちょっとだけ、あと一回だけ」と、二人は声をそろえて叫んだ。

「ねえ、ジョージ」と、妻が言った。「ちょっとだけなら、かまわないでしょう」

「よし——分かった。泣くのはもうおよし。一分間だけだよ。それが最後だ」

「わあい、ばんざい！」と、子供たちは泣き笑いしながら叫んだ。

「それから、みんなで旅行に出よう。デイヴィッド・マクリーンが三十分後に来て、出発の手伝いをしてくれる。すぐ飛行場へ行くんだ。さあ、着替えをしよう。リディア、お前が子供部屋のスイッチを入れておくれ。いいかい、一分間だけだよ」

妻と子供二人は、ぺちゃくちゃ喋りながら出て行った。彼はエア・パイプを通って二階に吸い上げられ、服を着替え始めた。一分後に、リディアがあらわれた。

「ほっとするわ、旅行に出られて」と、妻は溜息をついた。

「子供たちは、子供部屋に置いて来たのかい」

「だって、わたしも着替えしなくちゃならないでしょう。ああ、あのこわいアフリカ。あんなもののどこが面白かったのかしら」

「とにかく、あと五分もすればアイオワ州へ出発だ。しかし考えてみれば、ふしぎだねえ。こんな悪夢みたいな家を、われわれはなぜ買ったんだろう」

「プライドよ、お金よ、ただの見栄よ」

「子供たちがまたライオンに夢中にならないうちに、そろそろ階下へ行ったほうがよくはないかな」

ちょうどそのとき、子供たちの叫ぶ声がきこえた。「父さん、母さん、早く来て――早く！」

二人はエア・パイプをすべり降り、廊下を走った。子供たちの姿はどこにも見えない。

「ウェンディ？　ピーター！」

二人は子供部屋に駆けこんだ。草原にも人影はない。ただライオンが待ち受けるように二人を見つめている。「ピーター、ウェンディ？」

ドアがぴしゃりと閉じた。

「ウェンディ、ピーター！」

ジョージ・ハドリーとその妻は、あわててドアに駆け戻った。

「ドアをあけなさい！」と、ジョージ・ハドリーは叫び、ノブを回した。「外から鍵をかけたらしい！　ピーター！」彼はドアを叩いた。「早くあけなさい！」

外からピーターの声がきこえた。

「子供部屋や、ほかの機械のスイッチを切らせやしないから」

ジョージ・ハドリー夫妻はドアを叩いた。「馬鹿な真似はやめなさい。もうじき出発だよ。もうすぐマクリーンさんが来るから、そしたら……」

そのとき音がきこえた。

三方からライオンがやって来る。黄色い草原のなか。乾いた藁を踏みつけ、喉を鳴らしながらゆっくり近づいてくる。

ライオン。

ハドリーは妻を見た。二人は同時に振り向き、けだものを見た。ゆっくり前進してくる。低い姿勢で、尻尾をぴんとのばして。

ハドリー夫妻は悲鳴をあげた。

そして、とつぜん分かった。今までの悲鳴に聞きおぼえがあったのも道理。

「やあ、また来ましたよ」と、子供部屋の戸口で、デイヴィッド・マクリーンが言った。

「あ、そんなところにいるの」彼はびっくりして二人の子供を見つめた。

子供たちは林のなかの空地にすわり、ピクニックの弁当をたべている。その向こうには水溜まりがあり、黄色い草原がひろがっている。頭上には、照りつける太陽。マクリーンの額に、汗がにじみ出た。

「お父さんとお母さんはどこ」

子供たちは顔を上げて、にっこり笑った。「もうじきここに来ます」

「そう、もう出発の時間だからね」

遠くで二頭のライオンが喧嘩していた。マクリーンが眺めているうちに、ライオンの喧嘩はおさまり、けものたちは木陰で獲物をたべ始めた。

マクリーンは目をほそくし、小手をかざして、ライオンを見物した。

やがてライオンは獲物をたべ終えた。そして水を飲みに歩いて行った。

ひとつの影がマクリーンの火照った顔をちらとかすめた。つづいて、いくつもの影が通りすぎた。ぎらぎら光る空を、コンドルが舞い下りてきた。

「お茶、飲みます?」と、しんとしたなかで、ウェンディが訊ねた。


刺青の男は、寝返りをうった。寝返りをうつたびに、べつの絵が、背中に、腕に、手頸にあらわれた。乾いた夜の草の上に、男は手を投げ出した。にぎりこぶしがひらくと、てのひらに、またべつの刺青が生き返った。体をねじると、胸の上に、星と暗黒の空間があらわれた。深い深い空間である。星のあいだを何かが動いている。何かが暗黒のなかへ落ちて行く、落ちて行く。わたしは見守る……

万華鏡

最初の激動の瞬間、ちょうど大きな缶切りであけられたように、ロケットの横腹がぱっくり裂けた。一ダースもの秋錦（しゅうきん）がのたうちまわるように、乗員たちは空間に投げ出された。そしてたちまち、暗い海のなかで散りぢりになった。こっぱみじんの宇宙船は、そのまま運行をつづけた。さながら失われた太陽を求める流星群。

「バークリー、バークリー、どこにいるんだ」

声々は、寒い夜、道に迷った子供たちのように、呼びかわしていた。

「ウッド、ウッド！」

「隊長！」

「ホリス、ホリス、こちらはストーン」

「ストーンか、こちらはホリス。どこにいるんだ」

「分からん。ぜんぜん分からん。上はどっちだ。おれは落ちる。ああ、落ちる」

かれらは落ちて行った。井戸を落ちる小石のように落ちて行った。巨大な手が投げだしたお手玉のように、散らばった。そして、もはや人間の代わりに声だけが残っていた——肉体から分離したさまざまな声、恐怖とあきらめの度合いにしたがって、さまざまに変化する声。

「どんどん離れてしまうぞ」

それはほんとうだ。それはほんとうだ、とホリスはさかさまの姿勢で揺れながら思った。漠然たるあきらめを感じながら、そう思った。みんなそれぞれ別の道を行ってしまう。二度ともどってはこられない。かれらの蒼白な顔は、ガラスの円筒に覆われていた。これは密閉された宇宙服である。ただし、重力ユニットをとりつける余裕はなかった。重力ユニットさえあれば、乗員たちは、宇宙の空間に浮かんだ救命ボートのような具合になり、それぞれお互いに助け合って、一つにかたまり、人間の浮き島のように飛ぶこともできる。だが、重力ユニットを肩にとりつけるひまがなかった以上、かれらは無意味な流星にすぎない。それぞれが引き返すすべもない別個の道を行く流星なのである。

たぶん十分ほど経ったのだろう。最初の恐怖が消え去り、金属的な静寂がやって来た。空間は暗い巨大な織機をうごかし、奇妙な声々を織り始めた。声々はまじわり、ふたたびまじわり、ようやく一つの型を織りあげた。

「ストーンからホリスへ。この電話で、いつまで話できるかな」

「きみのスピードと、おれのスピードによりけりだ」

「一時間、というところか」

「まあ、そのくらいだろう」と、放心したように静かな声で、ホリスは言った。

「一体、何事だったんだ」と、一分ほど経ってからホリスが言った。

「ロケットの破裂だ。それだけのことさ。ロケットだって破裂するからな」

「きみはどっちへ進んでる?」

「どうやら月にぶつかるらしい」

「おれは地球だ。なつかしの地球へ、時速一万マイルで帰還だ。きっとマッチみたいに燃えるぜ」そのときのことを、奇妙に脱俗した心で、ホリスは考えた。肉体から脱け出た心は空間を転落して行く肉体をしずかに見守っていた。遠い昔、降る雪を初めて眺めたときのように客観的に。

　ほかの乗員たちは黙っていた。こんな成り行きをもたらした運命のことを考えていた。ひたすら落ちる、落ちる。それをどうすることもできない。隊長さえも黙っていた。どんな命令を発しようと、どんな計画を立てようと、この事態を収拾することは不可能である。

「ああ、どこまで落ちたら、いいんだろ。ああ、どこまで落ちたら、いいんだろ。どこまで、どこまで」と、ひとつの声がきこえた。「死にたくないな、死にたくないな、どこまで落ちればすむんだろ」

「だれだ」

「だれだろう」

「きっとスチムソンだ。スチムソン、お前か？」

「どこまで落ちたら、いいんだろ。いやだ、いやだ、おお、いやだ」

「スチムソン、こちらはホリス。スチムソン、きこえるか」

沈黙。そのあいだにも、一同はお互いにどんどんはなれて行く。

「スチムソン？」

「なんだい」と、ようやくスチムソンが返事をした。

「スチムソン、しっかりしろ。みんな辛いんだ」

「こんな所にいたくねえな。どっか、よそへ行きてえな」

「しっかりしろ、まだ救助される可能性はなきにしもあらずだ」

「救助されたいよ、救助されたいよ」と、スチムソンは言った。「こんなの、ウソみたいだ。こんなことって、あるもんかい」

「夢だよ。わるい夢さ」と、だれかが言った。

「黙れ！」と、ホリスが言った。

「おもしろいね、黙らしてみな」と、おなじ声が言った。それはアプルゲイトだった。ホリスとおなじ放心した調子で、しかものびのびと笑っている。「さあ、こっちへ来いよ。黙らしてみな」

ホリスは初めて絶望的な状況を痛感した。烈しい怒りが身内にこみあげてきた。今という今、ほかの何事にもまして、アプルゲイトをなぐりつけてやりたい。それはもう数年前からののぞみだった。けれども時すでにおそい。アプルゲイトは電話からきこえてくる声にすぎない。

落ちる、落ちる、落ちる……

とつぜん、今初めて恐怖を感じたように、二人の男が叫び始めた。その一人は、うなされたような悲鳴をあげながら、ホリスのすぐそばをふわふわ飛んで行く。

「やめろ！」

その男は、ホリスが手をのばせば届きそうな所で、狂った金切り声をあげている。やめろと言われても、決してやめないだろう。百万マイルでも、金切り声をあげつづけるだろう。無線電話できこえる範囲内にいる限り、みんなの気持ちをかきみだし、みんなの会話をさまたげるだろう。

ホリスは手をのばした。せいいっぱいの努力をして、男のくるぶしを摑んだ。そして男の体をずるずると引っぱり、あたまを引き寄せた。男は相変わらず金切り声をあげ、溺れかけた人のように手足をばたばた動かしている。その叫び声は宇宙いっぱいに響きわたった。

いずれにしろ、おなじことだ、とホリスは思った。この男は、月か、地球か、流星にでも、ぶつかって死ぬだろう。今、死んでもおなじことではないか。

鉄の腕で、ホリスは男の宇宙服のガラスの頭部を砕いた。悲鳴はとまった。ホリスは男を押しやった。その体は見るまにくるくると落ちて行く。

落ちて行く、落ちて行く。ホリスも、ほかの乗員たちも、空間を限りなく落ちて行く。沈黙が渦巻く。

「ホリス、まだいるか」

ホリスは返事をしなかった。頬がにわかに熱くなるのを感じた。

「こちら、アプルゲイト」

「何の用だ、アプルゲイト」

「なんか喋ろうよ。ほかにすることがない」

隊長が口をはさんだ。「もうお喋りはいい。なんとか事態を収拾する道を考えねばならん」

「隊長さん、ちょっと黙っててくれよ」と、アプルゲイトが言った。

「何を言うか！」

「黙ってろってんだよ、隊長。いばったって駄目だ。もう、一万マイルも離れてるんだから。スチムソンが言った通り、どこまで落ちるやら知れたもんじゃない」

「アプルゲイト、反抗するか！」

「やめなってば。おれ一人の反抗さ。もうこれ以上わるくなりっこないんだ。あんたの宇宙船はわるい宇宙船だったし、あんたは能のない隊長だった。それだけのことさ。月にでもぶつかって、くたばんな」

「命令だ、黙れ！」

「いくらでも命令しなよ」アプルゲイトは一万マイルをへだてて、微笑した。隊長は黙った。アプルゲイトはことばをつづけた。「なにを話してたんだっけ、ホリス？　ああ、そうだ。思い出した。おれもあんたがきらいさ。気がついてただろ。だいぶ前から」

ホリスはむなしく拳を固めた。

「いいことを教えてやらあ」と、アプルゲイトは言った。「安心させてやるよ。五年前にロケット会社からあんたを追い出したのはおれの仕業だ」

一つの流星が、稲妻のように通りすぎた。ホリスは下をのぞいた。左腕がもぎとられている。血がほとばしった。とつぜん宇宙服のなかの空気が稀薄になった。肺のなかの空気が失くならぬうちに、ホリスは右手を動かして、左腕の付け根にあたる宇宙服のジョイントを締め、空気洩れを防いだ。全体は瞬時の出来事で、ホリスはおどろきもしなかった。もうどんなことが起こっても、ホリスはおどろかないだろう。宇宙服のなかの空気は、洩れを止めた瞬間に、正常な状態へもどった。ジョイントのノブを締めると、それが止血器の役目をして、ほとばしる血はとまった。

この間、ホリスはずっと無言だった。ほかの乗員たちはお喋りしていた。レスペアという名の男は、ひっきりなしに喋りまくった。火星にいる妻のこと、金星にいる妻のこと、木星にいる妻のこと、金のこと、楽しかった日々のこと、酒を飲んだこと、バクチをしたこと、倖せだった頃のこと。喋りつづけるうちにも、みんな落ちて行った。レスペアも、倖せな過去を回想しながら、死にむかって落ちて行った。

実に奇妙である。空間、何十万マイルにわたる空間のまんなかで、それらの声々が震動している。だれの姿も見えないのに、電波だけがふるえ、さまざまな人間の情緒をかきたてる。

「怒ったのか、ホリス」

「いや」ほんとうに怒ってはいなかった。放心状態にふたたびおちいった。無へむかって落ちつづける一個の鈍い物体。

「あんたは出世したくて、ウズウズしていたっけな、ホリス。なぜクビになったか、不思議じゃなかったか？　おれが告げ口したのさ。おれも、そのすぐあとでクビを切られたがね」

「そんなことはどうでもいいよ」と、ホリスは言った。まったく、どうでもいい。すんだことだ。人生というやつは、すんでしまえば束の間の映画だ。どんな偏見も情熱も、圧縮されてスクリーンに映し出され、「あれが倖せな日だ、あれが悲しい日だ、あれはわるい奴だ、あれはいい奴だ」などと、こちらが叫ぶよりも早く、フィルムは燃えかすになり、スクリーンは暗くなる。

今、人生の末端に立って、ふりかえってみれば、心残りは一つしかなかった。すなわち、このまま生きつづけたいということ。死んで行く人間は、みんなこんなふうに感じるものだろうか。まるで、今まで本当に生きたことがなかったように？　人生はこんなにも短く見えるものだろうか。息つくひまもなく、すんでしまったように？　あわただしい人生、ウソの人生と、だれもが感じるのか。それとも、ここで、いま、ホリス一人が考えることなのか。じっくり考える時間はあと数時間しかないのに。

ほかの乗員たちの一人、レスペアは喋っていた。「まったく、あの頃はよかったなあ。火星と、金星と、木星に、一人ずつ女房がいたんだ。みんな金持ちでね、行くと大変なもてなしようさ。おれはよっぱらって、一度バクチで二万ドルすったこともある」

しかし、きみは今ここにいる、とホリスは思った。おれには、かつて、そういうことがなかった。生きていたとき、おれはきみを嫉妬していたよ、レスペア。あしたという日があるある頃は、きみの女たちや、きみの快楽がうらやましかった。おれは、女がこわかったのさ。女をほしくてたまらないくせに、いつも宇宙の空間へ飛び出して行った。そして、きみに女がいることを嫉妬していた。きみがざっくばらんなやり方で手に入れる金や快楽を。しかし今、すべては終わり、こうして落ちて行きながら、おれはもうきみを嫉妬していない。きみにとっても、おれにとっても、すべては終わったのだから。すべては、なかったも同然なのだから。ホリスは首をのばし、無線電話にむかって叫んだ。

「すべては終わったんだ、レスペア！」

沈黙。

「すべては、なかったも同然なんだ、レスペア！」

「だれだい」と、レスペアがこわごわ訊ねた。

「ホリスだよ」

なんたるみすぼらしさ。ホリスはおのれのみすぼらしさを感じていた。死ぬということの無意味なみすぼらしさ。アプルゲイトに傷つけられた腹いせに、自分はほかのだれかを傷つけようとしているのではないか。アプルゲイトと、宇宙の空間と、二つのものに傷つけられた腹いせに。

「きみはここにいるんだ、レスペア。すべては終わったんだ。すべては、なかったも同然だ。そうじゃないか？」

「ちがう」

「どんなことでも、終わってしまえば、なかったとおなじだ。今という今、きみの人生はおれの人生よりも楽しかったと言えるか？　問題は今なんだ。どうだい、きみの人生は、おれの人生より楽しかったか。え？」

「そうさ、楽しかったとも！」

「なぜ！」

「なぜって、おれにはおれの思うことがある。思い出がある！」と、遥か彼方でレスペアは叫び、憤然たるおもちで、思い出を胸にかき抱いた。

レスペアは正しい。あたまから冷水を浴びせられたように、レスペアは正しい、とホリスは思った。思い出と夢とは別物だ。ホリスには、かつて実行したいと思ったことの夢があるにすぎないが、レスペアには、すでに実行してしまったことの思い出がある。そう考えると、ホリスの体はわなわなとふるえ始めた。

「思い出がなんになる」とホリスはレスペアに叫んだ。「今になって、なんの役に立つ？　どんな華やかなことだって、終わればそれっきりだ。きみも、おれも、おなじことじゃないか」

「おれは静かにしている」と、レスペアは言った。「静かにあきらめている。あんたみたいに、土壇場に来て、みすぼらしくならないよ」

「みすぼらしい？」ホリスはそのことばを舌の上でころがした。今まで、記憶している限りでは、自分をみすぼらしいと思ったことは一度もない。みすぼらしいなど、思いもよらぬことだった。今のような場合のために、〈みすぼらしい〉を溜めておいたのだろうか。

「みすぼらしい」そのことばをホリスは心の底へ投げこんだ。涙が目にあふれ、顔を伝って流れ落ちた。思わずしゃくりあげる音を、だれかが聞きつけたらしい。

「気にするな、ホリス」

なんと馬鹿げたことだろう。つい今しがたまで、ホリスはほかの乗員たちや、スチムソンなどに、お説教していた。自分の勇気をほんものだと思っていた。今となってみれば、それはただのショックにすぎない。ひどいショックを受けた場合にありがちな客観的態度にすぎない。一生涯おしころしてきた感情を、ホリスは今や数分間という時間のなかへ詰めこもうとしていた。

「あんたの気持ちは分かるよ、ホリス」と、もう二万マイルもへだたったレスペアが、かすかな声で言った。「おれはなんとも思っちゃいない」

それにしても、われわれはおなじ立場にあるのではないか、とホリスは思った。レスペアとおれは？　ここで、今？　すんだことはすんだこと。それが何になろう。いずれは死ぬのだ。だが、ホリスは、自分で自分の屁理屈が分かっていた。それは、生きている人間と死体との差異を言うようなものだ。片方にあり、もう一方にないもの——生命の火花、なにがしかの霊気、ひとつの神秘的な要素。

レスペアとホリス自身についてもおなじこと。レスペアは充実した生涯を送り、今や異なる人間となった。ホリスは永いこと死人同様の生活をつづけていた。そして今、二人はおなじように死を迎えた。もし死に種類があるとするなら、二人の死は夜と昼ほどにもちがうのである。生にさまざまなニュアンスがあるとすれば、死にもまた限りない種類があるはずだ。すでにひとたび死んだ人間が、正真正銘の死を前にして、いったい何を期待できよう。

ふと、ホリスは気がついた。右足がもぎとられている。ホリスは笑い出しそうになった。ふたたび宇宙服のなかの空気が稀薄になってくる。ホリスは身をかがめた。血だ。流星が、くるぶしから先の肉と宇宙服とを、もぎとって行ったのだ。ああ、なんとコッケイなのだろう、宇宙のまっただなかの死は。まっくろな、目に見えぬ肉屋のように、宇宙は人間をひときれひときれ、そぎとるのだ。ホリスは、うすれゆく意識とたたかいながら、痛みをこらえて上半身を曲げ、膝のバルブを締めた。締め終わると、血がとまり、空気が正常にかえった。ホリスはふたたび体を起こし、ひたすら落ちつづけた。落ちるよりほかに、どうしようもないのだ。

「ホリス」

死を待つことに飽きたホリスは、眠そうにうなずいた。

「またアプルゲイトだ」と、声が言った。

「なんだい」

「さっきからよく考えてみた。あんたの言うことも聞いていた。こりゃあ、まずいよ。おれたちはみじめになるだけじゃないか。こんな死に方はよくないんだ。腹を立てるばっかりじゃあねね。聞いているかい、ホリス？」

「聞いてる」

「ウソだったんだ。さっきのことさ。ウソなんだ。あんたを追い出したのは、おれじゃない。なぜあんなことを言ったのかな。きっとあんたを傷つけたかったんだ。あんたなら傷つけてもいいと思った。ずいぶん喧嘩したもんな。なんだか、さっきから急に年を取ったような気持ちだ。後悔してるよ。あんたが、みすぼらしいと言うのを聞いて、急に恥ずかしくなった。どっちにしろ、おれも馬鹿だったよ。さっき言ったことは、一つのこらず、まっかなウソさ。分かったかい、糞野郎」

　ホリスは、心臓がふたたび動き出すのを感じた。心臓は五分間ばかり停止していたのではあるまいか。体のすみずみにまで血液とあたたかみが伝わっていく。すでにショックは過ぎ去り、怒りと恐怖と孤独の発作も、たちまち遠ざかっていった。朝、冷たいシャワーを浴びて、朝食をとり、さて新しい一日を迎えようとする男の気持ち。

「ありがとう、アプルゲイト」

「どういたしまして。しっかりしなよ、きょうだい」

「おおい」と、ストーンが言った。

「どうした」と、ホリスは空間にむかって呼びかけた。ストーンは無二の親友だった。

「流星群のなかに入った。小惑星らしい」

「流星群？」

「きっと、五年おきに火星と地球のあいだを通過するミュルミドネス星団だろう。そのまんなかに入っちまった。まるで万華鏡だ。色も、形も、大きさも、千差万別。わあ、きれいだぜ」

沈黙。

「おれもこの連中のお供だ」と、ストーンは言った。「どんどん引っぱりやがる。畜生め」ストーンは笑った。

ホリスはひとみをこらした。何も見えない。ダイヤモンドや、サファイヤや、エメラルドの群がる巨大な霧が流れ、ビロードのような空間のインクが流れ、水晶の火にまじって神の声がほのかにきこえるだけだ。ストーンが、あと百万年も、流星群といっしょに、火星と地球のあいだを出たり入ったりするのかと思うと、奇妙に想像力をかきたてられる。子供の頃、長いチューブに日光をあてて、くるくるまわした、あの万華鏡のように、さまざまな色と形に変わる、永遠のストーンと、ミュルミドネス星団。「さよなら、ホリス」と、ストーンの声がかすかに響いてきた。「さよなら」

「しっかりやれよ」と、三万マイルをへだててホリスは叫んだ。

「馬鹿なことを言うなよ」と、ストーンは言い、その声が消えた。

星々が迫ってくる。

もう乗員たちの声は、次第に遠くなっていく。それぞれの弾道を、ある者は火星へ、ある者はもっと遠くの空間へ。そしてホリス自身は……ホリスは下を見た。自分ひとりは、地球へもどるのだ。

「さよなら」

「気をつけろ」

「さよなら、ホリス」それはアプルゲイトの声だった。

繰り返される別れの挨拶。束の間の別れ。そして脳髄は分解し始めた。空間を飛ぶ宇宙船のなかでは、あれほど美しく能率的に働いていた脳髄の構成分子が、一つ、また一つと、死んでゆく。それらの分子の存在の意味そのものが分解してゆく。そして脳髄の機能がとまれば肉体も死んでしまうように、宇宙船の精神も、乗員たちの団結も、人間関係も死んでゆく。アプルゲイトはもはや母体から吹き飛ばされた一本の指以上のものではなかった。さげすまれもせず、反対もされない。そして脳髄は遂に破裂した。その無意味な断片は四散した。声々は消え、空間に沈黙が訪れた。ホリスはただひとり落ちて行った。

みんな孤独だった。星をちりばめた深淵の中で、語られ、震動する神のことばのこだまのように、みんなの声は消えていった。隊長は月へ行く。ストーンは流星群とともに去る。あそこを行くのはスチムソン。あそこを行くアプルゲイトの行く先は冥王星だ。スミスも。ターナーも。アンダーウッドも。かつては一つの思考をかたちづくった万華鏡の破片の一つ一つが、めまぐるしく落ちて行く。

そしておれは？　とホリスは考えた。おれはどうすればいいのだ。恐ろしい空虚な生涯をつぐなうために、何かいまできることがあるか。おれが永年かかって蓄積したみすぼらしさ。自分では夢にも知らなかったみすぼらしさのつぐないをするために、なんでもいい、一つだけ善なることができたなら！　しかし、ここにはおれ一人しかいない。一人ぽっちで、どうして善なることができよう。できはすまい。あしたの夜、おれは地球の大気圏に突入するだろう。

おれは燃えて灰になり、その灰は大陸に落ちるだろう。そのときこそ、おれは何かの役に立つ。ほんのちょっぴりでも、灰は灰。大地の足し前になるだろう。

弾のように、小石のように、分銅のように、ホリスは落ちて行った。もうホリスの心は冷静そのものだ。悲しくも嬉しくもない。ただ一つの願いがあった。すべてが終わった今、何かいいことをしたい。自分ひとりにしか分からない、いいことを。

大気圏に突入したら、おれは流星のように燃えるだろう。「ひょっとして」と、ホリスは言った。「だれかにおれの姿が見えないものだろうか」


田舎の道を歩いていた少年が、空を見上げて叫んだ。

「あ、母さん、見てごらん！　流れ星！」

イリノイ州のたそがれの空を、まっしろに輝く一つの星が走った。

「願いごとをおっしゃい」と、母親が言った。「願いごとをおっしゃい」


刺青の男は、月明かりのなか、寝返りをうった。もう一度、寝返りをうった……

もう一度……もう一度……

形勢逆転

知らせを聞くと、レストランや喫茶店やホテルから出て来て、かれらは空を仰いだ。みんな、白目の上に黒い手をかざした。ぽかんと口をあけた。暑い正午である。数千マイル四方に、ちいさな町がいくつもあり、どの町でも、黒い人たちがみじかい影を引いて、空を見上げた。

キッチンにいたハティ・ジョンスンは、煮えたつスープに蓋をしてから、ほそい指をエプロンで拭き、注意ぶかい足どりで、裏のポーチへ出て行った。

「母さん、おいで！　早く、おいでってば――見逃しちゃうよ！」

「早くう、母さん！」

三人の黒人の少年が、埃っぽい中庭で、ぴょんぴょん跳ねながら叫んでいた。叫びながら、狂ったように手招きする。「今行きますよ」と、ハティは言い、スクリーン・ドアをあけた。「そんな噂、どこで聞いて来たの」

「ジョーンズの家で。ロケットが来るんだって。二十年間こなかったのに、今初めてだって。白い人が乗ってるんだって！」

「白い人って、どんなの？　ぼく見たことないよ」

「見れば分かるわ」と、ハティは言った。「ほんとに、見ればすぐ分かるわよ」

「教えて、母さん、白い人のこと。母さんが見たときのこと、話して」

ハティは顔をしかめた。「もう、だいぶ前よ。母さんが子供の頃。一九六五年だったかしら」

「白い人のこと、話して、母さん！」

母親は中庭に出て来て、空を見上げた。すみわたった火星の青空、あるかなきかにたなびく火星の雲。遠くでは、火星の丘が暑さにうだっている。ハティはようやく口をひらいた。「そうね、まず、その人たちは手が白いのよ」

「手が白いの！」少年たちはふざけ合って、跳びはねる。

「それから、腕も白いのよ」

「腕も白いの！」と、少年たちは大声をあげる。

「それから、顔も白いの」

「顔も白いの！　ほんと？」

をした。

「これみたいに白い？」と、中庭の白い土を自分の顔にぱっと投げて、末っ子はくしゃみ

「これとおんなじ？」

「それより白いのよ」と、母親は真顔で言い、ふたたび空を仰いだ。まるで旱天に慈雨を願う人のように、そのまなざしには不安の色があった。「さあ、あんた方はお家のなかにお入りなさい」

「いやだよ、母さん！」三人の少年は色めきたった。「見たいよ。あぶなくないんでしょ？」

「さあ、どうかしら。なんだか、いやなことになりそうな気がするわ」

「宇宙船を見るだけならいいでしょ。飛行場まで行って、白い人を見るだけだよ。どんな人間なの、ねえ、母さん？」

「分からないわよ。どんな人かしらねえ」と、母親は困ったようにあたまをふった。

「白い人のこと、もっと教えてよう！」

「そうねえ。白い人たちは地球に住んでいるの。わたしたちみんなが二十年前まで住んでいた所。わたしたちは、そこを出て、火星にやって来て家をつくったり、町をつくったりして、今こうして暮らしているわけね。今のわたしたちは地球人じゃなくて、火星人なのよ。その二十年間に、白い人たちは一度もここへ来なかった。それだけのこと」

「なぜ、白い人たちは来なかったの、母さん」

「それはなぜかというとね。わたしたちがここへ来たすぐあと、地球では原子戦争が始まったの。白い人たちは、お互いに爆弾を落としっこしてね。わたしたちのことなんか忘れてしまった。そして、何年間か戦争してから、気がついてみたら、ロケットが一つもなくなっていたのね。新しいロケットが出来上がったのは、この頃になってからなの。だから、二十年も経って、今ようやく訪ねて来たわけよ」母親はしびれたような視線を子供たちに向け、それから歩き出した。「あんたたちは、ここで待っていなさい。母さんはエリザベス・ブラウンの家まで行ってくるわ。ここにいなくちゃ駄目よ。約束する？」

「いやだけど、約束する」

「じゃ、きっとよ」母親は道路を走って行った。

ブラウン家では、ちょうど家族一同が車に乗りこんだところだった。「あら、ハティ！　一緒にいらっしゃらない」

「どこへ？」と、息を切らして、ハティは訊ねた。

「白人を見に行くのよ！」

「そうなんです」と、ブラウン氏がまじめな声で言い、家族たちをゆびさした。「この子供らはまだ一度も白人を見たことがないんですからな。わたしも、もう忘れかけていたくらいだし」

「白人を見に行って、どうするおつもり？」と、ハティが訊ねた。

「どうする？」と、ブラウン家の一同が声を揃えて言った。

「どうしもしないわ――ただ見に行くだけよ」

「ほんとう？」

「ほんとうもなにも、ほかに何かすることがある？」

「それはないでしょうけど」と、ハティが言った。「ただ、なんとなく、わるいことが起こるような気がして」

「わるいことって？」

「たとえば、そうね」と、ハティは曖昧な声を出した。「その白人をリンチしたりするんじゃない？」

「リンチ？」みんな笑った。ブラウン氏は面白がって、自分の膝をたたいた。「とんでもない、奥さん、そんなことはしませんよ！　わたしらは白人と握手するんだ。ねえ、みんな？」

「そうよ、そうよ！」

もう一台の車が走ってきた。ハティは叫んだ。「ウィリー！」

「こんな所で何をしてる？　子供らはどこだ」と、ハティの夫は怒ったように叫び、ブラウン一家を見まわした。「あんた方は、馬鹿面(づら)して、白人を出迎えに行くのかね」

「そういうことらしいね」と、こっくりうなずき、微笑を浮かべて、ブラウン氏が言った。

「それなら、銃を持って行くんだ」と、ウィリーは言った。「おれも今、うちまで銃を取りに行くところさ」

「ウィリー！」

「ハティ、この車に乗れ」と、ウィリーは車のドアをあけ、妻をにらんだ。ハティはいいつけにしたがった。するとウィリーは、ブラウン一家に挨拶もせずに、いきなり車を走らせ始めた。

「ウィリー、そんなにスピードを出さないで！」

「そんなにスピードを出さないで、だと？　ふん、いまに分かるさ」車輪の下に吸いこまれていく道路をウィリーはにらみつけていた。「今頃になって、何しに来やがったんだ。なぜおれたちにつきまとうんだ。やつらは勝手に戦争でもやって、くたばりやがれ。ただし、おれたちは放っておいてくれ」

「ウィリー、そんな言い方って、クリスチャンらしくないわ」

「クリスチャンらしくしていられる時かい」と、ウィリーは乱暴に言い放ち、ハンドルを握りしめた。「おれはいま、残忍な気分なんだ。考えてみろ、昔の奴らの仕打ちを――おれのおやじとおふくろ、お前のお父さんとお母さん……おぼえてるだろう？　ノックウッド丘（ヒル）で、おれのおやじは吊されたし、おふくろは撃ち殺された。おぼえてるだろう？　ほかの連中みたいに、けろり忘れちまったか？」

「おぼえてます」と、妻は言った。

「忘れられるものか。フィリップス先生と、バートンの旦那。奴らの大きな邸。おふくろは洗濯場で働いていた。おやじもよぼよぼの体で働いた。さんざ働いた報いに、フィリップス先生と、バートンの旦那に、吊されたんだ。しかし」と、ウィリーは言った。「今や形勢逆転さ。今に見ろ。今度は誰が理不尽な法律に泣くか、誰がリンチされるか、誰が電車の隅っこに押しこまれるか、誰が劇場で差別待遇をされるか。今に見やがれ」

「ウィリー、こわいわ、そんなこと」

「みんなが考えていたことだ。みんな、今日という日を予想しながら、まさかそんなことはあるまいと思っていたんだ。白人が火星に来るなんて、まさかと思っていた。ところが、その日はちゃんとやって来た。今さら逃げ出すわけにもいかないだろう」

「じゃ、白人をここに住まわせないの」

「とんでもない」ウィリーは微笑した。それは残忍な微笑だった。目にはきちがいじみた光がやどっていた。「ここに住み、ここで働いてもらうさ。かまわないとも。町はずれのスラム街にでも住んで、おれたちの靴を磨いたり、ゴミを捨てたり、劇場じゃ天井桟敷の一番うしろに坐ってもらうよ。それだけだ、こちらの言い分は。それから、週に一度、一人か二人かずつ奴らの首を吊ること。それだけでたくさんだ」

「そんなの非人間的よ。いやだわ」

「いやでも仕方がない」と、ウィリーは言い、家の前で急ブレーキをかけて、車から跳びおりた。

「銃とロープだ。早くしろ」

「ねえ、ウィリー」と、妻は悲しそうな声を出した。ウィリーはじれったそうに階段を駆け上がり、玄関のドアをぴしゃりと閉めた。

　ハティは夫のあとを追った。そんなことはしたくはなかったけれども、ウィリーがきちがいのようにわめきながら、屋根裏部屋を駆けまわり、四挺の銃を探しているのだ。まっくらな屋根裏で、銃は冷たい金属的な光沢を放っていた。けれどもウィリーの姿は見えない。ただわめき立てるその声がきこえるだけだ。やがてウィリーは、埃を蹴立てるようにして、どたどた下りて来た。そして薬莢(やっきょう)を掻き集め、銃の薬室をあけると、こわい顔で薬莢をつめこみ始めた。「放っといてくれりゃいいんだ」と、思うように動かない手に腹を立てながら、ウィリーは呟いていた。「放っといてくれりゃいいんだ。奴らはなぜ今頃おれたちをかまうんだ」

「ウィリー、ウィリー」

「お前もだ——お前もだ」と、ウィリーは妻をにらんだ。その憎しみのまなざしに、ハティはぞっとした。

窓の外では、子供たちがお喋りしている。「ミルクみたいに白いんだってさ。ミルクみたいに白いんだ」

「この花みたいに白いんだよ」

「石みたいに白い。白墨みたいに白い」

ウィリーは窓から首を出した。「みんな内へ入りなさい。鍵をかけて、閉じこもるんだ。白人を見たり、白人と話したりしちゃいかん。じっとおとなしくしていなさい。さあ、早く」

「でも、父さん――」

ウィリーは子供たちを家の中へ追いこみ、ガレージから塗料の缶と、太い長いロープを持ち出した。そして、しきりに空を気にしながら、ロープの端を環にして、丈夫な結び目をつくった。

まもなく夫婦が乗りこんだ車は、土煙を立てて道路を走り出した。

「もっとゆっくり走らせて、ウィリー」

「ゆっくりしている場合じゃない」と、ウィリーは言った。「今こそ急がなきゃいかんのだ」

道ばたでは、いたるところで人々が空を見上げていた。車に乗りこもうとしている人もあれば、すでに車を走らせている人もある。何台かの車から、まるで潜望鏡のように、銃がにょっきり突き出ていた。それは、遂に現われたこの世の悪の根元を狙っているかのように見えた。

ハティはそれらの銃に気がついた。「あなたが煽動したのね」と、ハティは夫を責めるように言った。

「そうさ」と、ウィリーはうなずいた。そして、恐ろしい目つきで沿道を見守った。「銃と、塗料と、ロープを持って集まれと、一軒一軒、言って歩いたんだ。これがおれたちの歓迎のやり方さ。奴らが着いたら、名誉市民の称号でも奉るか。どうだい！」

ハティは身内にたかまる恐怖を抑えようと、黒い小さな手を胸の前で組み合わせた。ほかの車が、すごいスピードで、さあっと通りすぎる。そのたびごとに、ウィリー、見てごらん！　と声がきこえ、いくつもの腕がロープや銃を持ち上げる。

「さあ着いた」と、ウィリーは急激にブレーキをかけた。そして大きな足でドアを蹴ひらき、車から跳びおりて、空港の草原に銃をどさりと投げ出した。

「ウィリー、あなたは昔からこんなことを考えてらしたの」

「二十年間な。地球を発ったとき、おれは十六だった。あのときは嬉しかった」と、ウィリーは言った。「おれにも、お前にも、地球なんぞに未練はなかったはずだ。帰りたいと思ったことは一度もない。おれたちは、ここに来て初めて、自由に息をつけたようなもんだ。さあ、行こう」

ウィリーは、近寄って来た黒人たちの群れをかきわけて、歩き始めた。

「ウィリー、ウィリー、何をしたらいいんだい」と、黒人たちは言った。

「ほれ、銃だ」と、ウィリーは言った。「もう一挺。もう一挺」腕を乱暴に突き出して、
ウィリーは銃を分配した。「ほれ、ピストルもあるぞ。猟銃もあるぞ」

「おれにくれ。おれにくれ」と、黒人たちは武器を求めて群がった。まるで千本の腕を持つ一つの黒い塊のように。

ウィリーの妻は、何も言わずに茫然と立ちつくしていた。きりっと結んだくちびるには、縦に皺が走り、悲劇的な大きな目はうるんでいる。

「塗料を出してくれ」と、ウィリーが妻に言った。ハティが黄色い塗料の一ガロン缶を車から運んで来たとき、一台のトロリー・カーが到着した。そのフロントには、ペンキの色もなまなましく、〝白人歓迎会場行〟と書いてある。トロリー・カーから下りた大勢の人たちは、ぺちゃくちゃお喋りしながら草原を小走りに走り出した。ピクニック用のバスケットをかかえた女たち、麦藁帽子をかぶり、シャツの袖をまくり上げた男たち。みんな申しあわせたように、空を仰いでいる。からっぽになったトロリー・カーは、かすかにエンジンの音をひびかせ、停車していた。ウィリーはすばやくそれに乗りこみ、塗料の缶をあけた。塗料をかきまわし、刷毛をどっぷり浸してから、座席の上にあがった。

「おい！」と、小銭の入った鞄をチャラチャラいわせながら車掌が寄って来た。「そこで

何をしてるんだ。下りろ！」

「まあ、そうガミガミ言わずと、黙ってみててみな」

ウィリーは黄色い刷毛を動かしはじめた。得意満面で、まずFと書き、それからつづけてO、Rと書いた。全部書き終わると、車掌は首をかしげて、キラキラ光る黄色い文字を読んだ。FOR WHITES : REAR SECTION（白人は後ろの座席へ）。車掌はもういちど読み直した。FOR WHITES。まばたきした。REAR SECTION。車掌はウィリーの顔を見て、にやっとわらった。

「気に入ったかい」と、座席から下りて、ウィリーは訊ねた。

「立派なもんですね」と、車掌が言った。

ハティは外からその文字を見て、思わず両手で胸をおさえた。

ウィリーは黒人たちの群れへもどった。群集はますますふくれあがっていった。自動車がとまり、トロリー・カーが到着するたびに、近くの町から来た人たちが、どっと吐き出される。

ウィリーは荷箱にのぼった。「代表をえらんで、あと一時間のうちに、あらゆる電車にあの文句を書きつけよう。奉仕してくれる人はいないか」

たくさんの手があがった。

「よし、行け！」

その人たちは出掛けて行った。

「劇場の一番うしろの二列をロープで囲って、そこが白人専用だ。だれかやって来てくれるか」

さらに大勢の手があがった。

「よし、行け!」

その人たちは走って行った。

ウィリーは汗をだらだら流し、妻の肩に手をかけて、あたりを睥睨した。ハティは荷箱の脇に立ったまま、目を伏せている。「ところで、」と。ほかにすることはないかな」と、ウィリーは大声で言った。「ああ、そうだ。とりあえず、黒人と白人の結婚を禁止する法律をつくろうではないか」

「賛成」と、大勢の声があがった。

「靴磨きの少年は今日限り仕事をやめること」

「今すぐやめらあ!」と、興奮した何人かが靴磨きのボロ布を地べたに叩きつけた。

「最低賃銀法を決めようではないか」

「賛成!」

「白人の最低賃銀は一時間十セント」

「異議なし!」

市長があわてて駆け寄った。「これ、ウィリー・ジョンスン。その箱から下りなさい！」

「市長、なんで下りなきゃならんのですか」

「きみは民衆を煽動しとる、ウィリー・ジョンスン」

「どういたしまして」

「きみが子供の頃、白人がやったのとおなじことをしとる。そんなことでは、憎むべき白人となんらえらぶところがない！」

「市長、いまこそ形勢逆転なのです」と、ウィリーは市長にむかってではなく、見上げる大勢の顔にむかって言った。ある者はにやにやしている。ある者は不思議そうな顔をしている。困ったような顔もあれば、渋い顔、恐怖の色を浮かべた顔もある。

「きみは今に後悔するぞ」と、市長は言った。

「選挙をやって、新しい市長を決めよう」と、ウィリーは言い、町の方角を見やった。町では、通りという通りに、ペンキ塗り立ての看板が並んでいる。〈**外来客おことわり**。みだりに御来店の方にはお帰りを願うことがあります〉。ウィリーはにっこり笑って、手を打った。すてきだ！　あらゆる電車は止められ、将来の乗客を暗示するかのように、後部の座席を白く塗られている。劇場に押し入った人々は、げらげら笑いながら、うしろ二列をロープで囲っている。それを街路から見守っている女たち。家に追いやられた子供たち。

「用意はいいか」と、結び目のあるロープを両手ににぎりしめ、ウィリー・ジョンスンが呼びかけた。

「いいぞ！」と、群集の半分がわめいた。あとの半分は、悪夢のなかの人影のように、何やら呟き、うごめいている。どうしても悪夢には加担したくない様子である。

「来たよ！」と、一人の少年が叫んだ。

一本の糸でつながった操り人形のように、群集の無数のあたまがいっせいに上を向いた。ひどく高いところで、美しいオレンジ色の火を噴出するロケット。それは、ゆっくり旋回しながら、次第に高度を下げた。黒人たちのくちびるから嘆声が洩れた。ロケットは着陸するとき、空港の草に火をうつした。ぱっと燃えあがった火は、すぐにおさまり、ロケットは停止した。無言の群集が見守るうちに、ロケットの横腹の大きなドアから、勢いよく空気が洩れ、やがてそのドアが音もなくひらいたと見るまに、一人の老人があらわれた。

「白人だよ、白人だよ、白人だよ……」と、かたずを呑む群集のなかを、ことばが流れた。子供たちはお互いの耳に囁き、脇腹をこづき、ことばはさざ波のように拡がって、群集の端にまでたどりついた。そこには、日に照らされ、風に吹かれて、からっぽの電車がとまっている。ひらいた窓から、新しいペンキの匂いがただよってくる。囁きの波は自然にすぼまり、かき消えた。

だれも動かない。

白人は背が高く、しゃんと立っていたが、その顔には深い疲労があらわれていた。不精髭を生やし、その目は生きている人間の目とはとても思えない。色がないのである。ほとんどまっ白で、過去に見たすべての事物の映像を忘れてしまったかのようだ。男の体は冬の木立のようにやせほそっていた。手はぶるぶるふるえている。男はロケットのドアに寄りかかって、群集を見渡した。

それから片手を差しのべ、なかば笑顔をつくったが、すぐ手を引っこめた。

だれも動かない。

男は一同の顔をじっと見た。銃やロープは見えても見えないのだろうか。ペンキの匂いには気がついたのだろうか。だれも訊ねなかった。男は喋り出した。非常に低く、ゆっくりと、群集の反応を期待するでもなく、ひどく老けこんだ力弱い声で。

「わたしの名前を言う必要はないでしょう」と、男は言った。「いずれにしろ、御存知ないはずだ。あなた方の名前も、わたしは知りません。それはいずれ教えていただくとして」男は口を休め、ちょっと目をとじてから、ふたたびことばをつづけた。

「二十年前に、あなた方は地球を出て行かれた。ずいぶん昔のことです。まるで二千年も経ったようだ。あれから、いろんなことがありました。あなた方が出て行かれたあと、戦争がはじまったのです」男はゆっくりとうなずいた。「そうです、大戦、第三次世界大戦です。それは永いことつづきました。終わったのは去年です。われわれは世界中の都市を爆撃しました。ニューヨークも、ロンドンも、モスクワも、パリも、上海も、ボンベイも、アレクサンドリアも、みんな廃墟です。何もかも破壊されました。大都市の次には、小都市も原爆の攻撃を受け、ほろびました」

男は町や地方や街路の名前を列挙し始めた。一つ一つの名前が挙げられるたびに、聴衆のなかから呟きが起こった。

「ナチェズも廃墟です……」

呟き。

「それから、ジョージア州、コランバスも……」

ふたたび呟き。

「ニューオリンズも焼野原です……」

溜息。

「アトランタも……」

ふたたび溜息。

「それから、アラバマ州グリンウォーターも灰燼に帰したのです」

ウィリー・ジョンスンは、口をあけたまま、ぴくりとあたまを動かした。ハティは、夫のそのしぐさに気がついた。

「もう何も残っていません」と、老人はゆっくりと語った。「綿の畠も焼き払われました」

　おお、と一同が言った。

「綿工場も焼けました――」

「おお」

「工場は放射能に汚染されています。何もかも放射能に汚染されました。道路も、農場も、食物も。何もかも」男はさらにいくつかの町や村の名前を挙げた。

「タンパ」

「おれの故郷だ」と、だれかが囁いた。

「フルトン」

「わたしの故郷だ」と、ほかの声が言った。

「メンフィス」

「メンフィス。メンフィスもやられたのか」ショックを受けた声。

「メンフィスは吹っ飛びました」

「メンフィスの四番街は？」

「残らず吹っ飛びました」と、老人。

　群集は動揺し始めた。二十年昔がもどってきたのである。町や村、樹木や煉瓦の建物、交通標識や教会や見馴れた店々、それらすべてが群集の頭脳によみがえった。一つ一つの地名が記憶をゆり起こす。子供たちをのぞいて、黒人たちはみんな昔のことを思い出していた。

「ラレード」

「ラレードなら、おぼえている」

「ニューヨーク」

「わたしはハーレムに店を持っていた」

「ハーレムも今では焼け跡です」

不吉なことば。記憶に残るなつかしい地名のかずかず。それらがのこらず焼け跡になった光景は、どうしても想像できない。

ウィリー・ジョンスンは呟いた。「アラバマ州グリンウォーター。おれの生まれた町だ。はっきりおぼえている」

それが消えたのである。残らず灰燼に帰した。男はそう言ったではないか。

男は話をつづけた。「そんなわけで、わたしたちはすべてを破壊し、すべてを焼きはらいました。なんと愚かなことだったろう。わたしたちは数億人を殺しました。現在の地球には、全部よせ集めても、せいぜい五十万人しかおりません。わたしたちは廃墟に残った金属を掻き集め、ようやくこのロケット一台を作りました。そして今月に入ってから、火星へ飛び立ちました。というわけは、あなた方に助けていただこうと思ったからなのです」

男はためらいを見せ、自分を見上げる顔また顔を探るように見つめた。だが、黒人たちの反応はさだかではなかった。

ハティ・ジョンスンは、夫の腕が緊張し、その指がロープを握りしめるのに気づいた。

「わたしたちは馬鹿者でした」と、老人はしずかに言った。「地球とその文明を、わたしたちは台なしにしてしまった。もう都市を再建しても無駄なことです――放射能は百年以上も残るのですから。地球の歴史は終わりました。地球時代は終わりました。あなた方は、二十年前、地球からここへ来られたときのロケットをお持ちのはずです。それを使って下さいませんか。地球へ来て、生存者を乗せて、火星まで運んで下さいませんか。わたしたちが生きながらえるように、手を貸しては下さいませんか。馬鹿でした、わたしたちは。愚かさと悪意を、いまこそわたしたちはざんげします。中国人も、インド人も、ロシア人も、イギリス人も、アメリカ人も、みな、ざんげしています。わたしたちを受け入れては下さいませんか。あなた方の火星の土地は、何十世紀ものあいだ眠っていた土地です。わたしたちを受け入れる余裕はありましょう。いい土地です――上からあなた方の畑を拝見しました。ここへ移住する以上、わたしたちはあなた方のために働きます。ええ、そうですとも。あなた方の言いなりになりますから、どうか閉め出すことだけはしないで下さい。もちろん無理なお願いはいたしません。いやだとおっしゃるのなら、わたしたちはロケットで帰ります。そして、二度とお邪魔しますまい。しかし、かりに移住をお許し下さるとすれば、わたしたちは昔のあなた方の仕事をしましょう——庭仕事をしたり、食事をつくったり、靴を磨いたりして、過去数世紀にわたるわたしたちの罪を、自分自身とあなた方にたいして犯した罪を、つぐないたいのです」

話は終わった。

恐ろしいような沈黙。手をこまぬく沈黙。遠くの嵐がもたらす低気圧のように、群集の上に垂れこめる沈黙。黒人たちの長い手は、陽光のなか、黒い振り子のようにだらりと垂れ、かれらの目はいっせいに白い老人に注がれていた。白人は身じろぎもせずに待っている。

ウィリー・ジョンスンは、ロープを持ち直した。かたわらの人たちは、ウィリーの出方を待っている。ウィリーの腕にすがりつくようにして、妻のハティも待っている。

ハティは、なんとかみんなの憎しみをやわらげたいと思った。憎しみの表面を撫でまわし、小さな割れ目を見つけて、そこから小石か煉瓦を引っぱり出す。それから、徐々に壁の一部分を崩していけば、建物ぜんたいは轟音を立てて崩壊するだろう。建物はもうシーソーのように揺れているのだ。それにしても要石(かなめいし)はどこなのだろう。どうやってそれを摑んだらいいのか。どんな方法で、みんなの心に触れ、みんなの憎しみを消すような働きかけをしたらいいのか。

ハティは夫を見つめた。ウィリーは黙りこくっている。ハティに理解できるただ一つの状況といえば、それはウィリーの心だった。ウィリーの半生。ウィリーの過去に起こったもろもろの事件。とつぜんハティは悟った。要石はウィリーなのだ。このひとの心さえ揺るがすことができれば、みんなの心に巣くう敵意はわけなく解消できる。

「あの――」ハティは進み出た。初めに何と切り出したらいいのだろう。群集はハティの背中を見つめている。それがひしひしと感じられる。「あの――」

男は疲れた微笑を浮かべて、ハティの方に顔を向けた。

「あの――」と、ハティは言った。「アラバマ州グリンウォーターのノックウッド丘を御存知でしょうか」

老人は肩ごしに、ロケットのなかの誰かに訊ねた。すぐに一枚の写真地図が手渡された。男はそれをひろげた。

「あの丘のてっぺんには大きな樫の木がありましたね?」

大きな樫の木。ウィリーの父親が射殺され、その死体が吊され、朝風に揺れていた場所である。

「ありました」

「その樫の木は、まだそこにあります?」と、ハティが訊ねた。

「いや」と、老人は言った。「吹っ飛びました。樫の木もろとも丘が吹っ飛んだのです。

ごらんなさい」老人は写真を差し出した。

「おれに見せろ」と、ウィリーが跳び出して来て、地図をのぞきこんだ。

ハティはどきどきしながら白人に目くばせした。

「グリンウォーターのことを教えて下さいな」と、ハティは早口に言った。

「どんなことをお教えしたらいいのですか」

「フィリップス先生のことを。まだ生きています？」

ただちにロケットのなかの機械がカチリと音を立て、答えが出てきた……

「戦死なさいました」

「息子さんは？」

「死亡です」

「先生のお邸は？」

「焼けました。あの辺一帯そっくりやられたのです」

「ノックウッド丘にあった、もう一本の大きな木はどうなりました？」

「木はすっかり吹っ飛びました」

「あ、あの木もか？　確かか？」と、ウィリーが言った。

「そうです」

ウィリーの体がすこし緊張をといた。

「バートンの旦那の邸はどうなった？　バートンの旦那は？」

「家も人も全然残らなかったのです」

「ミセス・ジョンスンの洗濯場を知っているか。おれのおふくろが働いていた所だ」

　ウィリーの母親が撃ち殺された場所である。

「それもなくなりました。何もかもなくなったのです。この写真を御自分でごらんになって下さい」

　写真はすっかり取り揃えられ、差し出されていた。ロケットは写真や資料を満載していたのだった。どんな町の、どの建物も、どの番地も、詳細に調べつくされていた。

　ロープを手にしたままウィリーは突っ立っていた。

　地球のことを、ウィリーは思い出していた。みどりの地球、みどりの町。ウィリーがそこで生まれ、成長した町。あらゆる目標物もろとも、あらゆる架空の悪や現実の悪もろとも、粉々に砕け、吹き飛ばされ、四散したその町のことを、ウィリーは考えていた。無慈悲な人たちはみんな死んだ。馬屋、鍛冶屋、古道具屋、喫茶店、酒場、河にかかった橋、リンチのための樹木、散弾をまきちらした狩りの丘、道路、牝牛たち、ねむの木、ウィリーの生家。そして、大きな円柱の立ちならぶ河ぞいの大邸宅、あの白い墓場のようなお邸。蛾のように優美な女たちは、秋の月光を浴びて、行きつ戻りつしていた。冷酷無情な男たちは、飲みもののグラスをもてあそび、銃をポーチの手摺りに立てかけ、秋の空気を胸いっぱい吸いこみながら、死についての瞑想にふけっていた。それらが何もかも消えたのだ。消え失せて二度とふたたび戻ってこないのだ。あれら文明の屑どもは、紙吹雪（コンフェティ）のように投げ上げられ、すべて飛び散った。もはや憎しみの対象は何一つ残っていない。からの薬莢も、ねじれたロープも、樹木も、あの憎しみの丘すら消え失せた。あとは、ロケットに乗ってやってきた見知らぬ人たちがいるだけだ。ウィリーの靴を磨き、トロリー・カーの最後尾に乗り、劇場では天井桟敷の隅に押しこめられるかもしれぬ人たちが……

「そうする必要はない」と、ウィリー・ジョンスンは言った。

ハティはウィリーの大きな手を見つめた。

その手の指がロープを放した。

ロープは地面にすべり落ちて、くるくると、とぐろをまいた。

黒人たちは申し合わせたように街路へと走り出し、急ごしらえの看板をブチこわし、電車のペンキを塗り直し、劇場のロープを切り、銃の弾を抜きとり、ロープを納屋にしまった。

「みんなが新規まき直しね」と、帰りの車のなかで、ハティが言った。

「そうだ」と、ウィリーはやや間をおいて言った。「神様はおれたちに試練を与えなすった。これから先のことは、何もかもおれたち次第だ。馬鹿者の時代は終わったよ。おれたちは馬鹿者ではない何者かにならなきゃいかん。さっきあの男が喋っていたとき、そのことが急に分かったんだ。ちょうど昔のおれたちのように、あの白人は今孤独だ。昔のおれたちに住む家もなかったように、今のあの男には家がない。これですっかりあいこじゃないか。おれたちはみんな、おんなじ場所から、もういちど出直せばいいんだ」

車をとめたのに、ウィリーは下りようともしないで、じっと考えこんでいた。ハティは下りて行って、家の戸をあけ、子供たちを外に出した。子供たちは父親の姿を見つけると、われがちに走って来た。「白い人を見た？　ねえ、逢って来たの？」

「見たとも」と、運転席に坐ったまま、指で顔をなぜながら、ウィリーは言った。「父さんは、今日、生まれて初めて白人を見たような気がする。こんなにはっきり見たことは、今まで一度もなかったんだ」

街道

つめたい昼さがりの雨が、谷間にふりはじめた。雨は、山の畠の穀物を濡らし、乾ききった草ぶきの小屋の屋根を叩いた。うすくらがりの小屋のなかでは、女が平たい二枚の熔岩を使って、せっせと穀物を碾(ひ)いていた。湿っぽいくらがりのどこからか、赤ん坊の泣き声がきこえた。

雨がやんだら、もういちど畠に鋤を入れるつもりで、エルナンドは腰をおろしもせずに待っていた。眼下の河は、土色に濁り、水かさを増していた。もう一つの河と見えるのはコンクリートの街道で、それは無数の雨足(あまあし)をきらきら光らせ、ひっそりと静まりかえっていた。一時間あまり前から、車は一台も通らなかった。それはたいそう珍しいことなのだった。ここ数年来、一時間に一台くらいのわりで、車が小屋の下にとまり、「おおい、写真をとらせてもらえませんかあ」と、だれかが呼びかけるのが常だった。呼びかける人たちは、申し合わせたように、カチリと音のする箱を持ち、てのひらに小銭をにぎっていた。ときどき、エルナンドが帽子をかぶらずに、のろのろ畠を歩いて行くと、その人たちは、「ああ、帽子をかぶってきてもらいたいなあ！」と言うのだった。そして、じれったそうに振りまわすその手には、見るからに由緒ありげな金色のものが、持ち主の威力をほこるように、さもなければ日に輝く蜘蛛の目玉のように、ぴかぴか光っていた。そこでエルナンドは廻れ右をして、小屋へとって返すのだった。

エルナンドの妻が話しかけた。「どうかしたの、エルナンド？」

「うん。街道だ。何かどえらいことがあったらしい。何かどえらいことがあったとみえて、車が一台も通らない」

エルナンドはぶらぶらと小屋から出て行った。厚いタイヤのゴムを底に張った手製の草鞋（わらじ）を、雨足がしきりに叩いた。この草鞋にまつわる出来事を、エルナンドはよくおぼえていた。ある夜のこと、ヒヨコどもを吹きとばし、鍋を粉みじんにするほどの勢いで、そのタイヤは小屋に飛びこんできた！　ころがりこんできたのは、タイヤだけだった。本体の車のほうは、そのまま街道の曲がり目まで走りつづけ、ヘッドライトを光らせて、一瞬、宙ぶらりんになったかと思うと、たちまち河のなかへ突っこんだ。その車は今でも河の底に横たわっていた。河の流れがおだやかで、水が澄んでいる日には、上からのぞきこめば、はっきり見える。水底ふかく、金具を光らせて、ひどく場ちがいな、ぜいたくな感じで、車はのうのうと寝そべっていた。けれども、水が濁り出すと、すぐに見えなくなってしまった。

この事件の次の日、エルナンドはタイヤのゴムを切り取って、草鞋の底をつくったのだった。

今、エルナンドは街道にたどりつき、そのまんなかに立って、コンクリートにぶつかる雨の音に耳をかたむけた。

と、突然、まるで合図でもあったように、車がやって来た。何百台もの車が、何マイルもの列をつくって、エルナンドの目の前を、飛ぶように走りつづけた。アメリカにむかって、はらはらするほどのスピードで北上して行く、黒い大型車の群だった。警笛がひっきりなしに鳴った。どの車に乗っている人も、みんな何やら異常な顔つきで、気圧(けお)されたエルナンドは、道ばたに立ったまま、物も言わずに車の通過を見守った。初め車の数をかぞえていたが、それも面倒になって中途でやめた。五百台、千台も、通ったろうか。乗っている人たちの顔は、何やら曰くありげだった。けれども車のスピードがあまり速いので、その表情を見定めることはできなかった。

やがて、静けさと空虚がもどってきた。えんえんとつづいたコンバーティブルの行列は消えた。最後にひとこえ、警笛がきこえた。

街道はふたたびがらんとした。

ていた。まるで自動車レースのような、がむしゃらな走り方だった。北の方に、そんな大きな葬式があるとは思えない。それならば一体なんなのだ。エルナンドはただあたまをふり、指で脇腹をぼりぼり掻くだけだった。

　するとそのとき、最後の車が、一台だけあらわれた。それは、まさに最後の最後という感じがした。猛烈に蒸気を噴き出しながら、つめたい雨のふる山道を下ってきたのは、なんと、古めかしいフォードだった。それは精いっぱいのスピードを出していた。見ていると、今にも分解するのではないかと思われるほどだ。エルナンドの姿を見つけると、このおんぼろフォードは、いきなり停まった。泥だらけ、錆だらけの車だが、ラジエーターはまるで怒ったように沸騰していた。

「水をすこしくれませんか。頼みます、セニョール！」

　運転席には、二十一、二に見える青年がすわっていた。黄色いセーターに、オープン・カラーの白シャツに、グレイのズボンという服装だった。屋根のない車なので、雨は遠慮なく青年の上にふりそそいでいた。青年のほかには、五人の若い娘たちが、身動きできないほど詰め合って、すわっていた。みんな美しい娘だった。雨を避けるように、古新聞をあたまにかざしていた。だが雨は新聞に浸みこみ、娘たちのきれいな服を濡らし、青年の体を濡らしていた。けれども、それはすこしも気にならないらしかった。だれも苦情を言わないのが、これまた珍しいことだ。この道を通る人たちは、いつも苦情を言った。雨のことや、暑さのことや、距離のことや。

エルナンドはうなずいた。「水を汲んできましょう」

「ああ、お願い、早くして！」と、ひとりの娘が叫んだ。その声はひどく甲高くて、おびえていた。じれったさではなく、恐怖のあまり思わず発したことばだ。旅行客にものを頼まれて、エルナンドが駆け出したのは、これが初めてだった。今までなら、こんなことを頼まれると、いつもわざとゆっくり歩いたのだ。

車のハブ・キャップに水を満たして、エルナンドはもどって来た。これもまた街道からの贈物だった。ある日の午後のこと、このハブ・キャップは、ちょうど放り投げられたコインのように、きらきらまわりながら、エルナンドの畠に飛びこんできた。銀色の目を失くしたことも知らずに、問題の車はそのまま走り去った。それからというもの、エルナンドとその妻は、これを洗濯や料理に利用していた。鉢（ボウル）の代用として、ちょうどいい大きさだった。

沸きたつラジエーターに水を注ぎこみながら、エルナンドは、旅行客たちのおびえきった顔を見上げた。「ああ、どうもありがとう、ほんとうにすみません」と、ひとりの娘が言った。「あなた、まだ事情を御存知ないのね」

エルナンドはにっこり笑った。「この一時間のあいだに、ずいぶん車が通りましたよ。

どの車も北へ走って行きました」

　相手の気をわるくすることを言うつもりはなかった。ところが、エルナンドがふたたび顔を上げたとき、娘たちは雨に打たれるまま泣いていた。それは、かなり烈しい泣き方だった。青年は娘たちをなだめるように、一人ずつ順番に、肩に手をかけ、やさしくゆすぶっていたが、娘たちは古新聞をあたまにかざし、口をゆがめ、目をとじ、まっさおな顔色で、声をあげて、あるいは声をおし殺して、泣きつづけていた。

　エルナンドは、半分ほどになった水のボウルを持ち、ぼんやり立っていた。「何か気にさわったんなら、すみません」と、エルナンドはあやまった。

「いいんですよ」と、青年は言った。

「どうしたんです、セニョール」

「ほんとに知らないんですか」と、なかば体を振り向け、ハンドルを握りしめるようにして、青年は言った。「始まったんですよ」

　これはさらにいけなかった。このことばを聞くと、娘たちはいっそう烈しく泣き出した。お互いに抱き合い、新聞紙を放り出したので、雨は容赦なく降りかかり、娘たちの涙とまじり合って流れた。

　エルナンドは体をこわばらせた。そして残りの水をラジエーターに注ぎこみ、空を見上げた。空はまっくろな嵐の色だった。エルナンドは、狂ったように流れる河を見おろした。

草鞋の下に固いアスファルトを感じた。

エルナンドは車の横にまわった。青年はエルナンドの手を引きよせて、一ペソ握らせた。

「いいんです」と、エルナンドはそれを返した。「水ぐらい、ただですよ」

「ありがとう、親切にして下さって」と、まだ泣きじゃくりながら、ひとりの娘が言った。

「ああ、ママ、パパ、ああ、うちへ帰りたい、うちへ帰りたい。ああ、ママ、パパ」ほかの娘たちがその娘をなだめた。

「何が始まったんですか、セニョール」と、エルナンドがしずかに訊ねた。

「戦争ですよ！」と、まるで耳のとおい人間にきかせるように、青年は叫んだ。「核戦争が始まったんですよ。世界の終わりだ！」

「それはどういうことかな、セニョール」と、エルナンドが言った。

「ありがとう、お邪魔しました。さようなら」と、青年は言った。

「さようなら」と、雨に濡れながら、エルナンドを見もせずに、娘たちは言った。

車のエンジンがかかった。騒々しい音をたてて、谷間へ消えていく車を、エルナンドは見送った。娘たちがあたまにかざした新聞紙が、はためいた。やがて、最後の車は見えなくなった。

エルナンドは永いこと動かなかった。つめたい雨が、頬を流れ、頬をつたい、手織りの脚絆に流れこんだ。体をかたくし、息をつめて、エルナンドは待っていた。

街道にふたたび車のあらわれる気配は感じられなかった。これから先は当分だれも通らないのだろう、とエルナンドは思った。

雨がやんだ。雲の切れ間から青空がのぞいた。十分も経たぬうちに、嵐はまるで束の間の悪夢のように過ぎ去った。甘やかな風が森の匂いを運んできた。ふたたびゆるやかな流れをとりもどした河のせせらぎがきこえた。森はあざやかな緑に光っていた、何もかもがさわやかだった。エルナンドは畠を横切って、わが家に戻り、鋤を取り上げた。鋤を手にしたまま、焼けつくように日の輝き始めた大空を見上げた。

エルナンドの妻が、仕事の手を休めて、呼びかけた。「なんだったの、エルナンド？」

「なんでもない」と、エルナンドは答えた。

畔道に鋤を置いて、エルナンドは大声で驢馬をどなりつけた。「ほうれ、しっ、しっ！」そしてエルナンドと驢馬は明るい空の下、河ぞいの豊かな畠を耕し始めた。

「世界の終わりって、なんのことだろうな」と、エルナンドは独りごとを言った。

その男

隊長のハートは、ロケットのドアのところに立っていた。「やつらは、なぜ来ないのだ」と、ハートは言った。

「さあ」と、副官のマーティンが言った。「隊長、わたしに分かるはずはありません」

「なんだか知らんが、妙な所だな、ここは」隊長は葉巻に火をつけた。そして、きらきら光る草地に、マッチを投げ捨てた。草に火が燃え移った。

マーティンはあわてて長靴で火を踏み消そうとした。

「やめろ」と、ハートが命令した。「放っておけ。やつらがびっくりして様子を見にくれば、ちょうどいい。知らんぷりをしてやがる、馬鹿者めらが」

マーティンは肩をすくめ、燃えひろがる火から足をひっこめた。

ハート隊長は懐中時計を見た。「着陸してから、一時間経った。歓迎委員会はどうした？　ブラスバンドを繰り出して、おれたちに握手を求めたか？　とんでもない！　数千万マイルの空間をはるばる飛んできたおれたちを、わけのわからんこの惑星の住民どもは無視しやがる。お高くとまっていやがる！」ハートは懐中時計をパチパチ叩いて、鼻を鳴らした。「ようし、あと五分待って、なんの反応もなかったら――」

「どうします？」と、隊長の下顎がふるえるのを見守りながら、マーティンが丁寧に訊ねた。

「この愚劣な町のうえを低空飛行して、住民どもをおどかしてやろう」ハートの声がすこしおだやかになった。「マーティン、ひょっとして、ここの奴らは、われわれの着陸を見なかったんじゃないだろうか」

「いや、見ています。さっき、われわれのロケットをしきりに見上げていました」

「じゃあ、なぜ駆けて来ないのだ。隠れているのか？　こわがっているのか？」

マーティンはかぶりをふった。「いいえ。この双眼鏡をお使い下さい。のぞいてみて下さい。みんな平然と歩きまわっています。こわがってはいないようです。なんというか――まったくこちらに関心がないように見えます」

ハート隊長は双眼鏡をつかれた両眼にあてがった。マーティンは、ふと目をあげて、隊長の表情に気がついた。いらだちと、疲れと、興奮の色。ハートはまるで百万歳の老人のように見える。それもそのはず、ろくろく睡眠もとらず、たべるものもたべずに、ひたすら飛びつづけて来たのである。かざした双眼鏡の下で、色あせたくちびるがじれったそうに動いた。

「実際、マーティン、考えると馬鹿らしくなってくるな。こつこつロケットを造って、さて、いろんな困難と戦って空間を飛んでくれば、この有様だ。完全な無視。見ろ、あの馬鹿者ども、ぶらぶら歩いていやがる。これが重大事だとは思わんのかな。この惑星を訪問した最初の宇宙船じゃないか。それとも、いままでに誰か来たことがあるのか？　奴らは不感症になっちまったのか？」

マーティンに答えられるはずもない。

ハート隊長は疲れたしぐさで双眼鏡をマーティンに返した。

「なあ、マーティン、おれたちはなぜやるのだろう、宇宙旅行をさ。いつも飛んでいる。いつも探している。われわれの内部は緊張のしっぱなしだ。休まるときがない」

「きっと平和と静けさを求めているのだと思います。いまの地球には、平和も静けさもありませんからね」と、マーティンは言った。

「いや、まったくだ」草原の火は消え、ハート隊長は考えこんでいた。「ダーウィン以来の現象だな？　昔われわれが信じていたものは、何もかもぶっこわれてしまった。神の御力とか、そういうことがさ。それ以来の現象だな。だから宇宙旅行をやる。そう思うんだな、マーティン？　失われた魂を求めて、というわけか？　邪悪の惑星から、善なる惑星を求めて脱出するんだな？」

「そういうことではないかと思います。われわれが何物かを求めていることだけは確かです」

ハート隊長は咳払いをしてから、またかたくなな表情になった。「とにかく、あの街の市長に面会を申しこもう。いますぐ。第三太陽系の惑星四十三号に到着した初めてのロケットであると、われわれの身分を名乗ることだ。ハート隊長は市長に挨拶を送り、面会を要求する、とな。駆け足！」

「はい」と答えたマーティンは草地をゆっくりと歩き出した。

「急げ！」と、隊長がどなった。

「はい！」マーティンはすこし急ぎ足になったが、すぐまたゆっくり歩き始め、笑いをこらえた表情になった。

隊長が葉巻を二本吸い終えた時、マーティンは戻って来た。

マーティンは立ちどまり、ロケットのドアを見上げた。体がふらふら揺れている。焦点が定まらないような目つきである。

「どうした」と、ハートが訊ねた。「どうだった。奴らは出迎えに来るか？」

「いいえ」マーティンは目まいを感じたように宇宙船に寄りかかった。

「どうしてだ？」

「大したことではないのです」と、マーティンは言った。「隊長、お願いです、シガレットを一本下さい」

差し出されたシガレットの包みを、マーティンは盲のように手探りした。その目は黄金の町を見つめていたのである。タバコに火をつけると、マーティンはゆっくりと煙を吐き出した。

「なんとか言え！」と、隊長が叫んだ。「奴らはこのロケットに関心を示さないのか」

「は？　ああ。ロケットですか」マーティンはシガレットをじっと見つめた。「ええ、関心を示しません。われわれはどうも、まずい時に到着したらしいのです」

「まずい時だと！」

マーティンは辛抱づよく言った。「隊長、なにか重大なことが、きのう、この町で起こったのです。その事件があまりにも重大だったので、われわれは、二の次と言うか――ほとんど問題にされていないのです。ああ、ちょっと失礼して、腰をおろします」マーティンはよろけて、喘ぎながら、どしんと腰をおろした。

隊長は怒って葉巻を嚙んだ。「何が起こったんだ」

マーティンはあたまを上げ、風に吹かれてたちまちみじかくなったシガレットを口にくわえた。

「隊長、きのう、この町に、どえらい男があらわれたのです――善良で、知的で、情け深くて、限りなく賢い男なのです！」

隊長は副官をにらみつけた。「それがおれたちと何の関係がある？」

「どうも説明しにくいのですが。しかし、その男はかれらが永いあいだ——百万年も待ちこがれていた男らしいのです。きのう、その男は町にやって来ました。ですから、今日、われわれのロケットが着陸しても、なんの反響もなかったわけです」

隊長は乱暴に腰をおろした。「それは何者だ。アシュリじゃあるまいな？　まさか一足先に奴のロケットが到着して、おれたちの名誉を盗んだわけじゃあるまいな？」隊長はマーティンの腕を摑んだ。うろたえた顔が蒼白である。

「いいえ、アシュリではありません」

「じゃあ、バートンだ！　やっぱりそうだ。バートンが一足先に着いて、おれの到着を台なしにしたのだ！　もうだれも信用できんぞ」

「いいえ、バートンでもありません」と、マーティンはしずかに言った。

隊長はふしぎそうな顔をした。「ロケットは三台しかないのだぞ。われわれのロケットは先頭だった。そのわれわれよりも先に着いたとは、一体だれだ。名前を訊いてみたか？」

「名前はないそうです。必要ないのです。いろんな惑星で、それぞれちがう名前で呼ばれているらしいのです」

隊長は皮肉な目つきで副官を見つめた。

「それで、その男はどういうことをやったのだ。だれもおれたちの宇宙船を見に来ないほど、どえらいことというのは何だ」

「たとえば」と、マーティンはしっかりした口調で言った。「病人をなおしたり、貧乏人をなぐさめたり、ということです。偽善や汚職と戦い、人々のなかに入って道を説いたのです」

「それが、そんなにどえらいことなのか」

「はい、隊長」

「さっぱり分からん」隊長はマーティンの目をじっとのぞきこんだ。「貴様、酒を飲んできたんじゃなかろうな？」そしてわけが分からないといった表情で、一歩さがった。「おれには理解できん」

マーティンは街の方角を眺めた。「隊長、理解していただけないのでしたら、何を申しあげても無駄というものです」

隊長はマーティンの視線を追った。美しい街はしずまりかえり、大いなる平和がそのうえに垂れこめているように思われた。隊長は一歩踏み出し、葉巻を口からもぎとった。そして横目でマーティンの顔を盗み見てから、視線を街の美しい尖塔の群れに移した。

「まさか――ひょっとして――貴様のいうその男は――」

マーティンはうなずいた。「そうです、その人なのです」

隊長は何も言わずに、しばらく突っ立っていた。それから居住まいを正した。

「おれには信じられん」と、ややあって隊長は言った。

正午、ハート隊長は足早に街へ入って行った。お供はマーティン副官と、何かの電気器具をかついだ助手である。隊長はときどき声高に笑っては、両手を腰にあてがい、あたまを振ったりした。

市長が出迎えた。マーティンは三脚を立て、その上に箱をねじで止め、バッテリーのスイッチを入れた。

「あなたが市長か？」隊長は人差し指を突き出した。

「そうです」と、市長が言った。

マーティンと助手が調整した機械は、二人のあいだに立っていた。その箱が、どんな言語でも瞬間的に通訳するのである。ことばは街のおだやかな空気を裂くようにするどく響きわたった。

「きのうの出来事のことだが」と、隊長は言った。「ほんとうなのか」

「ほんとうです」

「証人はいるか？」

「おります」

「その証人と話をしたい」

「だれとでもお話になって下さい」と、市長は言った。「証人はわたしたち全部です」

隊長はマーティンにささやいた。「集団的妄想だ」それから市長に言った。「その男――この街へやって来た男は、どんな人間だ？」

「それは申しあげにくいのです」と、かすかに微笑を浮かべて、市長は言った。

「なぜだ」

「みんなの意見がすこしずつ喰いちがっております」

「とにかく、あなたの意見をうかがいたい」と、隊長は言った。それから、「記録を頼む」と、肩ごしにマーティンを振り返って、早口に言った。副官はポータブル・レコーダーのボタンを押した。

「そうですね」と、市長は言った。「非常にやさしい、親切な方です。非常に知識の広い方です」

「いや、いや、それは分かってる」隊長は手を振った。「そういう一般的なことではなくて、特徴を知りたい。容貌は？」

「それは肝心なことではないと思います」と、市長がこたえた。

「それが非常に肝心なことなのだ」と、隊長がきびしく言った。「その男の人相を、ぜひとも知りたい。あなたが教えなければ、ほかの人から聞く」隊長はマーティンに言った。

「やっぱりバートンらしいな。奴のいたずらにちがいない」

マーティンは隊長の顔をまともに見なかった。冷たい沈黙を守っていた。

隊長はパチンと指を鳴らした。「で、その男は、なんでも――病人を治したとか聞いたが」

「大勢の病人を治しました」と、市長は言った。

「治った病人を見せてもらえないか」

「お見せしましょう」と、市長は言った。「わたしの息子です」合図をすると、一人の少年が歩み出た。「きのうまで片腕が麻痺しておりました。さあ、ごらん下さい」

すると隊長は磊落に笑い出した。「分かった、分かった。そんなのは情況証拠にもならんじゃないか。こっちは、その子の麻痺した腕を見たことがない。いまは健康な腕しか見られない。そんなのは証拠にならんよ。その子の腕がきのうまで麻痺していたという証拠は、ないのかね」

「わたしのことばが証拠です」と、市長はあっさり言った。

「こいつはあきれた！」と、隊長は叫んだ。「人の噂を信じて行動しろというのかね。とんでもないこった！」

「それは残念なことです」と、好奇心と憐れみのいりまじった表情で、市長は隊長を見上げた。

「その子の、きのう以前の写真はないのか」と、隊長が訊ねた。

　ただちに大きな油絵が運び出された。片腕の麻痺した少年が描かれている。

「冗談じゃない！」隊長は手を振って絵を遠ざけた。「絵ぐらい、だれにだって描ける。絵はウソだ。その子の写真はないか」

　写真はなかった。この社会では、写真というものは存在しないのである。

「そうか」と、隊長は顔をゆがめ、溜息をついた。「ほかの市民にあたってみよう。こんなことではラチがあかん」隊長は一人の女をゆびさした。「あなただ」女はためらった。

「そう、あなたです。ここへ来て下さい」と、隊長は命令した。「あなたがきのう逢った、そのすばらしい男のことを話して下さい」

　女はしっかりした目つきで隊長を見つめた。「その方は、わたしたちの所へおいでになりました。とてもいいかたでした」

「その男の目の色は？」

「太陽の色、海の色、花の色、山の色、夜の色」

「もういい」隊長は肩をすくめた。「どうだ、マーティン。まるっきりゼロだ。どこかのペテン師があらわれて、こいつらの耳に体裁のいいたわごとを吹きこんで――」

「頼むから、もうやめて下さい」と、マーティンが言った。

　隊長は一歩うしろにさがった。「なんだと」

「いま言った通りです」と、マーティンは言った。「わたしはこの人たちが好きです。この人たちの言うことを信じます。隊長がどう考えようと、それは隊長の自由ですが、自分の考えを人に押しつけるのはやめて下さい」

「上官にむかって何たる言い草だ」と、隊長は叫んだ。

「あなたの横暴はもうたくさんです」と、マーティンはやり返した。「この人たちに干渉しないで下さい。この人たちがせっかく平和を獲得したところへ、あなたがやって来て、それをかきまわすのです。わたしは街をまわって、みんなの顔を見ました。みんなの表情には、あなたに絶対ないものが——単純な信仰がありました。山をも動かす信仰です。あなたなんぞ、だれかにお株を奪われたというだけで、やきもきしているじゃないですか。だれかに先廻りされて、自分の面子（メンツ）を台なしにされたなんて、愚にもつかないことで！」

「あと五秒のあいだに黙れ」と、隊長は言った。「分かったぞ。貴様は神経衰弱だ、マーティン。宇宙旅行が何カ月もつづいたから、ノスタルジアに襲われたのだ。しかも、今日はこんなことになったんだからな。きのどくに、マーティン。貴様の小さな反抗は見逃してやろう」

「わたしは隊長の横暴を見逃しません」と、マーティンは応じた。「わたしは隊を脱けます。ここに居残ります」

「おれが許さん、そんなことは！」

「許さない？　引きとめられるものなら、引きとめてごらんなさい。わたしが求めていたものは、これでした。今日までは分からなかったが、確かにこれなのです。まちがいない。あなたはどこかほかの惑星に行って、そこの人たちを騒がせるがいいのです。あなたのちっぽけな疑惑と、あなたの——科学精神でもって！」

マーティンはあたりの人たちに目を走らせて、ことばをつづけた。「この人たちは大変な経験をしたのです。その真実があなたにはどうしても呑みこめない。それにしても、ちょうどいい時に来合わせたわたしは倖せです。地球の人間たちが、二十世紀のあいだ語りつづけた、あの男。わたしたちは、だれだって、その人に逢い、その人の話を聞きたがっていた。ただそのチャンスがなかった。今日は、ほんの数時間の差でその人に逢いそこねたのです」

ハート隊長はマーティンの頬を見つめた。「赤ん坊みたいに泣くな。恥ずかしくないのか」

「そんなことはどうでもいいのです」

「いや、おれにしてみれば、どうでもよくはない。原住民の前では威厳を保たなければならん。貴様は要するに過労だ。さっきも言った通り、今度だけは大目に見てやろう」

「大目に見てもらわなくてもいいのです」

「馬鹿。分からんのか、これはバートン得意のまやかしなのだ。この連中をだまして、宗教の美名の下に、石油や鉱物資源の権益をわがものにしようという魂胆なのだ！　貴様は馬鹿だぞ、マーティン。大馬鹿者だ！　地球人のやりくちが、いまだに分からんのか。目的を達するためなら、地球人はどんなことでもやりかねない――神を汚し、ウソをつき、だまし、盗み、殺す。効果がありさえすれば、どんなことでもかまわない。正真正銘のプラグマティストさ、バートンは。それが分からんのか！」

隊長は、あからさまに嘲りの声をあげた。「なあ、マーティン、そうじゃないか。いかにもバートンらしい、きたないやり方だ。この市民たちを一生懸命みがいておいて、熟したら喰っちまおうという寸法なんざあ」

「ちがいます」と、マーティンは考えこんで言った。

隊長は片手を上げた。「バートンだ。絶対にまちがいない。きたない、犯罪的なやりくちだ。それにしても、奴は悧巧者さ。宗教的なやさしいことば、愛のまなざし、後光かなんかを背負ってきてさ、あちこちで病人の治療などする。まさにバートン一流の手じゃないかね」

「いいえ」と、マーティンは曖昧な声を出し、片手で目を覆った。「いいえ、わたしはそんなことを信じません」

「信じなくてもいい、事実を認めろ」と、ハート隊長はしつこく言った。「認めろといったら認めろ！　バートン以外に考えられんことじゃないか。もう夢を見るのはやめろ、マーティン。目をさませ！　朝だぞ。ここは現実の世界だ。われわれは現実の人間だ、汚ない人間だ。なかでも汚ないのはバートンだ！」

マーティンはそっぽを向いた。

「まあ、いい、マーティン」と、ハートは申しわけのように部下の背中をたたいた。「分かった、分かった。貴様だってショックを受けたよな。その気持ちは分かる。実際、なんたる恥辱だろう。バートンはまったく悪者だ。まあ、向こうで休んでいろ。あとはおれがうまくやる」

マーティンはのろのろとロケットの方へ歩いて行った。

ハート隊長は、その後ろ姿を見送った。それから、大きく息を吸いこみ、さっきの女に向き直った。「さて、と。その男のことを、もうすこし話して下さい。どこまで教えていただいたかな」

宇宙船の士官たちは、外にテーブルを持ち出して、食事の最中だった。赤い目をして、じっとうなだれているマーティンを、隊長は心配そうに見つめた。

「三ダースもの人間に逢ったが、どいつもこいつも、おなじたわごとを吹きこまれとる」と、隊長は言った。「やっぱりバートンの仕業だった。確実だ。奴はたぶん、あしたか、来週あたりでも、自分の播いた奇蹟の地固めにやって来るだろう。おれは断然そのたくらみをブチこわすつもりだ」

　マーティンが暗い表情で言った。「殺してやる」

「おい、おい、マーティン！　そう興奮するなよ」

「殺してやる──誓って殺す」

「奴の仕事を邪魔するだけでいいのだ。敵ながらあっぱれじゃないか。それだけは認めてやらねばならん。道義には反するが、あっぱれだ」

「きたないやり方です」

「とにかく乱暴はよせ。約束しろ」ハート隊長は指折りかぞえた。「なにしろ奴が残した奇蹟は三十もあるのだ。盲は目が見えるようになったし、難病も治った。なんと、大したもんじゃないか。バートンもなかなかやりおる」

　銅鑼が鳴った。一人の男が駆けて来た。「隊長、報告いたします！　バートンの宇宙船が下りて来ます。アシュリの宇宙船も一緒です！」

「そら来た！」ハート隊長はテーブルをたたいた。「ジャッカルめ、餌をあさりに来たぞ！　よっぽど飢えとるな。しかし、むざむざ喰い荒らされてたまるか。おれたちも分け前を頂戴せんことにはな！」

　マーティンはうんざりした表情で、隊長の顔をまじまじと見た。

「仕事だよ、マーティン、仕事だ」と、隊長は言った。

一同は空を見上げた。二台のロケットが旋回しながら下りてきた。そして、ほとんどバラバラに分解しそうな勢いで、乱暴に着陸した。

「馬鹿野郎め、どうしたんだ」と、隊長は跳びあがって叫んだ。部下たちはいっせいに草地を駆け出し、煙を吐き出している宇宙船に近寄った。隊長もそのあとを追った。バートンの宇宙船のエアロック・ドアが、ばたんとひらいた。

一人の男が転げ出て来て、隊員たちに抱きとめられた。

「何事だ」と、ハート隊長は叫んだ。

その男は地面に横たえられた。一同は男をのぞきこんだ。火傷をしている。ひどい火傷である。その体は切り疵だらけで、燃えた衣服の切れはしはまだブスブスいぶっている。

男は、もうろうとした目を上げ、もつれる舌で何やら呟いた。

「どうした」と、隊長はひざまずいて、男の腕をゆすぶりながら訊ねた。

「報告します」と、瀕死の男はささやいた。「四十八時間前、第七十九空間区、惑星一号近辺で、われわれの宇宙船と、アシュリの宇宙船は、宇宙嵐に遭遇しました」男の鼻の穴から灰色の液体が流れ出した。口からは血が垂れている。「被害甚大です。乗組員全員。バートンは死亡。アシュリも一時間前に死亡。生存者はわずか三名」

「おい！」と、血を流しつづける男にかがみこんで、ハートは叫んだ。「じゃあ、この惑星に来たのは、これがはじめてか」

沈黙。

「返事をしろ！」と、ハートは叫んだ。

瀕死の男は言った。「そうです。嵐。バートンは二日前に死んだ。着陸は半年ぶりです」

「ほんとうか」と、ハートは叫び、男を乱暴にゆすぶった。「ほんとうか」

「ほんとうです」と瀕死の男は喘いだ。

「バートンは二日前に死んだと？　確かなことだな？」

「確かです」と、男はささやいた。そのあたまが、がっくり前に垂れた。男はこときれた。

隊長は、ものを言わなくなった体のそばにひざまずいた。隊長の顔はピクピクひきつっている。部下たちは、後ろから隊長の様子を見守った。マーティンは待っていた。隊長は手を貸してくれ、と言い、ようやく立ちあがった。一同はぼんやりと遠くの街を眺めていた。「とすると――」

「とすると？」と、マーティンが言った。

「ここに来たのは、おれたちだけだ」と、ハート隊長はささやいた。「だから、例の男は――」

「例の男は何者なのです、隊長」と、マーティンが訊ねた。

隊長の顔は意味もなくねじれた。急にめっきり老けこんだ感じである。その目はどんより光っていた。ややあって、隊長は乾いた草の上を一歩踏み出した。

「行こう、マーティン。行こう。手を貸してくれ。手を貸してもらわんとブッ倒れそうだ。早く行こう。一刻も早く――」

風に吹かれ、よろめきながら、えんえんとつづく草地を、二人は町へむかって歩き出した。

数時間後、二人は町の公会堂に坐っていた。千人もの人々が、こもごもあらわれては語り、帰って行った。隊長は一ヵ所に坐ったまま、けわしい表情で、一人ひとりの話に耳をかたむけた。証言する人々の顔には、目をそむけたくなるほどの光明があふれていた。隊長は、たえず手で膝をおさえていた。そうしないと、膝がガクガクふるえそうなのである。証言を聴き終えると、ハート隊長は市長の方に向き直り、奇妙な目つきをして言った。

「しかし、その男の行き先を、あなたは知っているはずだ」

「行き先はおっしゃいませんでした」と、市長は答えた。

「近くの惑星へ行ったのか」と、隊長が訊ねた。

「存じません」

「知っているはずだ」

「そのなかにおられますか?」と、市長は群集をゆびさした。

隊長はひとみをこらした。「いや」

「それならば、たぶん行ってしまわれたのです」と、市長は言った。

「何が『たぶん』だ！」と、隊長は弱々しく叫んだ。「おれはとんでもない間違いをしていた。その男にすぐ逢いたい。考えてみりゃ、こんなことは珍しいじゃないか。こんなチャンスは、そうざらにあるもんじゃない。その男が来た翌日に、おなじ惑星に来たなんて、おそらく数百万に一つの確率だろう。どこへ行ったか、行き先を教えろ！」

「どなたも、それぞれの方法で、あの方を見つけるのです」と、市長はしずかに答えた。

「隠しているな」隊長の顔がすこしずつねじれ始めた。また元気が戻ってきたように見える。隊長は立ちあがった。

「いいえ」と、市長が言った。

「じゃ、どこへ行ったか教えろ」隊長の手は右腰のホルスターにかかった。

「どこにおられるのかは存じません」と、市長。

「すなおに喋らんとためにならないぞ」と、隊長は小さな拳銃を抜いた。

「残念ですが」と、市長。「お話することはなにもありません」

「ウソをつけ！」

市長はありありと憐れみの色を浮かべて、ハートを見つめた。

「あなたはひどく疲れておられる」と、市長は言った。「宇宙旅行が長かった上に、あなた方の種族は永いこと信仰をもたぬ疲れた人々でした。いまのあなたは、何もかも一どきに信じようとなさるから、自己矛盾を起こしておられるのではありませんか。人を殺しても事態はいっそう困難になるだけです。そんなことでは、あの方はとても見つかりません」

「行き先はどこだ。お前には教えたはずだ。さあ、言ってくれ!」隊長は拳銃をふりまわした。

市長はあたまを左右にふった。

「教えろ！ 教えろ！」

拳銃が鳴った。一度、二度。市長は腕を撃たれて倒れた。

マーティンが飛び出した。「隊長！」

拳銃はマーティンを狙った。「邪魔立てするな」

床に倒れた市長は、傷ついた腕を押さえながら、ハートを見上げた。「拳銃を収めて下さい。あなたは御自身を傷つけておられる。一度も信じたことのなかった人が、とつぜん信じるようになると往々にして他人を傷つけるものです」

「貴様に教えてもらわなくてもいい」と、市長のあたまの上で、ハートが言った。「ここで一日ちがいだったのなら、おれはほかの惑星へ行く。その先の、またその先の惑星まで行ってやる。次の惑星じゃ、きっと半日の差だろう。第三の惑星では四分の一日の差、その次では二時間、その次では一時間、その次では三十分、その次では一分。そうやって、だんだん差をちぢめていって、いつかはきっと追いついてやる！　分かったか」床に倒れた市長の上にかがみこむようにして、隊長は叫びつづけた。そして息切れがしたのか、よろめいた。

「さあ、出掛けよう、マーティン」

「いいえ」と、マーティンは言った。「わたしはここに残ります」

「貴様は大馬鹿だ。残りたいなら残れ。おれはあくまで出掛けるぞ。ほかの者を連れて、行ける限りは行くぞ」

市長はマーティンを見上げた。「わたしは大丈夫です。放っておいて下さい。傷の手当ては誰かにしてもらいますから」

「すぐ戻って来ます」と、マーティンは言った。「ロケットまで見送って来ます」

やけくそな速さで町を出て行く隊長を、マーティンは追った。隊長が、精いっぱいの努力で威厳をたもち、歩きつづけていることは、傍目にも明らかだった。宇宙船にたどり着くと、その側面をふるえる手で叩いてから、隊長は拳銃をホルスターに収めた。そしてマーティンを見た。

「さて、と。マーティン」

マーティンは隊長を見た。「なんですか、隊長」

隊長は空を見上げた。「貴様はやっぱり——おれと一緒には——出掛けないんだな」

「はい」

「こりゃあ大冒険になるぞ。きっとその男を見つけてやる」

「どうあっても出掛けるのですか、隊長」と、マーティンが訊ねた。

隊長の顔がかすかにふるえ、目がとじた。「出掛ける」

「一つだけ教えていただきたいことがあります」

「なんだ」

「その男を見つけたら——もし見つかったとして」と、マーティンは訊ねた。「隊長はその男に、なんとおっしゃるおつもりですか」

「そりゃあ——」隊長は目をひらき、口ごもった。その手が握りこぶしをつくり、ふたたびひらいた。困ったような顔にふしぎな笑みが浮かんだ。「そりゃあもちろん、ほんのすこしでいいから——平和と静けさをくれないか、と頼むのさ」隊長はロケットの機体に触れた。「もう、ずいぶん、そう、ずいぶん永いこと——おれの精神は休まっていないからな」

「休めようと努力なさらなかったからです」

「なんだって」と、ハートが言った。

「なんでもありません。お元気で」

「行ってくるよ、マーティン君」

隊員たちは空港に整列していた。ハートと行動を共にするのは、三人だけである。あとの七人はマーティンと一緒に居残るのだった。

ハート隊長は一同を見わたし、判決を下すように言った。「馬鹿者どもめ！」

そして一番あとからエアロック・ドアを入り、挙手の礼をしたかと思うと、けたたましく笑い出した。ドアがぴしゃりとしまった。

炎の柱に乗って、ロケットは空高く舞いあがった。

それが彼方へ消えて行くのを、マーティンは見送った。

草地のはずれから何人かの男たちに支えられた市長が、マーティンを手招きした。

「行ってしまいました」近寄りながらマーティンは言った。

「きのどくな人です」市長は言った。「次から次へと惑星をめぐりめぐって、あの方を探し求めるでしょう。そして、いつでも、そう、いつでも一時間、三十分、十分、一分と、すこしずつあの方におくれるのです。しまいにその差は数秒にまでちぢまるでしょう。惑星を三百も遍歴し、御自分が七十歳か八十歳になる頃には、その差は一秒の何十分の一、何千分の一にまでちぢまるかもしれない。それでも、遍歴はつづくのです。ここに、この惑星に、この町に、目あてのものを残して行ったとも知らずに――」

マーティンはおどろいて市長を見つめた。

市長は片手を差しのべた。「そうですとも。そうとしか考えられないではありませんか」市長は一同を手招きした。「さあ、参りましょう。あの方をお待たせしてはなりません」

みんなは街にむかって歩き出した。

長　雨

雨がつづいた。それは烈しい雨、ひっきりなしの雨、なまあたたかい湯気の立つ雨だった。それは小糠(こぬか)雨であり、土砂降りであり、噴水であり、目を打つ鞭であり、足首をさらう底流である。あらゆる雨を水浸しにする雨、雨の記憶すらも溺れさせる雨。それは数ポンド、数トンずつの重みでジャングルに襲いかかり、鋏のように樹木を切り、草を刈り、地面に穴を掘り、茂みをなぎ倒した。それは人間の手を、皺だらけの猿の手に変えてしまう。いつまでも降りやまぬ、固いガラスのような雨。

「隊長、あと何マイルですか」

「分からん。一マイルか、十マイルか、千マイルか」

「分からないのですか」

「分かるわけがない」

「いやですね、この雨は。太陽ドームまでの距離さえわかれば、いくらか気が晴れるでしょうが」

「あと一時間か二時間だろう」

「隊長、ほんとですか」

「もちろんだ」

「気休めに言ってるんじゃないでしょうね」

「気休めに言ってるんだ。すこし黙れ！」

二人の男は雨のなかで体を寄せ合っていた。そのうしろには、ほかの二人が疲れきったズブ濡れの恰好で、崩れかけた粘土細工のようにうずくまっている。

隊長は空を見上げた。かつて褐色だったその顔は、雨に洗われて蒼白になり、目も、歯も、髪も、体ぜんたいが白い。制服さえ白くなりかけていた。そしてカビのせいか、ところどころ緑色だ。

隊長は頬に雨のしずくがぶつかるのを感じた。「この金星じゃ、何百万年か前に、一度でも雨の降りやんだことがあったのかな」

「冗談じゃない」と、うしろの二人のなかの一人が言った。「金星の雨は絶対に降りやまないんです。いつまでも降りつづくだけです。わたしは金星へ来てもう十年になりますが、一分、一秒でも、雨がやんだというのは見たことがない」

「水のなかで暮らすようなものだな」と、隊長は立ちあがり、拳銃のケースをつけ直した。

「さて、そろそろ出発しよう。太陽ドームも、いずれは見つかるだろう」

「でなきゃ、絶対に見つからないだけだ」と、皮肉な声が言った。

「いや、案外あと一時間ぐらいかもしれないぞ」

「気休めでしょう、隊長」

「自分で自分をだましているのだ。こういう場合には、それも必要だ。それがないことには、やりきれんからな」

ときどきコンパスを見ながら、一行はジャングルの小道を歩いて行った。コンパスの針のほか、方角を示すものは何一つない。灰色の空、降りしぶく雨、ジャングル、ひとすじの小道。遙か後方のどこかには、一行の乗って来たロケットが不時着している。二人の同僚の死体は、今ごろ雨に打たれているだろう。

一行は一列になって黙々と歩きつづけた。やがて河にぶつかった。褐色に濁って滔々と流れる幅ひろい河。巨大な「唯一の海」に流れこむ河。水面には点々と無数の小さな波紋。

「シモンズ、頼む」

隊長が合図するとシモンズが背中から小さな包みを取り出した。それは、なかに籠められた化学薬品の圧力によって、大きなボートにふくらんだ。隊長は樹木の伐採を指揮し、大急ぎで櫂をつくった。やがて一同は雨に打たれながら、河へボートを漕ぎ出した。

隊長は、頬にも、頸筋にも、櫂をこぐ腕にも、雨のしずくを感じた。冷たさは肺のなかにまで浸みこむように思われた。耳も、目も、足も、どこもかしこも雨にやられているような気持ちだ。

「ゆうべは眠れなかった」と、隊長は言った。

「眠れた奴なんて、いやしませんよ。今までにだれが眠れました？　いつ？　ぐっすり眠れた晩は、幾晩あります？　ああ、この一ヵ月ときたら！　あたまを雨に叩かれながら眠れる奴がいたら、お目にかかりたい……屋根の下で眠れるんなら、何でもくれちまう。あたまを雨に叩かれないんなら、ほんとに何をくれてやっても惜しくないなあ。ああ、頭痛がする。年中ズキズキ痛むんだ」

「中国へ来たのが、まちがいのもとだ」と、一人が言った。

「ここは金星だぜ。中国とは、どういうわけだい」

「中国だとも。中国の水治療法だ。昔、こんな拷問があっただろう？　壁の真正面に人間を縛りつける。三十分に一滴ずつ水をあたまの上から垂らす。それを繰り返されると、気がへんになってくる。金星だって、おなじことだ。ただ規模がデカいだけさ。おれたちは水棲動物じゃないからな。二六時中水びたしじゃあ、眠れないし、呼吸もできないし、気がへんになる。不時着することが初めから分かってたんなら、防水服や防水帽を持ってくるんだった。何よりも辛いのは、この頭上から落ちてくる雨さ。重い、重い。こっちの精神がいつまで保つやら」

「ああ、早く太陽ドームに着かないかなあ！　太陽ドームを考えた奴は、大した発明家じゃないか」

河を渡るあいだ中、一行は太陽ドームのことを考えていた。ジャングルの雨のなか、光り輝き、行く手のどこかにそびえ立っているはずの太陽ドーム。太陽のように黄色くて、輝かしい円型の建物。高さ十五フィート、直径百フィートのその建物の内部には、あたたかさと、静けさと、ほかほか湯気の立つ食物があり、自由がある。そして太陽ドームの中央部にあるのは、もちろん太陽である。それは小さな黄色い火球で、建物のてっぺんのあたりの空間に浮いている。腰をおろし、タバコをふかし、本を読み、マシマロの塊を浮かべたチョコレートを飲みながら、その太陽を見上げることができる。それは地球から見上げた太陽とそっくりおなじ大きさだ。その絶え間ない、あたたかい光に浸って、太陽ドームでうつらうつらと時を過ごすあいだは、金星の雨また雨の世界も忘れられてしまう。

隊長はふりかえって、三人の部下を眺めた。かれらは歯ぎしりしながら、櫂を動かしている。みんな、隊長そっくりで、キノコのように白い。金星は数カ月で何もかも漂白してしまうのである。ジャングルでさえが、だだっぴろい、漫画めいた悪夢のようだ。太陽光線を受けず、年中雨が降りつづき、いつもたそがれのように暗かったら、ジャングルだって緑色になれないのが当然ではないか。白い、白いジャングル。チーズ色の木の葉。地面はカマンベール・チーズそっくり。樹木の幹は巨大なトーテム・ポール。なにもかもが黒と白である。しかも、たいていの場合、土そのものはほとんど見えない。水溜まり、小川、池、湖、河、そして海。

「それ、着いた！」

一行は水をはねかえしながら、対岸に跳びあがった。ボートはちぢまり、小さく畳まれた。それから、一行は雨のふる岸辺に立ったまま、タバコに火をつけようと悪戦苦闘した。ライターをさかさまにして、てのひらでかこって、何度も擦る。五分ばかり経って、ようやくタバコの火がついた。だが一服吸いこんだ途端に、タバコはたちまち雨に濡れてしまった。

一行は歩き出した。

「ちょっと待て」と、隊長が言った。「前方に何か見えたようだ」

「太陽ドームですか」

「分からない。雨に隠れた」

シモンズは走り出した。「太陽ドームだ！」

「シモンズ、戻って来い！」

「太陽ドームだ！」

シモンズは雨のなかに消えた。ほかの男たちはそのあとを追った。

シモンズは、ジャングルのなかの小さな空地に立っていた。男たちは立ちどまって、シモンズと、シモンズが発見したものを茫然と見つめた。

宇宙船。

それは、不時着したときのまま、横たわっていた。一行はぐるりと大きな円をえがいて、また振り出しにもどったのである。ロケットの残骸のなかに寝そべる二つの死体の口からは、緑色のキノコが生えかけていた。一同が見守るうちに、キノコはするすると傘をひらき、その傘が崩れ、しぼんだ。

「なぜこんなことになったのだろう」

「近くに電気嵐があるんだ。そのせいで、コンパスがくるった。そうとしか考えられん」

「きっとそうだ」

「どうしよう」

「また出直すか」

「よせやい、これ以上歩いたって、もうどうにもなりゃしないぜ！」

「まあ、そう言わずに、すこし冷静に考えてみよう、シモンズ」

「冷静か！　この雨を浴びて冷静でいられるか！」

「食料はあと二日保つはずだ」

雨は一行の肌や濡れた制服の上で踊っていた。みんなの鼻や耳、指や膝から、雨は滝のように落ちている。まるでジャングルのまんなかに四つの石像が立って、体の各部分から水を噴き出しているようだ。

そのとき、遠くから轟音が伝わってきた。

そして怪物が雨のなかから現れた。

その怪物は、千本の青い電気の足に支えられていた。歩きぶりは、すさまじい速さだった。一本一本の足は、地面を突き刺すように、瞬間的に下へ伸びる。その足に触れられた樹木は、裂けて燃えた。オゾンの匂いが雨のなかに満ちみち、煙はたちまち雨にかき消された。怪物の横幅は半マイル、高さは一マイル、そして盲人のように大地をまさぐっている。ときどき、瞬間的に足が一本もなくなった。と、次の刹那、その下腹部から千本の青白い鞭が伸びて、ジャングルを叩きつける。

「電気嵐だ」と、一人が言った。「あれだ、コンパスをくるわせたのは。こっちへやって来るぞ」

「みんな、伏せろ」と、隊長が言った。

「逃げろ!」と、シモンズが叫んだ。

「馬鹿を言うな。伏せるんだ。姿勢を高くすると、やられるぞ。たぶん、おれたちは大丈夫だろう。ロケットから五十フィート離れて伏せろ。きっと奴はロケットに集中して、おれたちは見逃すだろう。さあ、早く!」

部下たちは伏せた。

「来るか？」と、すこしてから、みんな訊ね合った。

「来る」

「近いか？」

「二百ヤード」

「来たか？」

「それ、来たぞ！」

怪物は頭上にかぶさった。十本の青い稲妻がロケットを攻撃した。ロケットは、打たれた瞬間の銅鑼のようにきらめいて、けたたましい音を発した。怪物はさらに十五本の足を伸ばした。それらの足は、奇妙なゼスチュアでジャングルや湿地帯に触れた。

「助けてくれ！」一人の男が跳びあがった。

「馬鹿、伏せるんだ！」と、隊長が叫んだ。

「いやだ！」

稲妻はさらに十回以上もロケットを攻撃した。隊長はあたまをねじって、横目で青い稲妻を眺めた。大木がめりめり裂けた。巨大な黒雲が、黒い円盤のように廻転し、さらに百本の電気の柱を放った。

跳びあがった男は、電気の柱が林立するなかを駆け出していた。そして柱と柱のあいだでまごまごするうちに、一ダースもの柱がまたもや落ちて来た。蝿が蝿取り用のグリル・ワイヤーに触れたときの音がした。幼年時代を農場ですごした隊長がよく知っている音だ。肉の焦げる匂いが伝わって来た。

隊長はあたまを下げた。「上を見るなよ」と、隊長はほかの二人に言った。意志に反して、自分までが今にも駆け出しそうな気持ちである。

頭上の雷雨は、さらに何本かの稲妻を放ち、やがて遠ざかり始めた。残った雨は、肉の焦げる匂いを急速に消しさった。まもなく三人の男は、上半身を起こし、胸の鼓動が鎮まるのを待った。

やがて三人は仲間の死体の方へ歩いて行った。ひょっとしたら、いのちをとりとめないとも限らぬ。このまま、なすところもなく同僚を死なせてしまうことなど、思いもよらなかった。死体に手を触れ、それをひっくりかえしてみるまで死を信じないのは、人間の通性である。死んでいれば仕方がない、埋葬するか、あるいはそのまま放置してもかまわない。一時間もすれば、ジャングルの草がすくすくと生い茂って、自然に覆い隠してくれるだろう。

ねじくれた死体は、焼け焦げた革につつまれていた。それは、いったん焼却器のなかに投げこまれ、蠟がすっかり熔けて、木炭の骨組みだけになってから引き上げられた蠟人形に似ていた。白さを保っているのは、歯だけである。それは奇妙に白い装身具のように光っていた。

「伏せなかったからだ」と、三人の男はほとんど同時に言った。

三人が死体を見おろしているうちにも、つる草や蔦は刻々と成長し、死体を覆い隠していった。死者にふさわしく、野生の花までもその埋葬に加わっている。

遠くでは、青白い稲妻の足を踏みしめながら、嵐がすこしずつ遠ざかって行った。

河を、クリークを、小川を、さらに一ダースもの河を、クリークを、小川を渡った。三人の眼前には、ひっきりなしに新しい河が姿を見せ、一方、すでに渡った河もその流れを変えていた。水銀色の河、ミルク色の河。

一行は海に出た。

「唯一の海」である。金星には大陸が一つしかない。その大陸は、縦三千マイル、横千マイルで、四方を「唯一の海」に囲まれている。この海は、金星ぜんたいにひろがっている。ほとんど動きらしい動きもなく、青ざめた岸辺に迫る「唯一の海」……

「こっちだ」と、隊長は南を指した。「こっちの方角に太陽ドームが二つある。それだけは確実だ」

「なぜ二つぽっちでなく、百も建てないんだろう」

「もう移住者は百二十名ぐらい、いたんじゃなかったかな」

「先月現在で百二十六名だ。去年だったか、太陽ドームを二ダースほど増やす法案を地球議会に出したんだが、ふん、あの議会は例によって例のごとしさ。大事な予算をつかうよりは、おれたちを発狂させたいらしい」

三人は南にむかった。

隊長と、シモンズと、第三の男ピカードは、雨のなかを歩きつづけた。土砂降りになったかと思えば、急に鎮まり、それを限りなく繰り返す雨のなかを。沛然(はいぜん)たる雨、ハンマーに似た雨は、陸に、海に、歩きつづける人間たちに、降りつづける。

最初に見つけたのはシモンズだった。「あれだ！」

「なんだ？」

「太陽ドーム！」

隊長は睫毛にまつわる雨水を払い、降りしぶく雨をさえぎるように小手をかざした。

彼方の海岸、ジャングルのはずれに、黄色く光るものが見える。まさしく太陽ドームだ。

三人の男たちは顔を見合わせて、にっこりした。

「やっぱり隊長の言った通りだ」

「よかったな」

「見ただけでもりもり元気が出てきたじゃないか。さあ、急ごう！　おれが一番乗りだぜ！」シモンズは小走りに駆け出した。ほかの二人も喘ぎ喘ぎ、疲れた足をひきずるようにして、歩調を合わせた。

「コーヒーをガブ飲みしてやるぞ」と、シモンズは息を弾ませた。「それに、シナモン・パンをたらふく！　それから寝そべって日向ぼっこだ。まったく、太陽ドームを発明した奴にはメダルをやりたいよ！」

三人はもう走り出していた。黄色い輝きがさらに強まった。

「こういうときに狂う奴が大勢いるんだなあ。永いあいだの望みが、だしぬけにかなうんだからなあ！」シモンズは走りながら、足に調子をあわせて唄の文句のようなものを喋りつづけた。「雨、雨！　むかし、むかし。ジャングルで。ともだちに。ばったり逢った。雨に濡れ。さまよっていた。一つことしか。言わないんだ。『どうしよう。この雨から。逃げたいよ。どうしよう。この雨から。逃げたいよ。どうしよう――』一つことを。繰り返す。かわいそうな男さ」

「すこし黙れ、息が切れるぞ！」

三人は走った。

三人とも声をたてて笑っていた。笑いながら、太陽ドームのドアにたどりついた。

シモンズがドアをぐいとあけた。「こんちは！」と、シモンズはどなった。「コーヒーとパンを頼むよ！」

返事がない。

三人はドアから中へ入った。

太陽ドームはがらんとして暗かった。青色の天井のまんなかに浮かぶ人工太陽なぞ、ありはしなかった。あたたかい食物のかけらもない。あなぐらのような寒さ。天井に最近うがたれたらしい無数の穴から、雨が滝のように流れこみ、厚い敷物やモダンな家具類を水びたしにし、ガラスのテーブルに飛沫をあげていた。書棚や長椅子の蔭からは、すでにジャングルの草木が生い茂り始めていた。天井から降る雨は、容赦なく三人の顔に降りかかって来た。

ピカードはうつろな声で笑い出した。

「どうした、ピカード」

「ああ、これを見ろ——食物もない、太陽もない、なんにもない。金星人だ——奴らの仕業だ！　それにきまってる！」

雨のしずくの流れ落ちる顔で、シモンズはうなずいた。その銀色の髪にも、白い眉毛にも、雨水が流れていた。「金星人はときどき海から上がって来て、太陽ドームを攻撃するそうだ。太陽ドームがなけりゃ、おれたちが生きていけないことを、知ってやがる」

「しかし太陽ドームには武器があったはずだ」

「もちろん」シモンズは比較的乾いている場所へ体をうつした。「でも金星人が攻撃を始めてから、もう五年にもなる。長期戦ともなりゃあ、備えもおろそかになりがちだ。このドームはきっと不意を襲われたんだろう」

「死体はどこにあるんだろう」

「金星人どもが全部、海へ持って行ったんだ。噂だと、人間を溺れさせるのに、実に愉快なやり方をするそうだ。完全に溺死するまでに八時間もかかるんだとさ。まったく愉快じゃないか」

「とにかく、ここに食料がないことだけは確実だな」ピカードは笑った。

隊長は顔をしかめ、シモンズに合図をした。シモンズはうなずいて、大広間の脇の小部屋へ入って行った。調理場は、いたるところ、ぐしょ濡れのパンと、緑色のカビが生えた肉とでいっぱいだった。調理場の天井にも、百もの穴があけられ、雨はそこからも降りこんでいたのである。

「よし」と、それらの穴を見上げて、隊長は言った。「あの穴を全部ふさいで、ここでしばらく休憩するか」

「食物がないのに休憩ですか」と、シモンズが鼻を鳴らした。「太陽光線合成器もむしりとられていますよ。もう一つの太陽ドームに行くのが一番じゃないかな。ここから距離はどれくらいです？」

「大したことはない。確か、ここの太陽ドームは、二つがごく接近して建てられていたはずだ。ここで待っていれば、もう一つのドームから、たぶん救援隊が――」

「いや、もう何日か前に、救援隊は来て、行っちまったでしょう。あと半年も経てば、地球議会から予算が来て、ここも修理されるかもしれないですがね。待っていても無駄じゃないかな」

「分かった。よし、じゃあ、残りの食料をたべて、次のドームへ出掛けよう」

ピカードが言った。「二、三分でもいい、この雨がおれの頭を打つのをやめてくれないかな。おれはもう、雨に打たれないときの感じを忘れてしまった」ピカードは頭に両手をあて、じっと頭蓋を押さえるようなしぐさをした。「小学校時代、いじめっ子がおれのうしろに坐っていて、五分おきぐらいに、しつこくツネるんだ。それが何週間も、何カ月もつづいた。おれの腕には、青痣の絶え間がなかった。こんなことがいつまでもつづいたら気が狂うと思った。ある日、あんまりツネられるんで、おれはカンシャクをおこして振り向き、製図用の金属の三角定規で、そいつを突き殺そうとした。もうすこしで目をえぐり出しそうになった時、おれは教室から引きずり出されたが、おれは大声でどなってやった。『あいつ、なぜおれをかまうんだ。あいつ、なぜおれをかまうんだ』と、どなってやった。でも、今はなんたるざまだ」

ピカードは目をとじ、頭蓋を両手でつかんで、ゆすぶるようにした。「おれはだれをなぐればいいんだ！　だれをどなりつけてやればいいんだ！　この雨のちくしょうめ、あのいじめっ子とおなじことだ。二六時中、雨の音しかきこえない。雨のしずくしか感じない！」

「午後の四時頃には、もう一つの太陽ドームに着くよ」

「太陽ドーム？　この太陽ドームはどうだ！　金星中の太陽ドームがぶっこわれていたら？　そしたら、どうする？　天井が穴だらけで、雨がざあざあ漏っていたら、どうする！」

「一か八か、行ってみるより仕方がない」

「一か八かは、もう沢山だ。おれが欲しいのは、屋根だ。雨の音のしない所だ。おれは一人になりたい」

「元気を出せよ。あとせいぜい八時間じゃないか」

「心配するな。まだ元気だ」そしてピカードは二人の男をまともに見ずに、げらげら笑い出した。

「めしにしよう」と、その様子を見守りながら、シモンズは言った。

　三人はふたたび南方をめざして、海岸を歩き始めた。四時間後、ボートで渡れないほど幅のひろい、流れの速い河にぶつかったので、海岸を離れて内陸へむかった。六マイルほど歩くと、まるで致命的な傷口のように、地面から河が涌き出している場所にたどり着いた。三人は雨のなか、その地点をぐるりとまわって、海岸へ戻った。

「おれは眠らなきゃ、どうにもならん」と、やがてピカードが言い、どっかり腰をおろした。「もう四週間も眠っていない。眠ろうとしても、駄目なんだ。ここで眠る」

空は暗くなりかけていた。金星の夜が始まる。それは完璧な闇だから、行動は危険なのだ。シモンズと隊長は腰をおろした。隊長が言った。「よし、なんとか眠るように努力しよう。うまくいくかどうか分からんがね。この雨のなかじゃ、とても眠りは到来しそうもない」

三人は手足をのばし、口に水が入らぬように、あたまを高くして、目をとじた。隊長の顔はピクピクひきつった。

眠れない。

いろんなものが肌の上を這っている。いろんなものが層をなして肌の上で成長する。雨のしずくが雨のしずくにかさなり、小さな流れとなって肌を流れる。衣服の上では、小さな森が育っている。蔦が体にからみつき、第二の衣服となる。小さな花がつぼみをひらき、花びらをひらき、やがて散る。そのあいだにも降りつづける雨、雨。ほのかに明るい夜のなかで——成長する植物が闇に光るのである——ほかの二人の輪郭がぼんやりと見える。横たわる材木のように。草や花にビロードのように覆われた材木。雨が顔にあたる。手で顔を覆う。雨が頸筋にあたる。泥のなかから生えているゴムのような植物の上へ、ぐるりとうつぶせになる。雨は背中に、両足にあたる。

いきなり跳び起きて、体中の水分を払いおとす。体に触れる数千の手。もうさわられるのは沢山だ。もうさわられるのは我慢できない。手足をやたらにふりまわすと、何かにぶつかる。シモンズだ。やはり立ちあがっていたのである。咳をし、水にむせ、くしゃみをしている。と、ピカードが出しぬけに立ちあがり、大声をあげて、走り出した。

「待て、ピカード！」

「やめろ、やめろ！」と、ピカードは金切り声をあげ、夜の空にむかって拳銃を六発撃った。発射の瞬間、そのフラッシュのなかで無数の雨のしずくが見えた。まるで拳銃の音におどろいて、雨そのものが動きを止めたような、広大な琥珀色の壁。数百億の雨のしずく、数百億の涙、数百億のアクセサリー、白いベルベットの板の上に並べられた数百億の宝石。フラッシュが消えると、写真を撮られるあいだ停止していた雨のしずくたちは、冷たさと痛さの昆虫たちのように、いっそう烈しく三人の男の上に降りかかってきた。

「やめろ！　やめろ！」

「ピカード！」

だがピカードは茫然と立ちつくしている。隊長が小さな懐中電灯をつけて、ピカードの顔を照らした。その瞳孔はひろがり、口はぽかんとひらいている。顔が上を向いているので、雨水は舌に跳ねかえり、ひらいたままの目に溜まり、鼻のあたりに泡立っている。

「ピカード！」

男は返事をしない。白い髪に雨のしずくがふりかかり、手頸や首筋からは、雨の宝石が手錠のように垂れている。

「ピカード！　もう出掛けるぞ。そのままの恰好で、ピカードはぼんやり立っている。

ピカードの耳から垂れる雨のしずく。

「きこえないのか、ピカード！」

井戸の底にむかって叫ぶようなもので、反響はない。

「ピカード！」

「放っておきましょう」と、シモンズが言った。

「置き去りにはできない」

「じゃあ、どうするんです。おんぶして行きますか？」シモンズは唾を吐いた。「こいつはもうお終いです。どうなると思います？　こうやって立ったまま窒息死だ」

「なんだって？」

「分からないんですか。このまま、こうやって立っていれば、雨が鼻や口から流れこむ。肺に水が入って死ぬんです」

「まさか」

「メント将軍もおなじ死に方だった。岩に腰をおろして、あおのいて、雨を吸いこんだ。肺は水びたしです」

隊長は懐中電灯を、まばたきもせぬ顔に戻した。ピカードの鼻の穴から、あぶくの音がきこえる。

「ピカード！」隊長はその顔を平手で打った。

「感じがなくなっている」と、シモンズが言った。「この雨のなかに何日もいれば、顔や手や足の区別もなくなっちまうんだ」

隊長はぞっとしたように自分の手を見た。思いなしか、手にしびれを感じる。

「しかしピカードをここに置いて行くわけにもいかん」

「じゃあ、わたしが始末しましょう」シモンズは拳銃を撃った。

ピカードはぬかるみのなかに倒れた。

シモンズが言った。「動かないで、隊長。へたに動くと、あなたも撃ちますよ。よく考えて下さい。こいつはいずれ窒息死するんだ。こうしたほうが手っとりばやいというものです」

隊長は死体に目を走らせた。「しかし、殺すことはなかった」

「殺さなきゃ、こっちの荷物になって、われわれが殺されるんです。顔を見たでしょう。完全に狂っていた」

ややあって、隊長はうなずいた。「よかろう」

二人は雨のなかを出発した。

まっくらである。懐中電灯は篠つく雨をほんの数フィートしかつらぬかない。三十分も歩くと、二人は腰をおろし、ひもじさをかかえて、夜明けを待った。灰色の夜明けが来ても、雨は依然として降りやまず、二人はまたもや歩き出した。

「計算がちがったんじゃないかな」と、シモンズが言った。

「いや、あと一時間だ」

「もっと大きな声で言って下さい。よくきこえない」シモンズは足をとめて微笑した。

「ああ」と、シモンズは耳に手を触れた。「耳だ。とうとうやられた。雨のせいで、骨までしびれちまった」

「もう何もきこえないのか」と、隊長が言った。

「え？」シモンズの目が物問いたげに光った。

「なんでもない。行こう」

「わたしはここで待っています。先に行って下さい」

「それはいけない」

「なんですって。きこえない。先に行って下さい。くたびれました。この道を行っても、太陽ドームはありそうもない。あるとしても、きのうのやつみたいに、天井に穴があいてるんだ。わたしはここに坐っています」

「さあ、立て！」

「さよなら、隊長」

「今へたばっちゃ駄目だ」

「この拳銃が、もう歩くなと言っています。もう精も根もつき果てた。まだ狂っちゃいないが、狂う一歩手前です。ピカードみたいなざまはいやだ。あなたの姿が見えなくなったら、この拳銃を使います」

「シモンズ！」

「わたしの名前を言ったのですね。くちびるを見ていたら、それだけは分かった」

「シモンズ」

「もう時間の問題ですよ。今死ななくても、あと数時間で死ぬ。まあ、もう一つの太陽ドームまでいらっしゃい。行き着いたら、天井から雨が漏っていたなんてね。すてきじゃないですか」

隊長はしばらく待っていたが、やがて水しぶきをあげて歩き出した。それから振り向いて、もういちど部下の名を呼んだが、シモンズは坐ったまま、拳銃を構え、隊長の姿が見えなくなるのを待っている。手を振って、隊長に行ってくれと合図している。

拳銃の音は雨に消されてきこえなかった。

隊長は歩きながら花をたべた。花はしばらく胃の腑に収まっていた。どうやら毒ではないらしい。だが空腹は満たされなかった。一、二分後に、隊長は花を吐いた。

木の葉で傘を作ろうとしたが、これはもう実験ずみのことだった。葉は雨にたちまち溶けてしまう。摘んだ途端に発育がとまり、手のなかで灰色の塊になって流れてしまうのだ。「あと五分歩いたら」と、隊長は思った。「海にはいって、そのまま沖へ歩いていこう。おれたちは金星には住めないのだ。今までだって、これからだって、地球人がここに住めるとは思えない。さあ、もうすこしの辛抱だぞ」

泥濘と木の葉の海をかきわけるようにして、隊長は小高い丘にのぼった。冷たい雨水のヴェールの向こうに、かすかにひかる黄色いもの。

太陽ドーム。

樹木のあいだから、遙か彼方に黄色い円型の建物が見える。一瞬、隊長は立ちどまった。ふらふらしながら、瞳をこらした。

途端に駆け出したが、すぐに思い直した。あれも前のドームとおなじだったら？　死んだ太陽ドーム、太陽のない太陽ドームだったら？

足がすべって、地面に倒れた。このまま寝てしまえ。あれにだまされるな。このまま動かずにいろ。行っても無駄だ。雨水を腹いっぱい飲むがいい。

それでも、よろよろ立ちあがり、いくつかの小川を渡った。次第に輝きを増してくる黄色い光。足で鏡やガラスを砕き、手でダイヤモンドや宝石を振り払いながら、ふたたび走り出した。

黄色いドアの前に立った。〈太陽ドーム〉と彫りこまれた文字。しびれた指でそれに触れた。それからノブをまわして、一歩踏みこんだ。

目を四方に走らせる。うしろには、ドアに吹きつける雨。前には、低いテーブルの上に熱いチョコレートをたたえた銀器。湯気の立つチョコレート。マシマロを浮かせたカップ。その脇の盆には、鶏肉と新鮮なトマトと玉ネギをはさんだ厚いサンドイッチ。すぐ目の前に、大きな緑色のバス・タオルを掛けた棒があり、濡れた衣類を入れる脱衣箱があり、右手には熱い光線で瞬間的に体を乾かす小部屋がある。椅子には着替え用の衣服。だれが利用してもかまわない衣服。その向こうには、コーヒー沸かしのなかで煮えたぎっているコーヒー、しずかな音楽を流しているプレイヤー、赤と茶色の革で装幀された書物。書棚のそばには、寝椅子。ふかぶかとやわらかい寝椅子。大広間をつかさどる輝くものの光を浴びて、はだかで寝そべり、飲みものをのむ、そのための寝椅子。

思わず目をこする。何人かの男たちが近寄ってくるが、声も出ない。目をひらいて、足もとを見る。制服から垂れた水が、足もとに水溜まりをつくり、髪から、顔から、胸から、腕から、足から、雨水はどしどし蒸発していく。

目をあげて、太陽を見る。

それは部屋の中央にかかっている。大きな、黄色い、あたたかい太陽。それは音を立てない。部屋中がひどく静かだ。ドアがしまっている。雨はもはや思い出にすぎない。うずく体。部屋の青空高く、太陽。あたたかい、熱い、黄色い、美しい太陽。
衣服をぬぎすてながら、前へ歩き出す。

ロケット・マン

電気ホタルが母さんの黒い髪のあたりを飛びまわって、足もとを照らしていた。母さんは寝室の戸口に立って、ぼくが静かな廊下を歩いて行くのを見ていた。「ほんとに手伝ってね。今度こそ父さんがうちにいてくれるようにするのよ」

「うん、まあね」と、ぼくは言った。

「お願いよ」ホタルの光に照らされて、母さんの顔は青白く見えた。「また行ってしまわれると困るから」

「わかった」と、ぼくはちょっと立ちどまって言った。「でも、うまくいかないと思うよ。なんにもならないよ」

母さんは向こうへ歩き出した。電気ホタルはそれにくっついて、空の星座のように移動し、母さんの行く道を照らした。母さんのちいさい声がきこえた。「とにかく、なんとか引きとめなくちゃ」

ほかのホタルは、ぼくの部屋までついて来た。ぼくの体の重みで、ベッドに仕掛けてある回路が切れると、ホタルたちは消えた。もう真夜中だ。母さんとぼくは、べつべつの部屋で、暗闇のなか、ベッドに横になっていた。ベッドはしずかに揺れて、唄をうたい始めた。ぼくはスイッチを切って、ベッドの動きと音楽をとめた。眠りたくない。ぜんぜん眠りたくない。

今晩も、今まで何千回となく繰り返された夜とおなじことだ。夜中に目がさめると、冷たい空気が熱っぽくなり、風のなかに火が燃え、壁がピカッと光るのに気がつく。それは、父さんのロケットがうちの上空を通過したしるしだ。そのショックで、樫の木がゆれる。ぼくはベッドに寝たまま、目をあけて、はあはあいっているだろう。母さんはじぶんの寝室にいる。室内ラジオから、母さんの声がきこえてくる。

「感じた?」

ぼくは返事する。「父さんだね」

宇宙ロケットなんかめったにとおらないこの田舎町の上空を、父さんの宇宙船は通過する。ぼくたちは、そのあと二時間くらい、目をさまして、考えているだろう。『今頃、父さんはスプリングフィールドに着陸した。いま、滑走路に立った。いま、書類にサインした。今、ヘリコプターに乗った。今、河を飛びこえた。今、山を飛びこえた。今、このグリーン・ヴィレッジの小さな飛行場に着陸した……』そして母さんとぼくが、べつべつの冷たいベッドで聴き耳を立てているうちに、夜はどんどんふけてしまうだろう。『今、ベル街を歩いている。父さんはいつも歩く……タクシーに乗らない……今、公園を横切った。今、オークハーストの角をまがった。今……』

ぼくは枕からあたまをもちあげた。道路のずっと向こうの方から、せかせかした軽い足音が近づいてくる。うちの角の所でまがって、うちのポーチの段々をのぼってくる。母さんとぼくは、冷たい暗闇のなかでにっこりした。玄関のドアが、父さんを見分けて、ぱっとひらき、お帰りなさいと言って、またしまる……

三時間後、ぼくは息を殺して、父さんと母さんの部屋のドアの真鍮のノブをまわし、宇宙みたいに広い暗闇を手さぐりしながら、ベッドの足もとにある小さな黒いケースを探りあてた。そのケースを持って、そうっとぼくの部屋へ戻った。どうせ、ちゃんと頼んだって、父さんは話してくれやしないんだ。ぼくに教えたくないんだから。

ケースをあけると、父さんの黒い制服が出てきた。それは、ちょうど暗黒星雲みたいに、布地の奥の方に星がぽつぽつ光っている服だ。ぼくはあたたかい両手で黒い布地を揉みほぐすようにした。いろんな惑星の匂いがする。火星の鉄の匂い、金星の蔦の匂い、水星の硫黄と火の匂い。それに、乳色のお月様の匂いもするし、硬い流れ星の匂いもする。ぼくはその服を、学校で工作の時間に作った遠心分離機のなかへ入れ、ぐるぐるまわした。まもなく、こまかい粉がレトルトにたまった。その粉を、顕微鏡でのぞいた。父さんと母さんはちっとも知らないで眠っているし、うちの自動パン焼き器も、自動運搬器も、ロボット洗濯機も、みんな電気をとめて眠っている。そのあいだに、ぼくはピカピカ光る流星のかけらや、ほうき星の尻尾の屑や、木星の沃土（ローム）やなんかを、顕微鏡でのぞいていた。ひとつぶひとつぶが、それぞれ一つずつの世界みたいで、見ているうちに、ぼくの体は加速度がついて、十億マイルも彼方の宇宙の奥に吸いこまれて行くようだ。

明け方になると、この秘密の旅行に疲れたし、見つかるとこわいので、ぼくは制服のケースを父さんと母さんの寝室に戻しておいた。

それからすこし眠ったが、ドライ・クリーニングの車が来て警笛を鳴らしたので、すぐ目がさめた。車は制服のケースを受け取ると、行ってしまった。やっぱりゆうべやってよかった、とぼくは思った。あと一時間もすれば、制服はすっかり洗濯されて、宇宙の垢を洗いおとされて、戻ってくるのだから。

魔法の粉を入れた小さなガラス壜を、パジャマの胸ポケットにしまって、ぼくはまた眠った。

下へ行くと、父さんは朝ごはんのテーブルにむかって、トーストをかじっていた。「よく眠れたかい、ダグ」と、父さんは言った。まるで、ずっと、この家にいたみたいだ。三カ月も外に出てなどいなかったみたいだ。

「眠れた」と、ぼくは言った。

「トーストをたべなさい」

父さんはボタンを押した。朝ごはんのテーブルは、キツネ色に焼けたトーストを四枚つくってくれた。

その日の午後、父さんが庭で土を掘っていたのをおぼえている。まるで何かを探している動物みたいだった。日に焼けた長い腕をせわしなく動かして、花を植えたり、足で土を踏んで固めたり、草をむしったり、枝おろしをしたり。そのあいだ中、日に焼けた顔をうつむけ、目は土ばかり見つめていて、絶対に空を見ない。ぼくや母さんも見てくれない。ぼくと母さんが、父さんのそばに行って、しゃがんで、黒い土に手をつっこんで遊び始めたら、ようやくこっちを見て、やさしくウインクしてくれた。それから父さんは背中をまるめ、うつむいて、仕事をつづけた。空は父さんの背中をにらんでいた。

その晩、ぼくたちは、機械じかけのポーチに腰をおろしていた。ぼくたちをゆらしたり、涼しい風をおくったり、唄をうたってくれたりするポーチだ。夏の月夜だった。ぼくたちはレモネードの冷たいグラスを手に持っていた。父さんはステレオ新聞を読んでいた。これは、特別の帽子に差しこんだ新聞で、三回まばたきをすれば、拡大鏡の前のページがひとりでにめくれる仕掛けになっている。父さんはタバコをふかしながら、父さんが子供だった一九九七年頃の話をしてくれた。しばらくしてから、いつもの質問をした。「ダグ、お前はどうして缶蹴り遊びをしに行かないんだい」

ぼくが黙っていると、母さんが言った。「していますよ、この子は。あなたがお出掛けの夜に」

父さんはぼくを見た。それから、その日初めて、空を見た。父さんが星を眺めると、母さんはいつも父さんを眺める。旅行から帰って来て、初めの一日ぐらいは、父さんはあまり空を眺めない。今日の昼間、顔を土にこすりつけるようにして、すごい勢いで庭仕事をしていた父さんのことを、ぼくはそのとき思い出した。でも、二日目の晩になると、父さんは空を眺めるようになる。母さんは、昼間の空はそんなにこわがらないけれど、夜の星は消してしまいたいらしい。ときどき、心のなかで一生懸命スイッチを探しながら、どうしてもそれが見つからないといったように見えた。そうして三日目の夜になると、父さんはいつまでもポーチに坐っている。ぼくがベッドに入ってから、だいぶ経って、ちょうど外で遊んでいるときのぼくを呼ぶのとそっくりに、母さんが父さんを呼ぶ声がきこえる。するると父さんは溜息をついて、電気式のドアをしめて、うちに入ってくる。その次の朝、ごはんをたべている父さんの足もとを見ると、小さな黒いケースが置いてある。母さんはまだ起きてこない。

「さて。じゃあ行ってくるよ、ダグ」と、父さんは言い、ぼくの手を握る。

「三ヵ月ぐらい？」

「そうだ」

そして父さんは、制服を入れたケースを脇にかかえ、ヘリコプターにもバスにも乗らずに、道路をどんどん歩いて行ってしまう。ロケット・マンを鼻にかけていると、世間の人に思われたくないのだ。

母さんは、そのあと一時間ぐらい経ってから、朝ごはんをたべに出てくる。父さんが出掛けた朝は、いつもトーストを一枚しかたべない。

でも、今は帰ってきたばかりの晩だ。すばらしい晩だ。父さんは星をぜんぜん見ない。

「テレビの展示会に行こうよ」と、ぼくが言った。

「よし」と、父さんが言った。

母さんはぼくを見て、にっこりした。

そこで、ぼくたちはヘリコプターを町へ飛ばし、いろんな陳列品を見て歩いた。父さんは、ぼくたちと一緒にいろんなものをながめ、よそ見をしなかった。おもしろいものを見て笑ったり、まじめなものをまじめな顔で見たりしているうちに、ぼくは思い出した。父さんは土星や、海王星や、冥王星へ行くのに、ぼくにおみやげを持って来てくれたことがない。お父さんがロケット・マンをしているほかの子は、しょっちゅう、カリスト（木星の第三衛星）の鉱石の切れっぱしや、黒い隕石のかけらや、青い砂やなんかをおみやげにもらっている。ぼくは仕方がないから、ほかの子から火星の石や水星の砂をわけてもらって、ぼくの部屋に飾ってあるけれど、父さんはそれを見てもなんにも言わない。

でも、ときどき母さんにはおみやげを持ってくる。いつか火星の花を庭に植えたこともあった。でも、父さんがそのあと出掛けて、ひと月ぐらい経って、花が大きくなると、母さんはある日、急に庭に走って出て、一つのこらず花を切ってしまった。

三次元の展示品の前で立ちどまったとき、ぼくはついうっかりして、いつもの質問をしてしまった。

「宇宙旅行って、どんななの」

母さんがおびえたような目で、ぼくを見た。もう取り返しがつかない。

父さんは答えを考えるように、たっぷり三十秒間も黙って立っていてから、肩をすくめた。「一番すばらしいことだ。こんなすばらしいことは、ほかにない」言ってしまってから、はっと気がついたらしい。「いや、大したことはない。退屈なものだ。ダグはきっと気に入らないだろう」そして気がかりらしく、ぼくを見た。

「でも父さんは、いつも出掛けるね」

「習慣だ」

「今度はどこへ行くの」

「まだ決めてない。これから考える」

父さんはいつも自分で行き先をえらぶ。ロケット・パイロットは数がすくないから、好きなとき、好きな行き先をえらんで仕事できるのだ。いつでも、うちへ帰ってきて三日目の夜になると、父さんはあたまのなかで次の目的地のことを考え出す。

「さあ」と、母さんが言った。「もう帰りましょう」

ぼくたちは、わりと早い時刻にうちへ帰った。ぼくは父さんに、制服を着てみせて、とせがんだ。こんなことを言っちゃいけなかったのかもしれないが——母さんがいやがるから——でもぼくはどうしても見たくなったのだ。今まで何度頼んでも、父さんは承知してくれなかった。だから、制服姿の父さんをぼくはまだ一度も見たことがなかった。ことわりきれなくなって、父さんは言った。「よし、着てみせよう」

父さんはエア・パイプで二階へあがり、ぼくたちは居間で待っていた。母さんは、自分の息子に裏切られるとは思いもよらなかったというような顔で、ぼんやりとぼくを見た。ぼくは目をそらして、「ごめんね」と言った。

「ちっとも手伝ってくれないじゃないの」と、母さんは言った。「ひどいわ」

すぐエア・パイプから声がきこえた。

「さあ、着たよ」と、父さんは低い声で言った。

ぼくと母さんは、制服姿の父さんを眺めた。

それはつやつやした黒い服で、ボタンは銀色。黒い長靴の踵のところまで銀色のふちどりがしてある。まるで、だれかが暗黒星雲を手と足と胴体のかたちに切り取ったような服だ。布地の奥のほうで、小さな星がかすかにきらめいている。ほっそりした手にはめた手袋のように、服は父さんの体にぴったり合っていた。冷たい空気と、金属と、宇宙の匂いがする。火と時間の匂いがする。

父さんは照れたような笑顔で、部屋のまんなかに立っていた。

「ぐるっと廻ってみて」と、母さんが言った。

母さんは遠い所を見る目つきで、父さんを眺めていた。

父さんが出掛けているあいだ、母さんは絶対に父さんの話をしない。天気のことや、ぼくの扁桃腺のことや、湿布のことや、夜眠れなかったことや、そんな話しかしない。一度、夜、外があかるすぎると言ったことがあった。

「でも今週は月が出ていないよ」と、ぼくは言った。

「じゃあ、星あかりね」と、母さんは言った。

ぼくはお店に行って、濃い緑色のシェードを買って来た。その晩、ベッドに寝ていたら、母さんがシェードを窓の下まで引きさげる音がきこえた。しゅっという、するどい音だった。

あるとき、ぼくが庭の芝生を刈ろうとしたことがあった。

「だめよ」と、母さんが戸口に出て来て言った。

「その機械をしまって」

だから芝生は三ヵ月ものびっぱなしだった。父さんが帰って来て、ようやく刈った。芝生だけではなく、電気調理器でも、自動読書器でも、ぼくが修理しようとすると母さんはきっと、いけないと言う。まるでクリスマスの前みたいに、いろんな仕事をためておくのだ。そして父さんは、帰ってくるとすぐ、トントン大工仕事をする。そうして母さんと顔を見合わせて、にこにこ笑っている。

そう、父さんが留守のとき、母さんは絶対に父さんの話をしない。父さんも、出掛けているあいだは、絶対に電話をかけてこない。あるとき父さんは言った。「電話をかけると帰りたくなる。悲しい気持ちになる」

一度、父さんはこうも言った。「母さんはときどき、父さんがいないような顔をしているね——父さんは透明人間か何かみたいな気分だよ」

ぼくも母さんのそんな様子に気がついていた。父さんの肩ごしに向こうを見つめたり、顎や手を眺めたりはするけれど、絶対に父さんの目を見ないのだ。ひょっとして目と目が合ったりすると、母さんの目にはうすい膜が張ってしまう。眠るときの動物みたいだ。ちゃんと相槌を打ったり、笑顔をみせたりはするのだけれど、いつも半秒ぐらいおくれる。

「母さんには、父さんが見えないんだ」と、父さんは言った。

でも、たまには母さんに父さんが見える日もあった。そんなとき、父さんと母さんは腕を組んで通りを散歩したり、車でドライブしたりする。母さんの髪の毛は、ちいさな女の子の髪みたいに風になびいた。母さんはキッチンのいろんな機械のスイッチを切って、自分でおいしいケーキやパイやクッキーを焼く。そして父さんの目をじいっとのぞきこんで、ほんものの笑い方をする。でも、そんな日が何日かつづくと、しまいに母さんはきっと泣き出すのだった。すると父さんは困ったような顔で、部屋のなかをあちこち眺めている。何か言いたいのだけれど、なんにも言えないらしい。

今、制服を着た父さんは、ゆっくり一廻転した。

「もういちど廻ってみて」と、母さんは言った。

次の日の朝、五、六枚の切符をつかんで、父さんはすごい勢いでとびこんできた。カリフォルニア行きのピンクのロケットの切符と、メキシコ行きの青い切符だ。

「さあ出発だ！」と、父さんは言った。「汚れてもいい服を買って、汚れたらどんどん捨てちまおう。ほら、この切符をごらん。正午のロケットでロサンジェルスへ行って、午後二時のヘリコプターでサンタ・バーバラへ行って、九時の飛行機でエンセナーダへ行って、そこで一泊だ！」

というわけで、ぼくたちはカリフォルニアへ行き、太平洋に沿って一日半とびまわってから、ようやくマリブの浜に落ち着き、砂浜でウインナ・ソーセージを焼いてたべた。父さんはしょっちゅう唄をうたったり、ぼくらの唄を聴いたり、あたりの景色をながめたり。まるで、地球はすごいスピードでまわる遠心分離機だから、ふりおとされたら大変だというように、あたりの景色や物事にしがみついているみたいだった。

マリブの浜も今日限りという日の午後、母さんはホテルの部屋にこもっていた。父さんは、ぼくとならんで砂浜に寝そべり、ながいこと甲羅ぼしをした。「ああ」と、父さんは溜息をついた。「これなんだ」父さんは目をとじ、あおむけに寝そべって、太陽を浴びていた。「これが恋しくなるんだ」と、父さんは言った。

もちろん、「ロケットに乗っていると」と言うつもりだったのだろう。でも、父さんは「ロケット」ということばを口に出さなかったし、ロケットに乗っているときの不自由なことを話しもしなかった。ロケットには潮風もない、青空もない、黄色い太陽もない、母さんのお手製の料理もない。ロケットに乗っていては、十四歳の息子と話をすることもできない。

「すこし話をしよう」と、父さんはしばらくしてから言った。

それから、三時間もぶっつづけに、型通りの話がだらだらとつづいた。ぼくは甲羅ぼしをしながら、学校のことや、棒高跳びのことや、水泳のことや何かを、すこしずつ父さんに話した。

父さんは、ぼくの話に、笑顔でいちいちうなずき、はげますようにぼくの胸をピシャピシャ叩いた。話はいつまでもつづいた。ぼくたちは、ロケットや宇宙の話はしなかったが、メキシコの話をした。前に、ぼくたちは一度メキシコへ、古めかしい車でドライブしたことがある。雨のふる真昼のメキシコの森のなかで、何百匹もの蝶が車のラジエーターに吸いこまれた。青と真紅の翅をばたばたさせながら、美しい蝶たちはラジエーターのなかで死んでしまった。そのときの思い出ばなしを、ぼくたちは話しつづけた。父さんはぼくのことばに耳を傾けていた。耳にきこえる音をぜんぶ体のなかに詰めこもうとしている、そんなふうに見えた。ぼくの声や、風の音や、波の音を、うっとり聴いている。耳のほかの肉体の働きをすっかり止めて、音だけに注意を集中している。目をつぶっている。ぼくは思い出した。父さんがリモート・コントロールの芝刈機をつかわずに、わざわざ手で芝生を刈ったときも、こんなふうだった。父さんは芝生を刈る音を楽しんでいた。引っこぬいた雑草の匂いを楽しんでいた。

「ダグ」と、その日の午後五時頃、タオルをぶらさげて、波打ち際を歩いていたとき、父さんは言った。「約束してもらいたいことがある」

「なあに」

「大きくなったら、ロケット・マンにだけはならないでくれ」

ぼくは立ちどまった。

「まじめな話だよ」と、父さんは言った。「なぜかというと、ロケット・マンというものは、宇宙に出ていると家へ帰りたくなる。家に帰ってくると、また宇宙へ出たくなる。こういう精神状態にとり憑かれたらお終いだ」

「でも――」

「今のお前には、こういうことは分からないだろうな。父さんは宇宙を飛んでいるとき、いつも思うんだ。『こんど地球に戻ったら絶対に外へは出ないぞ。二度と宇宙には飛び出さないぞ』ところが、帰ってくると、また出掛けてしまう。おそらくこんなことが死ぬまでつづくんだ」

「ぼくは前からロケット・マンになりたかったんだよ」と、ぼくは言った。

父さんにはぼくのことばがきこえなかったらしい。「父さんはそれでも努力しているんだ。こんど土曜日に帰ってきたときだって、一生懸命になって、うちに居つづけようとしたんだ」

ぼくは父さんの庭仕事のことを思い出した。この旅行だって、甲羅ぼしだって、そのためにやっているんだ。海や、陸や、町や、自分の家が、何よりも大切なものなのだと、自分に思いこませようとしていたんだ。でも、父さんが今晩何をするかは分かっている。うちのポーチに腰をおろして、オリオン星雲を眺めるにきまっている。

「父さんみたいにはならないと約束しておくれ」と、父さんは言った。

ぼくはしばらくためらってから、「オーケー」と言った。

父さんはぼくの手を握って、「いい子だ」と言った。

その日の晩ごはんはすてきだった。母さんはシナモンやパン粉やお鍋やフライパンと大格闘をして、ほかほか湯気の立つ大きな七面鳥をテーブルにのせた。ドレッシングや、クランベリ・ソースや、お豆や、かぼちゃパイもついている。

「まだ八月の半ばだよ」と、父さんはびっくりして言った。

「だって感謝祭（十一月の第四木曜日）ごろには、うちにいらっしゃらないでしょ」

「たぶんそうなるだろう」

父さんは、くんくん匂いをかいだ。一つ一つのポットの蓋をあけて、日焼けした顔に湯気をあてた。そして「ああ」と言った。それから、部屋を見まわし、自分の両手を見た。壁の絵を、椅子を、テーブルを、ぼくを、母さんを見た。そして咳払いをした。とうとう決心したのだ。「リリー」

「なあに」母さんはテーブルごしに父さんを見た。テーブルはすてきな銀色の罠だ。動物がコールタールの池に落ちこむように、父さんはすばらしい肉汁のなかに溺れ、七面鳥の骨におさえつけられるだろうか。母さんの目が、キラキラ光った。

「リリー」と、父さんは言った。

早く言えばいいのに、とぼくは心のなかで叫んでいた。早く言っちゃえ。今度こそ、いつまでも家にいる、宇宙には二度と出掛けない。早く、そう言っちゃえ！
ちょうどそのとき、上空を通りすぎるヘリコプターの音がひびいてきた。窓枠がビリビリ鳴った。父さんは窓を見た。

窓から見える空には、夕星が光っていた。まっかな火星が東の空から昇るところだった。父さんは、たっぷり一分間、火星を見つめた。それから、手だけぼくの方にのばして、こう言った。「豆をとってくれないか」

「ちょっと、ごめんなさい」と、母さんは言った。「パンを持ってくるのを忘れたわ」

そしてキッチンへ走って行った。

「パンはテーブルに出てるのに」と、ぼくが言った。

父さんはぼくを見ずに、食事を始めた。

その晩、ぼくは眠れなかった。午前一時頃、下へ行ってみたら、月の光が氷のように屋根に光り、芝生には露がピカピカ光っていた。ぼくはパジャマ姿で戸口に立ち、なまぬるい夜の風にあたっていたが、ふと見ると、機械じかけのポーチに父さんが坐って、しずかに揺れている。父さんの顔は上を向き、夜空に輝く星の運行を眺めていた。その目は、月の光をうけて、灰色のガラスみたいに見えた。

ぼくは外へ出て、父さんのそばに腰をおろした。

ぼくたち二人は、しばらくのあいだ、ポーチに揺られていた。

やがて、ぼくが言った。「宇宙で人が死ぬのは、いく通りくらい原因があるの」

「無数にある」

「たとえば？」

「流星にぶつかる。ロケットの空気が洩れる。ほうき星にさらわれる。脳震盪。内臓の捻転。内臓の破裂。遠心力。スピードの出しすぎ。その逆の失速。暑さ、寒さ、太陽、月、星、惑星、小惑星、放射能……」

「死んだら、どこかに埋められるの」

「ただ行方不明になるだけさ」

「どこへ行ってしまうの」

「何十億マイルも飛んで行くんだ。動く墓、といっているがね。死んだ人は流れ星や、小惑星になって、永久に空間を飛びつづける」

ぼくは黙っていた。

「もう一つ教えてあげよう」と、父さんはしばらくしてから言った。「宇宙では、あっというまにすむんだ。死ぬときがね。あっというまに死んでしまう。永びかない。自分でも分からないあいだに死ぬんだ。死ぬと思うまもなく、それっきりさ」

ぼくたちはうちへ入って、寝た。

朝になった。

父さんは戸口に立って、金色の籠のなかの黄色いカナリヤの声を聞いていた。

「やっと決心がついたよ」と、父さんは言った。「この次、うちへ帰って来たら、もうどこへも行かない」

「父さん！」と、ぼくは言った。

「母さんが起きてきたら、言っておいてくれ」と、父さんは言った。

「じゃあ、また出掛けるの！」

父さんはまじめな顔でうなずいた。「三カ月もしたら帰ってくるよ」

そして街を歩いて行ってしまった。制服のケースを脇にかかえ、口笛を吹きながら。緑色の大木を見上げたり、垣根の葉っぱをむしって、それを放り投げたりしながら。朝の明るい光のなかへ……


その朝、父さんが出掛けてから何時間か経った頃、ぼくは母さんにいろんな質問をした。

「母さんはときどき父さんの姿が見えないみたいだって、父さんが言ってたよ」と、ぼくは言った。

すると母さんはしずかな声で、何もかも説明してくれた。

「十年前に、父さんが初めて宇宙へ出掛けて行ったとき、母さんはこう思ったの。『もう父さんはお亡くなりになった』って。だって、お亡くなりになったのとおなじことでしょ。だからそう思ったの。そのあと、一年に三回か四回ぐらい帰ってらっしゃるときも、父さんは父さんじゃなくて、ただの楽しい思い出か、夢みたいなものなの。思い出や夢なら、たとえ急に失くなっても、それほど辛くはないでしょう。だから、父さんはもう亡くなった人だと思うことにしたの――」

「でも、ときどきは、そうじゃないことも――」

「ときどき、母さんは我慢しきれなくなったのよ。それで、パイを焼いたりして、父さんを生きている人と思うようにすると、それがまた、かえって辛いのね。だから、父さんは十年前にお亡くなりになった、もう二度と逢えないんだ、そう思うほうがいいの。辛くないものね」

「でも、この次に帰ってきたら、もうどこへも行かないって言ったよ」

母さんはゆっくりあたまをふった。「ううん、父さんはもうお亡くなりになったのよ。ほんとにそうなのよ」

「でも、生きて帰ってくるんだってば」と、ぼくは言った。

「十年前に」と、母さんは言った。「母さんはこう思ったわ。もし父さんが金星で亡くなったら？　きっと金星を見るのもいやになるでしょう。もし火星で亡くなったら？　きっと、空でまっかに光っている火星なんか見るのもいやで、うちに入って、ドアに鍵をかけるでしょう。でなければ、木星か、土星か、海王星で亡くなったら？　そういう惑星が空に出ている晩は、星空なんか見るのもいやになるでしょう」

「そうだろうね」と、ぼくは言った。

次の日、知らせが来た。

使いの人がぼくに電報を渡した。ぼくは戸口でそれを読んだ。日が沈みかけていた。母さんはスクリーン・ドアのうしろに立って、ぼくが電報を折りたたみ、ポケットに入れるのを見ていた。

「母さん」と、ぼくは言った。

「言わなくてもいいのよ、もう分かったから」と、母さんは言った。

母さんは泣かなかった。

父さんが死んだ場所は、火星でも、金星でも、木星でも、土星でもなかった。木星や土星や火星が空に輝くたんびにぼくたちは父さんのことを思い出さなくてもすむ。

そういう場所じゃない。

父さんの宇宙船は、太陽に落ちたのだ。

太陽は大きくて、火のように燃えていて、残酷で、いつも空に輝いているから、どうしても見ないですますわけにはいかない。

だから父さんが死んだあと、永いこと、母さんは昼間は寝てばかりいて、絶対に外出しなかった。ぼくたちは朝ごはんを夜中にたべ、昼ごはんを午前三時にたべ、晩ごはんを午前六時というううすら寒い時刻にたべた。終夜興行の映画館に行って、夜明けにベッドへ入った。

そうして永いこと、太陽の見えない雨ふりの日にだけ散歩するのが、ぼくたちの習慣だった。

火の玉

　夏の夜の芝生に、炎が立ちのぼった。一瞬、叔父や叔母の顔が照らし出される。ポーチに腰かけた従兄弟（いとこ）の目がきらりと光り、その褐色のひとみのなかを花火が落ちてくる。燃えかすの冷たい棒は、遥か彼方の牧草地に落ちる。

　大主教ジョゼフ・ダニエル・ペレグリン神父は、目をあけた。なんという夢だろう。オハイオ州の祖父の家で、従兄弟（いとこ）たちと花火を見物したのは、あれはずいぶん昔のことである！

　横たわったままの姿勢で、神父は大きな教会の深夜の気配にじっと耳をすましていた。ほかの小部屋には、ほかの神父たちが寝ている。かれらもまた、ロケット「十字架」号の出発の前夜にあたって、七月四日（アメリカ独立記念日）の思い出にひたっているのだろうか。そう、この夜は、ちょうど独立記念日の前夜に似ている。花火を待ちかねて、露に濡れた歩道にとびだし、ぜがひでも打ち上げの瞬間をとらえようとした、あの夜。

今、監督（エピスコペイリアン）派の神父たちは、胸おどらせながら、夜明けを待っていた。あしたの朝、かれらは火星へ出発するのである。宇宙空間というビロード状の大伽藍に、ロケットの香煙を焚きながら、飛んで行くのである。

「やはり行かねばならぬのか」と、ペレグリン神父はつぶやいた。「われらは、われら自身の罪を、この地上で解決すべきではないのか。これは地球上の生活からの逃避ではないのか」

神父は身を起こした。イチゴと、ミルクと、ビフテキを寄せ集めたような、その肥えた体が、重々しく動いた。

「それとも、これは怠惰か」と、神父は考えた。「わたしはこの旅行をこわがっているのか」

神父は、針のようなシャワーの水に身を濡らした。

「だが、肉体よ、わたしはお前を火星へ連れて行くぞ」と、神父はおのれ自身に言った。「古い罪はここに残して行く。そして、火星では新しい罪が見つかるのか」それはほとんど喜ばしいほどの考えだった。いまだかつて誰も知らなかった罪。そう、ペレグリン神父は『他の世界における罪の問題』と題する小冊子を著わしたことがある。その著書は、監督（エピスコペイリアン）派の同僚の神父たちには、たいして評価されなかった。

ただ昨夜、寝しなに葉巻を吸いながら、ペレグリン神父はストーン神父とその問題を論じ合ったのである。

「火星では、罪は美徳として存在しているかもしれない。われらは美徳をむしろ警戒しなければなるまいね。それが実は罪であったと、あとになって判明しないともかぎらない！」と、ペレグリン神父は晴れやかな表情で言った。「なんと愉快じゃないか！　火星の歴史上初めて、われらは宣教師として入植するのだから！」

「すくなくともわたしは罪を見分けるつもりです」と、ストーン神父は曖昧な声で言った。「たとえ火星へ行っても」

「むろん、われら僧職にある者は、みずからリトマス試験紙であることを誇りにしている。罪の存在を敏感に色にしめすリトマス試験紙です」と、ペレグリン神父は答えた。「しかし、万が一にも、火星の化学からすると、われらの色がまったく変わらないとしたら？　火星に新しい感覚が存在すると仮定すれば、われらに容易に判別しがたい罪というものの可能性をも認めざるを得ない」

「主体的な悪意がないところには、罪や罰もまたあり得ません――主はわれらにそれを保証しておられます」と、ストーン神父は応じた。

「地球では、その通り。しかし、火星における罪は、表面的には何の悪意も見せずに、人間の意識に自由を許しておいて、実は無意識的に、精神感応（テレパシー）的に、悪を感染させるものかもしれない！　そうだとしたらどうするかが問題だ」

「未知の罪といっても、いったいどんなことが考えられますか」

ペレグリン神父はぐっと体を乗り出した。「いいですか、アダム一人では罪は成り立たない。イブを持ってくれれば、そこに誘惑という罪が生まれる。もう一人の男性を持ってくれば、そこにはたぶん姦通という罪が生じる。つまり性（セックス）や第三者が罪を生むのです。それから、もし腕というものがなければ、人間は他人を絞め殺すことができない。すなわち、殺人という罪はあり得ない。ところが、腕というものを人間に付け加えた途端に、そこには新しい暴力の可能性が生じる。アミーバは分裂生殖をするから、罪を犯さない。他人の妻を寝取ったり、互いに殺し合ったりする必要がないのだからね。したがって、アミーバに性（セックス）を付け加え、腕や足を付け加えれば、殺人なり姦通なりが新たに生まれはしないだろうか。腕や足や第三者を付け加え、または取り去れば、悪を付け加え、または取り去ることになりはしないだろうか。火星の世界に、もしかりに新しい五感や、器官や、われらには思いもよらぬ透明な手足などが存在するとすれば——そこには五つの新しい罪がありはしないだろうか」

ストーン神父は喘いだ。「変なことを考えて楽しむものではありません！」

「わたしは精神を活動させているだけだ、ストーン神父。それだけですよ」

「あなたの精神はまるで手品のようですね。鏡や、松明（たいまつ）や、皿をあやつる手品です」

「そう。なぜならば、われらの教会はしばしばサーカスの活人画のように見えるからね。幕があがると、おしろいやドーランを塗りたくった人たちが、凍りついたようにじっと立って、抽象的な美というものを表現したつもりでいる。それはそれで非常に結構。しかし、わたしの希望としては、そういう凍りついた立像のなかを、自由に走りまわりたい。そうじゃないかな、ストーン神父？」

ストーン神父はそっぽを向いた。「もうそろそろ寝みましょう。数時間後には、その新しい罪を調べに出掛けねばなりません、ペレグリン神父」

ロケットの出発準備がととのった。

肌寒い朝の勤行を終えて、神父たちがぞくぞくと集まって来た。ニューヨークや、シカゴや、ロサンジェルスから来た優秀な神父たちは――教会は選り抜きの神父を派遣するのである――町を横切って、霜のおりた空港へ急いだ。ペレグリン神父は、歩きながら、老司教のことばを思い出していた。

「ペレグリン神父、あなたはストーン神父を補佐役として、この宣教団の長をつとめて下さい。あなたにそのような重大な役割を与える理由は、残念ながら、わたし自身にも漠としておりますが、もちろん、他の惑星における罪についてのあなたの著書というものが、見過ごされたはずもありませぬ。あなたは応用のきくお方です。そして火星は、いわば、われらが数千年にわたって放置してきた不潔な物置きです。そこでは、あたかも古道具屋のように罪がひしめきあっているに相違ない。火星は地球よりも二倍も年齢が上ですから、したがって、土曜の夜の乱痴気さわぎも、白アザラシのような裸の女たちも、地球の二倍の規模で存在するにちがいないのです。不潔な物置きをあけると、そういうもろもろの物がわれらに襲いかかってくる。われらに必要なのは、応用と機転のきく——敏速な人物です。あまりにも独断的な人物は、この場合、役に立たない。あなたなら弾力性に富んでおられる。ペレグリン神父、この仕事はあなたのものです」

老司教と神父たちはひざまずいた。

祝福のことばがとなえられ、ロケットにはかたちばかりの聖水が注がれた。立ちあがった老司教は、一同にかたりかけた。

「あなた方は神と共に行き、火星の住人たちに神の真理を授けるがよい。思慮深い旅を祈ります」

二十人の男たちは、僧服のきぬずれの音もしめやかに、老司教の前を一列にならんで通過し、そのあたたかい手をにぎりしめてから、消毒されたロケットに乗りこんだ。

「もしかすると」と、最後の瞬間にペレグリン神父は言った。「火星はまことの地獄であるのかもしれない。われらの到着を待って、硫黄の劫火が噴出するのかもしれないよ」

「神よ、われらと共にあれ」と、ストーン神父は言った。

ロケットは動き始めた。

宇宙空間を通りすぎることは、およそ世界でいちばん美しい大伽藍の内部を歩むようなものだった。火星に接触することは、教会で神への祈りをすませたあと、ふつうの歩道の敷石に足を踏みおろすようなものだった。

神父たちは、煙を吐くロケットから出て、火星の砂にひざまずいた。ペレグリン神父は感謝の祈りを捧げた。

「主よ、あなたの部屋部屋を通りぬけたわたしどもの旅行が、ぶじに終わりましたことを感謝いたします。主よ、わたしどもは新しい土地に下り立ちましたがゆえに、新しい目をもたねばなりません。新しい音を聴くがゆえに、新しい耳をもたねばなりません。そして新しい罪のためには、より良き、より堅き、より浄き心をお授け下さいますよう。アーメン」

一同は立ちあがった。

海底の生物を研究する学者たちのように、一同はそろそろと火星の表面を歩き出した。ここは未知の罪がひそむ領域である。この新世界にあっては、注意にも注意を重ねなければならない。ひょっとすると、歩くことそのものが罪であるかもしれないではないか。呼吸すること、走ること、あらゆる行動を慎重にしなければならぬ！

〈第一の町〉の町長が手をひろげて出迎えた。「ペレグリン神父、なんの御用でございますか」

「わたくしどもは火星人について知りたいのです。火星人について知らなければ、教会を巧みに組織することはできません。火星人の身長が十フィートもあったら？　教会のドアは大きくなりましょう。火星人の肌が、青色か、赤か、緑色であったら？　教会のステンド・グラスの色を加減しなければなりますまい。火星人の体重が非常に重かったら？　教会の座席を頑丈に作らねばなりません」

「神父さん」と、町長が言った。「火星人のことは、そんなに気をおつかいになる必要はありません。火星人には、二つの種族があるのです。第一の種族は、ほとんど滅亡しかかっています。少数が人目を避けて生活しているにすぎません。そして第二の種族は――そう、第二の種族は生物ではないのです」

「ほほう」ペレグリン神父の胸の鼓動が早まった。

「まるい火の玉なのです、神父さん。あのへんの山に住んでいます。人間かけものか、正体はだれにも分かりません。噂によりますと、あたかも理性あるもののごとく行動するそうです」町長は肩をすくめた。「もちろん、それは生物ではないのですから、そんなもののことはお気にかけなくても――」

「いや」と、ペレグリン神父がすかさず言った。「あたかも理性あるもののごとく、とおっしゃいましたね」

「こんな話があります。山の調査に行っていた技師が、足を折って、動けなくなりました。そのまま山のなかで死んだかもしれないところでした。ところが、青い火の玉が技師に近寄って来たのです。気がついてみると、技師は街道に横たえられていました。どうやって山を下ったか、まったく分からないそうです」

「酔っていたのだ」と、ストーン神父が言った。

「ただの噂話です」と、町長は言った。「ペレグリン神父、ほとんどの火星人が死に絶え、あとはその青い火の玉だけなのですから、火星人のことはあとまわしになさって、ひとまず〈第一の町〉へいらしていただけませんか。現在の火星は新開地です。昔の地球で申しますと、アメリカの西部とか、アラスカとかのような開拓地なのです。おおぜいの人間たちが集まっております。二千人ほどの機械技師や、炭坑夫や、日雇い労働者たちには、ぜひとも宗教が必要です。よこしまな女たちが町に入って来ておりますし、年代ものの火星ワインがたくさんありますし――」

ペレグリン神父は、青くつらなる山脈を凝視していた。

ストーン神父は咳払いをした。「どういたしましょう、神父？」

ペレグリン神父には、そのことばがきこえなかったらしい。「青い火の玉ですと？」

「そうです、神父さん」

「ああ」と、ペレグリン神父は溜息をついた。

「青い火の玉か」ストーン神父はあたまをふった。「まるでサーカスだ！」

ペレグリン神父は手頸が脈打つのを感じた。一方には、なまなましい罪のあふれる新開地があり、他方には、古めかしい、いや、もしかすると、もっとも新しい罪のひそむ山がある。

「町長さん、あと一日だけ、労働者たちは地獄の火に焼かれていてもらえますまいか」

「かしこまりました、首をながくしてお待ちいたします」

ペレグリン神父は山の方角を指した。「では、わたしどもはあちらへ参ります」

神父一同の口からつぶやきが漏れた。

「町へ行くことは、むしろ楽なのです」と、ペレグリン神父は説明した。「もしも主がここへ来られたとして、『この道は荒れております』とだれかが申し上げてごらんなさい。主はたぶんこうお答えになるにちがいない。『では草を抜きましょう。わたしは道をつくります』と」

「しかし――」

「ストーン神父、罪ある人々のかたわらを通りすぎるとき、手を差しのべることすらしなかったとすれば、それはわれらの良心の重荷となるではありませんか」

「しかし、相手は火の玉です！」

「人間も初めて地上にあらわれたときは、他の動物には奇妙なかたちに見えたでしょう。そのぶざまな恰好にもかかわらず、人間には魂がある。したがって、実際にしらべてみるまでは、その火の玉にも魂があると仮定しようではありませんか」

「わかりました」と、町長は言った。「しかし、いずれにしろ、町には来ていただけるのですね」

「たぶん、そうなると思います。とにかく、先に朝食をいただきます。食事がすんだら、ストーン神父、あなたとわたしは二人だけで山へのぼります。その火の玉の火星人たちを、機械や群集でおびやかしてはならない。では、食事にしましょう」

神父たちは黙って食事をした。

日が暮れる頃、ペレグリン神父とストーン神父は、高い山のいただきに着いた。二人は足をとめ、石に腰かけて、ほっと息をついた。火星人はまだあらわれない。二人は漠然たる失望を感じていた。

「いったい――」ペレグリン神父は顔の汗をぬぐった。「もしもわれらが『こんにちは！』と呼びかけたら、火星人たちは返事をするだろうか」

「ペレグリン神父、いつまでこんなわるふざけをつづけるつもりですか」

「主がわるふざけをやめられるまではね。ああ、そんなにおどろかなくてもよろしい。神はふざけるのがお好きです。まったく、愛すること以外に、神は何をなさるだろう。それに、愛はユーモアとつながってはいないだろうか。だいたい、人を愛するということは、その人間を我慢できるということだ。そして、ある人間を我慢できるということは、その人間のすることを笑って許せるということだ。そうではないだろうか。われらは神の創り給うた世界というボウルのなかで浮きつ沈みつする哀れな生物です。そのわれらが神に愛されるとすれば、それはわれらが神のユーモアに訴えるところがあるために相違ない」

「ユーモアのある神などというものを、いい、わたしは考えたことがありません」と、ストーン神父は言った。

「カモノハシや、ラクダや、ダチョウや、人間を、お創りになったお方だよ。ああ、考えるだけでも愉快じゃないかね！」ペレグリン神父は笑った。

だが、そのとき、たそがれの山なみのあいだから、道案内の青いランプのように、問題の火星人たちがあらわれたのである。

ストーン神父が先に発見した。「ごらんなさい！」

ペレグリン神父はふりかえった。笑いがそのくちびるから消えた。

きらめく星たちのあいだで、まるい青い火の玉たちがゆらゆらと揺れている。

「ばけものだ！」ストーン神父は跳びあがった。だがペレグリン神父に押しとどめられた。

「待ちなさい！」

「早く町へ帰りましょう！」

「いや、ちょっと待ちなさい！」と、ペレグリン神父は言った。

「おそろしくないのですか！」

「こわがってはいけない。これもまた神の御業（みわざ）です！」

「悪魔の仕業です！」

「ちがう。まあ、しずかに！」ペレグリン神父はストーン神父をなだめ、二人は地面にうずくまって、おぼろげな青色の光を見上げた。火の玉はだんだん近寄って来た。

またもや独立記念日の夜だ、と身ぶるいしながらペレグリン神父は思った。七月四日の夜を迎えた子供の興奮が、ふたたび神父の心によみがえった。夜空に炸裂する花火、星とまごう火の粉。震動にふるえる窓ガラスは、池のおもての氷のようだ。空にむかって「ああ！」と叫ぶ叔父、叔母、従兄弟（いとこ）たち。夏の夜空の色。そして、やさしい祖父が火をともし、大きなやさしい両手で支えた火気風船（球のなかの空気を熱して上昇させる）。ああ。あのきれいな風船の思い出。ほのかに光り、あたたかく波打つ、昆虫の翅（はね）に似た布地。それは、きちんと折りたたまれ、箱におさめられている。興奮の一日が暮れる頃、そっと箱から出され、注意ぶかく拡げられる。青や、赤や、白の、古めかしい火気風船！　とうにあの世へ行った、なつかしい人たちのおぼろげな顔。やさしい祖父は、ちいさなロウソクに火をともす。あたたかい空気が、祖父の手の中の風船を、すこしずつふくらます。風船はキラキラ光り始める。今にも飛び立ちそう。いったん人の手から離れれば、もうおさらばだ。来年の七月四日まで。ちいさな「美」が消える。あがってゆく、あがってゆく。あたたかい夏の夜の星座のなかを、火気風船がただよってゆく。見送る人々はことばもなく、ひたすらその姿を目で追う。草ぶかいイリノイ州の田園を越えて、夜の河を越えて、眠ったような大邸宅を越えて、永遠に去ってゆく火気風船……

ペレグリン神父は、涙が目にあふれてくるのを感じた。頭上には、火星人がいる。一個ではない、千個もある風船の群れ。それがゆらゆら揺れている。ふりかえれば、なつかしい祖父の姿が見えるのではあるまいか。「美」を凝視する祖父の姿が。

しかし、そこにいたのはストーン神父だった。

「逃げましょう、ペレグリン神父！」

「いや、かれらに話しかけてみる」ペレグリン神父は立ちあがった。けれども、何を話しかけたらよいのか。その昔、火気風船を見上げたとき、ペレグリン神父は心のなかで、「お前たちは美しい、お前たちは美しい」とつぶやいたものだった。だが、今の場合は、それでは用が足りない。ペレグリン神父はやむなく両手を高く差し上げ、空にむかって叫んだ。

「こんばんは！」

火の玉の群れは、暗い鏡にうつった火影(ほかげ)のように燃えている。とこしえに虚空にただようガス状の奇蹟。

「わたしどもは神の教えを伝えに来ました」と、ペレグリン神父は空にむかって言った。

「馬鹿な、馬鹿な、馬鹿な」ストーン神父は、手の甲を噛んだ。「お願いですから、ペレグリン神父、やめてください！」

と、燐のような火球たちは、山頂の方へ移動し始めた。みるみるうちに、それらの姿はかき消えた。

ペレグリン神父は、もういちど呼びかけた。その声のこだまが、山頂の岩をゆるがした。次の瞬間、ちいさな岩がパラパラと落ちて来た。とみるまに、雷のような音を立てて、巨大な岩のかたまりがなだれ落ちてくる。

「ごらんなさい、だから言わないこっちゃない！」と、ストーン神父が叫んだ。

うっとりしていたペレグリン神父は、たちまち蒼白になった。走らなければ、岩に押しつぶされる。あと数フィート。ああ、主よ、とつぶやいた刹那、岩がのしかかって来た！

「ああ！」

二人の神父は小麦のモミガラのようにはねとばされた。一瞬、青い火の玉がゆらめき、つめたい星の光が見え、轟音が鳴りわたった。二人は二百フィートほど離れた岩棚から、自分たちの体が埋められてしまったはずの数トンの岩塊を、茫然と見つめた。

青い火の玉は、影もかたちもない。

二人の神父は抱き合った。「どうしたんだろう」

「青い火の玉が助けてくれたんだ！」

「走って逃げたのです。それで助かったのです！」

「いや、火の玉に救われたんだ」

「まさか！」

「それにまちがいない」

空はがらんとしていた。巨大な鐘が鳴りやんだあとのような感じ。しびれるような反響が、二人の歯や骨にのこっている。

「ここから逃げましょう。こんなことをしていては、いのちがあぶない」

「ストーン神父、わたしは死を恐れぬ生活をつづけてきたのだ」

「しかし無益です。あの青の火の玉は、こちらが呼びかけると、すぐ逃げてしまう。無駄です」

「いや」ペレグリン神父はかたくなに言った。「とにかく、われらのいのちの恩人だ。それをもってしても、あの火の玉たちに魂があることは証明された」

「それはただの可能性です。さっきは何もかも混沌（こんとん）としていました。われわれ自身が走って逃げおおせたのかもしれないのに」

「ストーン神父、かれらはやはり動物じゃない。動物はいのちを救ったりしない。特に見知らぬ人間のいのちを。ここには憐れみと同情がある。あしたになれば、もっといろいろなことが分かるかもしれない」

「どんなことが分かるのです？　どうやれば分かるのです？」ストーン神父は疲れきっていた。心身ともに疲労していることは、その不機嫌な顔にあらわれていた。「ヘリコプターであの連中を追いかけて行って、聖書を読んできかせますか？　あの連中は人間ではないのですよ。われわれのような目や、耳や、肉体を持っていないのですよ」

「しかし、何かしら予感がする」と、ペレグリン神父は答えた。「偉大な啓示がまぢかに迫っているような気がする。かれらは、わたしたちを救ってくれた。つまりかれらには思考があるということだ。すなわち、われらを生かすか殺すか選択するだけの能力がある。すなわち、自由意志の存在が証明されたのだ！」

ストーン神父は煙にむせながら、焚き火をたき始めた。「それなら、ガチョウのための修道院でもつくりますか。ブタのための教会を建てますか。顕微鏡のなかに礼拝堂をしつらえて、ゾウリムシにお祈りをさせますか。鞭毛虫に福音を説きますか」

「なんということを、ストーン神父」

「申しわけありません」ストーン神父は煙にいぶされた赤い目をしばたたいた。「しかし、まったく、これは自分が食われる前にワニを祝福してやるようなものです。宣教団ぜんたいの運命はどうなりますか。われわれは〈第一の町〉へ行って、男たちの喉からアルコールを洗い流し、その手から香水の匂いをとりのぞくべきです！」

「あなたには、非人間的なものにおける人間性ということが分からんのだな」

「わたしが分かりたいのは、むしろ人間的なものにおける非人間性です」

「だが、あの火の玉にも罪があり、道徳があり、自由意志があり、知性があることが証明されたら？　そしたらどうするね、ストーン神父？」

「それがはっきり分かれば、もちろん事情はちがってくるでしょうね」

夜の空気は急速に冷え始めた。二人の神父は、さまざまなことを空想しながら、焚き火をかこんでビスケットとイチゴをたべ、まもなく服を着たまま横になった。頭上には、星がきらめいている。眠りにおちるまえに、何かペレグリン神父を困らすことを言ってやりたいと、あれこれ考えていたストーン神父は、やがて寝返りをうち、燃えつきた焚き火の跡を見つめながら言った。「火星にはアダムもイブもいません。原罪がない。あの火星人たちは、ひょっとすると、神の恵みをいっぱいに受けて生きているのではないでしょうか。だとすれば、われわれは町へ戻って、地球人の救済にとりかかってもいいはずです」

ストーン神父は腹立ちまぎれに、わたしを困らせる気だ、とペレグリン神父は思い、神よ許したまえ、と心のなかで祈った。「そうだ、ストーン神父。しかし火星人は、われわれ地球人の開拓者を殺したことがある。それは罪にまちがいない。そのほかにも、何かしら原罪があり、火星独特のアダムとイブがあるはずだ。それを見つけなくてはいけない。

不幸なことに、生きものは、たとえどんなかたちをしていようと生きものであり、罪におちいりやすいのです」

だがストーン神父は眠ったふりをしていた。

ペレグリン神父は目をとじなかった。

あの火星人たちを地獄へ落としてはならない。それはもちろんのことだ。だが、新開地の町では、目を光らせ、白い牡蠣（かき）のような体をした女たちが、孤独な労働者たちと一つのベッドに寝て、罪にふけっている。われらはいささか良心と妥協して、町へ帰るべきではないのか。町こそ聖職者の行くべき場所ではないのか。こんな山のなかへ入って来たのは、わたしの個人的な気まぐれではないのか。わたしは本当に神の福音を思っているのか。これが単に個人的な好奇心の渇をいやすための行為であるとしたら？　あの青い火の玉たち——あれらはわたしの心のなかの思い出と符合していた！　なんというむずかしい課題だろう、仮面の下の人間を見つけ出すとは。非人間の裏側の人間性を見いだすとは。だが、もしもわたしが、わたしは青い火の玉をすら信仰にみちびいたと自慢するとしたら？　なんという虚栄の罪だろう！　まさに苦行に価する罪だ！　けれども人は愛ゆえの虚栄におちいることが珍しくない。わたしは神を愛している。わたしはほんとうに倖せだ。ほかの誰も彼もが倖せであってほしい。

眠りにおちるとき、ペレグリン神父は、青い火の玉たちが戻ってくるのを見た。やさしく子守唄を歌ってくれる天使たちのように、ゆらゆら群がってくる火の玉たち。

朝早く、ペレグリン神父が目をさますと、青い火の玉たちはまだそこにいた。

ストーン神父は前後不覚に眠っている。ペレグリン神父は、虚空に浮かび、こちらをながめている火星人たちを見守った。かれらは人間だ——まちがいない。しかし、そのことをなんとか証明せねばならぬ。さもないと、年取った老司教は、初めから信用してくれないだろう。

だが、空高くふわふわ浮いているかれらの人間性を、どうやって証明する？　かれらをもうすこし近寄らせ、質問に答えてもらうには、どのようにしたらいいのか。

「かれらはわたしたちを岩なだれから救ってくれた」

ペレグリン神父は起きあがり、近くの崖を登り始めた。その崖は二百フィートほどの高さに、そそりたっている。つめたい朝の空気のなか、ペレグリン神父は咳をした。喘ぎながら、てっぺんにたどりついた。

「ここから落ちたら、死ぬことは確実だ」

ペレグリン神父は小石を落としてみた。一瞬の間があり、小石は岩にあたって砕けた。

「主は決してわたしをお許し下さるまい」

ペレグリン神父はもう一つ小石を落とした。

「これを、愛ゆえにしたとしても、自殺になるのだろうか……」

ペレグリン神父は、青い火の玉を見上げた。「しかし、その前に、もういちど試してみよう」神父は呼びかけた。「おはよう、おはよう！」

こだまが返って来た。だが、青い火の玉たちは、またたきもしなければ、動きもしない。

神父は火の玉たちに、たっぷり五分間語った。それがすむと、崖の下をのぞいた。ストーン神父はまだぐっすり眠っている。

「わたしはすべてを知りたい」ペレグリン神父は崖っぷちに歩み出た。「わたしは老人だ。恐怖は感じない。主よ。分かって下さいますね。あなたのためにこれをいたします」

神父は深く息を吸いこんだ。過去がいちどきに心のなかに群がってきた。わたしは一瞬のうちに死ぬのだろうか。わたしとて生を愛している。だが、そのほかのものへの愛は、いっそう強く烈しいのだ。

そう考えながら、神父は崖っぷちから一歩踏み出した。

落ちる。

「愚か者！」と、ペレグリン神父は叫んだ。空中で体が一廻転した。「誤りだった！」巨大な岩がみるみる迫ってくる。すぐ叩きつけられる。あの世へ行く。「なぜこんなことをしたのだ」その答はペレグリン神父には明白だった。とつぜん気持ちが鎮まった。落下はつづいた。耳もとで風が叫び、岩が眼前にひろがった。

そのとき、星たちの位置が変わり、青い光がきらめいた。あたり一面が青くなり、ペレグリン神父は自分の体がふわりと支えられるのを感じた。次の瞬間、神父はしずかに岩の上に着地した。死ななかった。生きている。神父は見上げた。青い火の玉たちは、すぐに遠ざかって行く。

「あなた方は救って下さった！」と、神父はささやいた。「わたしを死なせなかった。これが悪であることを御存知なのだ」

まだ眠りこけているストーン神父に、ペレグリン神父は駆け寄った。「神父、神父、起きなさい！」そしてストーン神父の体をゆすぶった。「神父、わたしはかれらに救われたんだ！」

「だれに救われたんですって」ストーン神父は目をこすりながら起きあがった。

ペレグリン神父は、たった今の体験を物語った。

「夢でしょう。悪い夢にうなされたんでしょう。すこし横におなりなさい」と、ストーン神父はじれったそうに言った。「あなたの火の玉の話はもう沢山です」

「しかし、わたしは、これ、このとおり、ちゃんと起きている！」

「まあまあ、ペレグリン神父、落ち着いて下さい。わかりました」

「わたしを信じないのだね？　拳銃があったはずだ。そう、それを貸してみなさい」

「何をするのです」ストーン神父は小さなピストルを手渡した。蛇その他予想できぬ動物から身を守るために持って来た武器である。

ペレグリン神父はピストルを摑んだ。「証明しよう！」

神父はピストルを自分のてのひらにむけて発射した。

「おやめなさい！」

光がきらめいた。二人の神父の目の前で、弾丸がとつぜん停止した。ペレグリン神父のてのひらの一インチほど手前のところで、空中にとまっている。あたりは青い燐光。それから、弾丸はポトリと地面に落ちた。

ペレグリン神父は三度ピストルを撃った。手に、足に、体に。三発とも弾丸はキラリと光って、空中にとまり、それから死んだ昆虫のように、地面に落ちた。

「ね？」と、ペレグリン神父は腕をおろし、ピストルを放り出した。「かれらには分かるのだ。理解力があるのだ。かれらは動物じゃない。道徳的な精神風土のなかで、考えたり、判断したりするのだ。動物だったら、こんなふうに、わたしを救ってくれるだろうか。そんな動物はいはしない。やはり人間なのだよ、ストーン神父。さあ、これでもまだ信じないかね」

空に浮かぶ青い光を眺めていたストーン神父は、おもむろに片膝をついて、まだあたたかい弾丸を拾いあげ、てのひらに握りしめた。

朝日がのぼり始めた。

「山を下りて、みんなにこのことを話し、ここへ来てもらおう」と、ペレグリン神父は言った。

太陽がのぼりきった頃、二人の神父はすでに山を下り、ロケットめざして歩きつづけていた。

ペレグリン神父は、黒板のまんなかに円を描いた。

「これが神の御子キリストです」

ほかの神父たちがぎょっとした様子に、ペレグリン神父は気づかぬふりをした。

「これが栄光に輝くキリストです」と、ペレグリン神父は説明をつづけた。

「幾何の問題のように見えますね」と、ストーン神父が言った。

「それはうまい比較です。なぜなら、この場合、われわれはシンボルを扱っているのですから。丸であらわされようと、四角であらわされようと、キリストはキリストにちがいないではありませんか。たとえば十字架は、数十世紀にわたって、キリストの愛と苦悩のシンボルでした。同様に、この円が火星のキリストになります。われらは、このようにして火星にキリストを導き入れるのです」

神父たちは気むずかしそうに体を動かし、互いに視線をかわした。

「マサイアス神父、あなたはこの円そっくりのものをガラスで作って下さい。つまり、よく輝くガラス玉を作ってもらいたい。それを祭壇に置くことにします」

「安っぽい手品のトリックだ」と、ストーン神父がつぶやいた。

ペレグリン神父は辛抱づよく、ことばをつづけた。「その逆です。かれらには、かれらに理解できるイメージの神を与えなくてはいけない。もし地球上のわれらに、タコのかたちをしたキリストが来臨したら、われらはそれを受け入れる気になりますか？」ペレグリン神父は両手をひろげた。「してみれば、人間イエスのかたちをしたキリストをおつかわしになったことは、主の安っぽい手品だったと言えますか？　われらが教会に祝福を祈り、このシンボルをそなえた祭壇を浄めれば、キリストはその球のなかに宿られることを拒み給うだろうか。そんなことはあるまい。みなさんにもお分かりのはずです」

「しかし、魂をもたぬ動物の肉体は！」と、マサイアス神父が言った。

「マサイアス神父、そのことは今朝ここに帰って来てから、何度も話した通りです。それらの生きものは、われわれを岩なだれから救ってくれた。しかも自殺が罪であることを知っていて、一度ならずそれを妨げたのです。したがって、われらは山の上に教会を建て、かれらとともに住み、かれら独特の罪を発見し、神のみ教えをかれらに説かねばなりません」

神父たちは不服そうに沈黙している。

「かれらが異形のものであることが、それほど気になりますか」と、ペレグリン神父は言った。「かたちとはいったい何です。神の与え給うた魂を入れるうつわにすぎない。もし、あしたにも、イルカが出しぬけに自由意志や知性を獲得し、罪や生命の何たるかを知り、正義と愛を求めるようになったとすれば、わたしは海底に大伽藍を建てるつもりです。もしもスズメが神の意志によって、奇蹟的に、永遠の魂を得たとすれば、ヘリウムを詰めた空中教会をつくらねばならない。なぜといって、あらゆる魂は、たとえどのような外見であろうとも、自由意志と罪の意識をそなえている限り、聖餐拝受(コミュニオン)をしないと地獄へ落ちるさだめにあるのです。たとえ火の玉の火星人であろうと、そのかたちが異様であるからといって、地獄へ落ちるのを放任しておくわけにはいかない。目をとじれば、かれらの知性が、愛が、魂が、わたしの心眼にははっきり見えるのです。そのことだけは否定できない」

「しかし、祭壇にガラスの球などそなえるのは」と、ストーン神父が抗議した。

「中国人のことを考えてみなさい」と、ペレグリン神父は熱心にことばをつづけた。「中国のクリスチャンは、どんなキリストを拝みますか。むろん、東洋人の姿をしたキリストをです。東洋の教会をみなさんは御存知でしょう。キリストはどんな服を着せられているか。東洋の衣服をです。いかなる場所をキリストは歩むか。竹や曲がりくねった樹木のある中国風の仙境をです。目が小さく、頬骨が出っぱったキリストです。このように、各国、各人種は、われらの主にさまざまな要素を付け加えます。そう、今思い出したが、たとえばメキシコ人たちが崇めるグアダルーペのマリア。あの肌の色を知っていますか。それは信者たちとおなじ褐色の肌なのです。これは神を汚すことになるか。否である。人間が自分と肌の色のちがう神を受け入れねばならぬというのは、論理にあわないことです。わたしが昔から考えていたことですが、われらの教会の宣教師は、アフリカになぜ白人のキリストを持って行くのでしょう。白は、たとえば白子の場合のように、アフリカの部族にとっては、何か特殊な、神聖な色彩にちがいない。しかし、それが黒であってはいけないという理由も、全然ありはしない。かたちは問題外です。中身がすべてである。火星人たちにしても、まったく異質のかたちを受け入れることはむずかしいでしょう。かれら自身とおなじイメージのキリストを与えることが賢明です」

「ペレグリン神父、あなたのお話には疑問があります」と、ストーン神父が言った。「火星人たちは、われらを偽善者だとは思わないでしょうか。球形のキリストなど、われらは拝まないことが、もしかれらに知れたらどうなります。その差異を、どう説明します」

「差異などありはしないと言うのです。いかなるうつわをも満たすものが、キリストである。人間の肉体であろうが、ガラスの球であろうが、キリストはそこにおられる。したがって、異なるかたちのものを拝んでも、礼拝の対象は同一なのです。そして、われらは火星人用のその球を、ほんとうに信じなければいけない。われらにとっては無意味なそのかたちを信じるべきです。その球はキリストその人であられる。そして、われらの地球上のキリストは、火星人たちには無意味であり、ナンセンスであることを、われらはつねに念頭におかねばならないのです」

ペレグリン神父は白墨を置いた。「さあ、山へ行って、教会を建てませんか」

神父たちは荷物をまとめ始めた。

教会といっても、それは山頂の平坦な地面から岩をとりのぞいただけの場所だった。地面はていねいに均らされ、祭壇には、マサイアス神父が作ったガラスの球が置かれる。

六日間の労働ののちに、この「教会」は完成した。

「これをどうします」ストーン神父は地球からはるばる持って来た鉄の鐘をゆびさした。

「かれらには鐘はどんな意味があるのですか」

「それはわれらの慰めにしかなるまいね」と、ペレグリン神父は折れた。「すこし気分をひきたたせないといけない。この教会は、あまりにも教会らしくないからね。なんだか馬鹿げたことをやっているような——わたしさえそんな気分になってくる。異なる世界の住民に福音を説くのは、まったく新しい仕事なのだから。それも当然だが、といっても、喜劇役者になったような気持ちはいやだね。そんなとき、わたしは、力を与え給えと神に祈ることにしている」

「みんな、いやいやながら、この仕事をしたのです。あからさまに冗談めかして言っている者もおりますよ、ペレグリン神父」

「分かっている。とにかく、みんなの慰めになるなら、この鐘を小さな塔にとりつけよう」

「オルガンはどうします」

「あした、第一回のおつとめのときに鳴らせばいい」

「しかし、火星人たちは――」

「分かっているというのに。これも、われらの気休めさ。火星人にどんな音楽がいいのかは、あとで調べればいい」


日曜日の朝、一同は早く起きて、蒼ざめた亡霊たちのように、冷たい大気のなかを歩いて行った。霜が法衣にこびりつくような感じである。塔からは、鐘の音が銀色の滝のように落ちてくる。

「今日は果たして火星でも日曜なのかな」と、ペレグリン神父はひとりごちたが、ストーン神父が顔をしかめるのに気づいて、あわてて言い足した。「火曜かもしれないし、木曜かもしれない――わからんね。しかし、そんなことはどうでもいい。わたしのつまらん空想だ。われらにはあくまで日曜なんだから。さあ、行こう」

神父たちは、がらんとだだっぴろい「教会」に入り、紫色のくちびるで、ガタガタふるえながら、ひざまずいた。

ペレグリン神父はみじかい祈りを捧げ、冷たい指をオルガンの鍵（キー）にふれた。美しい小鳥の群れのように、音楽が舞いあがった。神父の指は、庭の雑草をかきわけるように動き、美しい音楽は山頂にまでいっぱいにひろがった。

音楽は山の大気を鎮めた。朝の新鮮な香りがただよってきた。

神父たちは待っていた。

「どうしたのでしょう、ペレグリン神父」まっかな太陽がのぼってきた大空をうかがいながら、ストーン神父が言った。「われらの友人の姿が見えません」

「もういちど試してみよう」ペレグリン神父の額に汗がにじみ出た。

雄大なバッハの音楽を、ペレグリン神父は弾き始めた。それは巨大な伽藍のように、小さな石材が一つまた一つと積みかさねられ、遂には天と地にかかる大建築となってそびえ立った。音楽が鳴りやんでも、それは崩れ去りはしなかった。いくつかの白い雲に誘われて、しずかに彼方へ移動して行くように思われた。

空には依然として何の影もない。

「かれらは必ず来る！」だがペレグリン神父の胸中には小さな不安がわだかまり始めた。

「祈ろう。来て下さいとお願いしよう。かれらは人の心を読むのだ。きっと分かってくれる」神父たちはふたたびひざまずいて、祈りの文句をとなえ始めた。

と、東の方、日曜（いや、火星では木曜かもしれないし、月曜かもしれない）午前七時の冷たい山頂のあたりから、火の玉たちがやって来た。

そして、ふわふわと揺れながら、下降して、寒さにふるえる神父たちをとりかこんだ。

「ありがとうございます、ああ、主よ、ありがとうございます」ペレグリン神父は目をかたくとじて、音楽を演奏した。

オルガンを弾き終わると、目をあけて、このおどろくべき会衆を見わたした。

すると一つの声が神父の心に触れた。その声は言った。

「わたしたちはすぐ帰ります」

「ゆっくりして下さってよろしいのです」と、ペレグリン神父が言った。

「ここにはすこししか居られません」と、声はしずかに言った。「あなた方にお話したいことがあって参りました。もっと早くお話すればよかったのです。しかし、黙っていれば、あなた方はあきらめるだろうと思ったのです」

ペレグリン神父は口をひらきかけたが、その声にさえぎられた。

「わたしたちは昔の火星人です」と、声は言った。その声はペレグリン神父の体内にしみわたり、青い火のように燃えるかと思われた。「わたしたちは、かつての物質的な生活を見かぎり、大理石の都を去って山へかくれたのです。もうずいぶん以前から、わたしたちの姿はこんなふうになりました。でも、昔はわたしたちも人間のかたちをしていて、あなた方とおなじように手や足や胴があったのです。言い伝えによると、わたしたちのなかの一人、それは立派な人でしたが、その人が、わたしたちの精神や知性を解放し、肉体の病気や、メランコリーや、死や、変貌や、不機嫌や、老衰や、その他もろもろの束縛からわたしたちを解き放つ方法を発見しました。それ以後わたしたちは青い火となり、風や空や山のなかを永遠の住家と定めたのです。わたしたちには、見栄もなければプライドもない、豊かさもなければ貧しさもない、情熱もなければ冷たさもありません。下界の人々とはまったく無関係に暮らしてきましたから、わたしたちがこんな姿になった過程は、とうに忘れ去られました。でも、わたしたちは決して死にませんし、決して人に危害を加えないのです。わたしたちは肉体にかかわりのある罪をしりぞけ、神のみ恵みの下に暮らしていますす。わたしたちは他人の所有物を欲しがったりしません。わたしたちには所有物がないのですから。盗んだり、殺したり、欲情したり、憎んだりもしません。わたしたちは倖せに暮らしています。ただし種族をふやすことはできません。たべたり、飲んだり、喧嘩したりしないのですから。わたしたちの肉体が見限られたとき、肉体につきものの欲望や子供らしさや罪もまた拭い去られました。ペレグリン神父、わたしたちは罪というものを捨ててきたのです。それは秋の木の葉のように燃えました。それは邪悪な冬の厚い雪のように溶けました。それは赤と黄に輝く春の淫らな花びらのように、しぼみました。それは暑い夏の息苦しい夜のように立ち去りました。わたしたちの四季は温和です。わたしたちの精神風土は豊かです」

ペレグリン神父は立ちあがっていた。声は神父の五官をゆすぶるように響きわたった。その声は一種のエクスタシーであり、神父の体をつらぬいて走る火の流れだった。

「あなた方がこの場所に教会を建ててくださったことは感謝します。けれども、わたしたちに教会の必要はないのです。わたしたちの一人ひとりは、それぞれの教会そのものであって、身を浄める場所を他に必要としないのです。さっき、すぐあらわれなかったことは許して下さい。わたしたちはもう何千年ものあいだ誰とも交際しませんでしたし、誰とも語り合いませんでした。この惑星の生活とは無関係に生きてきました。もうお分かりと思いますが、わたしたちは、いわば野の百合です。働きもしないし、話もしない。ですから、この教会はあなた方の町へ運んで、そこの人たちを浄めるために使って下さい。わたしたちは、今のままで充分に幸福ですし、平和なのです」

広大な青いきらめきに囲まれて、神父たちはひざまずいていた。ペレグリン神父もひざまずいていた。一同の頬を涙が流れていた。これははなはだしい時間の浪費であると分かっていても、そんなことはもはや問題ではなかった。

青い火の玉たちは、何かつぶやいて、ふたたび朝の大気のなかへ舞い上がり始めた。

「わたしが、そのうち」――相手に直接たのむことをはばかって、目をとじたままペレグリン神父は叫んだ――「そのうち、あなた方に教えていただきに来てもよろしいですか」

青い火がきらめいた。大気がふるえた。

そう。そのうち、来てもかまいません。そのうち。

それから火の玉たちは行ってしまった。ペレグリン神父はひざまずいたまま、子供のように泣き叫んだ。「戻ってきて下さい、戻ってきて下さい！」

今にも、やさしい祖父が彼を抱きあげ、二階の寝室へ運んでくれるのではあるまいか。

はるか昔、オハイオ州の田舎町で……


日が沈む頃、一行は列をつくって山を下りた。ペレグリン神父はふりむいた。青い火が燃えている。ほんとうに、あなた方には教会の必要はない、とペレグリン神父は思った。あなた方は「美」そのものだ。どんな教会が太刀打ちできるだろう。相手は純粋な精神の火なのである。

ストーン神父は何も言わずに、かたわらを歩んでいた。やがて口をひらいた。

「どんな惑星にも、それぞれの真理があるのだと、ようやく分かりました。それは一つの偉大な真理の各部分なのです。いつの日か、それは嵌絵（はめえ）パズルのように、一つに組みあわされるでしょう。今日の経験は驚天動地でした。ペレグリン神父、わたしは、もはや二度と疑いますまい。ここの真理もまた、地球の真理とおなじく真（まこと）であり、二つの真理は共存するのです。わたしたちはさらに他の世界へ行って、真理をすこしずつ、つなぎ合わせましょう。やがて、あたかも新しい日の光のように、それらの総計が立ちあらわれるでしょう」

「ストーン神父、あなたがそんなことを言うのははじめてだね」

「ある意味では、これから町へ行って、伝道の仕事を始めるのは、いかにも残念です。あの青い光。あの青い光が下りて来て、語り始めたときの、あの声……」ストーン神父はぞくっとふるえた。

ペレグリン神父は相手の腕をとった。二人は歩調をそろえた。

「それから、わたしの考えでは」と、ガラスの球をかかえて二人の前を歩むマサイアス神父を見つめながら、ストーン神父はやがて言った。「ペレグリン神父、あの球は――」

「なんだね？」

「あの球は、あの方なのです。つまるところ、やはり、あの方なのです」

ペレグリン神父は微笑した。一行は山を下り、新しい町へむかった。

今夜限り世界が

「今夜限り世界がなくなってしまうと分かっていたら、どうする」

「さあ、どうするかしら。それ、まじめな話？」

「そう、まじめな話だよ」

「どうするかしらねえ。考えたことなかったわ」

夫はコーヒーを注いだ。お茶の間の絨毯の上では、ハリケーン・ランプの緑色の光に照らされて、二人の女の子が積み木遊びをしている。淹れたてのコーヒーのこころよい芳香が、部屋いっぱいにこもっている。

「じゃあ、今すぐ考えてごらん」と、夫が言った。

「どうしても考えなきゃいけないの」

夫はうなずいた。

「戦争？」

　夫はかぶりをふった。

「原爆や水爆じゃないの？」

「ちがう」

「細菌戦？」

「そんなことじゃない」と、ゆっくりコーヒーをかきまわしながら、夫は言った。「ただ、なんとなく、たとえば読みさしの本をとじるように、世界が終わりになるんだ」

「よく分からないわ」

「おれにもよく分からない。ただの感じなんだ。ときどき、ひどくこわくなるが、全然何も感じないこともある」スタンドの光に照らされた女の子の黄色い髪の毛を、夫はじっと見つめた。「お前にはまだ話さなかったね。四、五日前に初めてあったんだ」

「何が？」

「夢なんだ。何もかも終わりになる夢を見た。だれかの声が、夢のなかでそう言うんだ。だれの声なのかわからない。とにかくその声が、地球はもうお終いだと言う。翌朝、目がさめて、それっきり忘れてしまったが、会社へ出て、あれは午後三時頃だったかな。スタン・ウィリスが窓から外をぼんやりながめている。スタン、何をぼんやり考えてるんだ、とおれが言うと、スタンは、ゆうべ夢を見た、と言うんだ。その途端、おれにはピンときた。それがどんな夢だったか、話をきかなくても分かると思った。スタンは話してくれた。おれは黙って聴いていた」

「おなじ夢だったの」

「おなじ夢だ。おれもおなじ夢を見たよ、と言うと、スタンは大しておどろいたような顔もしない。かえって、ほっとしたらしい。それから、おれとスタンは会社のなかを歩き出した。二人で相談したわけじゃない。なんとなく、ふらっと歩き出したんだ。会社中の人間が、デスクを見つめたり、自分のてのひらをじっと見たり、窓から外を眺めたりしている。おれは四、五人に話しかけてみた。スタンもほかの奴に話しかけていた」

「みんな夢を見たの」

「そう。おんなじ夢だ。そっくりおなじ夢を見たんだ」

「ほんとうかしら」

「ほんとうだ。こんな確かなことはない」

「で、いつ終わるの、世界が」

「いつかの夜らしい。夜が地球をひとめぐりするにつれて、世界は終わりになる。だから、ちょうど二十四時間かかってお終いになる」

夫婦はしばらくコーヒーに手を触れずに、黙っていた。やがて、お互いの顔を見つめ合いながら、ゆっくりとコーヒーを飲んだ。

「そんなことってあっていいものかしら」と、妻は言った。

「いいわるいの問題じゃない。ただ世界が終わっちまうんだ。お前は、さっきから、そんなことは馬鹿げてるとは一度も言わないね。どうしてだろう」

「実は、わけがあるのよ」と、妻は言った。

「みんなとおなじ夢かい」

妻はゆっくりうなずいた。「黙っていようと思ってたの。ゆうべなのよ。今日、街でも奥さん連中がお喋りしてたわ。みんなおなじ夢を見たんですって。わたしは偶然の一致だと思ったんだけど」妻は夕刊をとりあげた。「新聞にはなんにも書いてないわ」

「みんな知ってるから、新聞に書く必要はないんだ」

夫は椅子の背に凭りかかり、妻を見まもった。「こわいかい」

「いいえ。そんなことになったら、こわいだろうと思ってたけど、ちっともこわくないわ」

「自己防衛の本能というやつは、一体どこへいっちまったんだろう」

「ほんとうね。でも、理屈に合ったことなら、あまり興奮しないのが当たり前じゃないかしら。この夢は理屈に合ってるわ。わたしたちの生活のやり方だったら、こんなことになっても仕方がないんですもの」

「われわれの生活はそんなにいけなかったかね」

「それほどいけなくはないけど、たいして立派でもなかったわ。そこが問題だと思うの。世のなかには、いろんな恐ろしいことがいっぱいあるのに、わたしたちは、わたしたちのことしか考えていなかったわ」

女の子たちは笑い声をあげている。

「こんなとき、人は通りに出て金切り声をあげるものかと思った」

「そんなことはないのね。ほんとうのことが起こるときは、泣いたりわめいたりしないものだわ」

「ねえ、おれは、お前と子供たちのほかに、なんの未練もない。町はきらいだし、仕事はきらいだし、大切に思うのはお前たち三人だけだ。ちょっとした季節の感じとか、暑いときのアイス・ウォーターとか、いいものはそれくらいだな。あとは眠ること。それにしても、こうやって落ち着いて話をしていられるのは、なぜだろう」

「ほかにどうしようもないからよ」

「そりゃそうだ、何かすることがあれば、それをするだろうからね。これから何をしようかなんて、みんないっせいに思い悩んでるのは、おそらく有史以来のことじゃないかな」

「ほかの人たちは、これからどうする気かしら。今晩、あと何時間かのあいだ？」

「映画を見に行ったり、ラジオを聞いたり、テレビを見たり、トランプをやったり、子供たちを寝かしつけたり、自分も寝たり――いつもの通りだろう」

「いつもの通りというのは、ある意味では、立派なことなのね」

夫婦はしばらく黙っていた。それから夫がまたコーヒーを注いだ。「なぜ今夜がそれだと思うんだい」

「なんとなく」

「五世紀あとかもしれないし、十世紀あとかもしれないじゃないか」

「きっと、一九六九年十月十九日という日は、わたしたちの初めての経験で、今後も二度とないことだからでしょうね。今日という日はほかのどんな日よりも意味があるみたい。世界中どこを見わたしても、平凡な一日だったでしょう。だから、なんとなくお終いのような気になるのね」

「今頃、どこかの爆撃機が予定通り大海原を横切っているかもしれない」

「それも理由の一つでしょうね」

「さて」と、夫は立ちあがった。「どうしよう。皿でも洗うか」

二人は皿を洗い、特にきちんとキッチンを整頓した。八時半になると、二人の女の子はおやすみのキスをして、寝床に入った。子供たちのベッドのそばには小さなスタンドのあかりがつけられ、ドアはほそめにあけてある。

「ねえ」と、子供の寝室から出て来て、パイプを口にくわえた夫が、ちらと子供たちの様子をうかがって言った。

「ドアをぜんぶしめてしまおうか。それとも、やっぱりすこしあけておいたほうがいいかな」

「なあに」

「子供たちは知っているのかしら」

「もちろん知らないのだろう」

夫婦は腰をおろして、新聞を読み、語り合い、ラジオの音楽を聞き、それから暖炉のそばへ寄って、石炭の燃えさしを見つめた。時計が十時半を打ち、十一時を打ち、十一時半を打った。夫婦は、世界中の人間たち、この夜をそれぞれちがったふうにすごした大勢の人々のことを、考えるともなく考えていた。

「さて」と、遂に夫が言った。

夫婦はキスした。長いキス。

「ほかのひとはともかく、わたしたちは仲良しだったわね」

「悲しい？」と夫が訊ねた。

「悲しくないわ」

二人は家中の電灯を消し、寝室に入り、つめたいくらやみのなかで服をぬぎ、ベッド・カバーをはずした。「シーツがきれいで、気持ちがいいね」

「つかれたわ」

「おれたちはみんなつかれているんだ」

二人はベッドに入り、横になった。

「ちょっと待って」と、妻が言った。

夫は、妻がベッドから跳び起き、キッチンへ行く音を聞いていた。妻はすぐ戻って来た。

「水道の蛇口がちゃんとしまっていなかったの」と、妻は言った。

なぜか突然おかしくなって、夫は笑い出した。

妻も、自分のしたことがこっけいだと気づいて、夫といっしょになって笑った。やがて笑いがおさまった。二人はひんやりしたベッドのなかに、手を握り合い、頭を寄せ合って、横たわっていた。

「おやすみ」と、すこし経ってから夫が言った。

「おやすみなさい」と、妻が言った。

亡命者たち

目は火のように燃え、吐く息は炎だった。魔女たちはかがみこみ、脂だらけの棒や、骨ばった指をつっこんで、大釜の加減を見た。

わたしら三人、今度いつ逢う？
かみなり、いなずま、雨のとき？（『マクベス』第一幕第一場より）

水のない海の岸辺で、魔女たちは酔ったようにおどっていた。その三枚の舌が空気をかきみだし、目は底意地わるく光っていた。

まわせ、まわせ、大釜、まわれ、

投げこめ、投げこめ、腐ったはらわた……
どんどん燃やせ、景気をつけろ、
薪を燃やせば、煮え立つ大釜！（『マクベス』第四幕第一場より）

魔女たちは手を休め、視線を走らせた。「水晶球はどこだい。針はどこへやった」

「ほらよ！」

「ありがとさん！」

「黄色い蠟の具合は？」

「上々さ！」

「鋳型に流しこんどくれ！」

「蠟人形はできたかい？」緑色のてのひらで、魔女たちは人形をこねあげた。

「心臓に針を突き刺しな！」

「水晶、水晶。早くよこしな。埃を払ってさ。ほれ、ごらん！」

魔女たちは蒼白な顔を水晶球に近寄せた。


ほらね、ほらね、ほらね……

一台の宇宙船が地球から火星へ飛んでいた。宇宙船の乗組員たちは死にかけていた。

隊長は疲れたしぐさでふと頭をあげた。「やむをえない。モルヒネを使おう」

「しかし、隊長――」

「見ろ、こいつの容態を」隊長は毛布を持ちあげた。湿ったシーツの下の男は、呻き声をあげて、体を動かした。なんともいえぬ悪臭が鼻をつく。

「見た――見たんだ」男は目をひらき、舷窓を見つめた。星がまばらに光り、まっくろな宇宙がひろがっている。地球はすでに遠ざかり、赤い火星が視界に大きく迫ってくる。

「見たんだ――コウモリ、でかいコウモリ、人間の顔をしたコウモリ、窓にかぶさってた。ばたばた、ばたばた、ばたばた」

「脈は？」と、隊長が訊ねた。

看護兵が脈をとった。「百三十です」

「このまま放っとくわけにはいかん。モルヒネをつかってくれ。さあ、次へ行こう、スミス」

隊長とスミスは歩き出した。とつぜん、足もとから、恐ろしい叫びがおこった。隊長は足もとを見ないようにして訊ねた。「パースがいるのはここか」

白衣を着た医者は、足もとの患者から顔を上げた。「どうも分かりません」

「パースは死んだのか」

「わけが分からんのです、隊長。心臓も、脳も、どこもかしこも健全なのに——ぽっくり死にました」

　隊長は医者の手頸にふれた。手頸は蛇のように勢いよく脈打っていた。「気をつけろ。きみも脈が早いぞ」

　医者はうなずいた。「パースは、しきりに手足の痛みを訴えて——針で刺されるようだと言っていました。体が蠟のように溶けていくとも言っていました。倒れたので助けおこすと、子供のように泣きました。銀の針で心臓を刺されるというのです。とうとう死にました。健康状態は前の患者とおなじく、まったくノーマルでした」

「そんな馬鹿な！　原因がなければ死ぬはずはない！」

　隊長は舷窓に寄った。マニキュアをした自分の両手の、メントールとヨードチンキと石鹼の匂いをかいだ。隊長の歯はあくまで白く、清潔な耳や頰は桃色に光っている。制服には一点のしみもないし、軍靴はまるで黒い鏡のように輝いている。クルー・カットの髪からはアルコールの匂いがする。吐く息さえすがすがしく清潔だ。あたまのてっぺんから爪先まで、汚点というものがない。医務室から出てきたばかりのピカピカ光る道具だ。

　部下たちもおなじ感じである。背中にネジがついているのではないかと思われるほど、画一的な人間たち。巧みに調整された、値段の高い、従順で、行動の迅速な玩具たち。

　すこしずつ視野が拡がってくる火星を、隊長は凝視した。

「あと一時間で着陸だ。スミス、きみはコウモリを見たことがあるのか。夢にうなされたりしたか」

「はい、ロケットがニューヨークを出発する一カ月ほど前からです。白ネズミがわたくしの頸にかじりつき、生き血を吸いました。この遠征に参加させていただけないと残念なものですから、だれにも話しませんでした」

「そうか」と、隊長は溜息をついた。「じつはおれも夢を見た。五十年来、夢なんぞ見たことはなかったのに、地球出発の一週間前になって、毎晩のように見るんだ。夢のなかで、おれはまっしろなオオカミになる。雪山で狩人につかまる。銀の弾丸をブチこまれる。心臓に杭を刺されて埋められる」隊長は火星の方に顎をしゃくった。「スミス、おれたちが行くことを、奴らは知っているのかな」

「火星人が実在するものかどうかも、まだ不明です」

「そうかな。出発前から、八週間前から、奴らはおれたちをおどかしてるのじゃないのかな。パースとレナルズは殺された。グレンヴィルはきのう、盲になった。原因は？　分からん。コウモリだ、針だ、夢だと、わけの分からん理由で、どんどん死んで行く。昔ならさしずめ魔術とでもいうところだが、今は二一二〇年じゃないか、スミス。おれたちは理性をそなえた人間だ。こんなことは、どう考えても起こり得ないことだ。ところが、現に起こっている！　相手は何者か知らんが、針やコウモリでおれたちを全滅させる気なのじゃないか」隊長は突然ゆびさした。

「スミス、そこのファイルから本を取ってくれ。着陸するときに必要なのだ」

そこには二百冊の本が積み重ねられてあった。

「ありがとう、スミス。この本に、きみは気がついていただろうな。おれが狂ったと思わなかったか。そう。まったく、きちがいじみた思いつきさ。出発直前、歴史博物館から取りよせたんだ。それも夢のせいだ。おれは毎晩のように針でさされ、気味のわるいコウモリに責められた。悪夢の連続だ。われわれ乗組員は、揃いも揃って、そういう魔術や、キツネ憑き、吸血鬼、幽霊のたぐいを夢に見た。しかも部下たちはそういうものを知らないはずなのだ。なぜかというと、そういう気味のわるい本は、法律によって、百年も前に焼かれてしまったのだからな。これらの書物を所持することは固く禁じられている。わずかに一部ずつ、歴史研究のために残され、博物館の特別室に貯蔵されていたのが、ここにあるこれだ」

スミスはかがみこんで、埃まみれの背文字を読んだ。

「エドガー・アラン・ポオ著『怪奇幻想小説集』。ブラム・ストーカー著『ドラキュラ』。メアリ・シェリー著『フランケンシュタイン』。ヘンリイ・ジェイムズ著『ねじの廻転』。ワシントン・アーヴィング著『スリーピー・ホロウの伝説』。ナサニエル・ホーソーン著『ラパチーニの娘』。アンブローズ・ビアス著『アウル・クリーク橋の一事件』。ルイス・

キャロル著『不思議の国のアリス』。アルジャノン・ブラックウッド著『柳』。L・フランク・ボーム著『オズの魔法使い』。H・P・ラヴクラフト著『インスマウスを覆う影』。まだまだあります！　ウォルター・デ・ラ・メア、ウェイクフィールド、ハーヴィ、ウエルズ、アスキス、ハクスリー——どれもこれも禁書ばかりです。万聖節(ハロウィーン)が法律で禁じられ、クリスマスが廃止された年に燃やされた本ばかりです！　しかし、こんな本をロケットに持ちこんで、どうなさるおつもりですか、隊長」

「分からん」と、隊長は溜息をついた。「まだ分からん」

三人の魔女は水晶球を持ちあげた。球のなかに隊長の姿が見える。その声がかすかに響いてくる。

「分からん」と、隊長は溜息をついた。「まだ分からん」

三人の魔女は目をぎらぎらさせて、顔を見合った。

「時間が足りないね」と、一人が言った。

「町のみなさんにお知らせしよう」

「みなさん本のことを心配していらっしゃるよ。見通しはよくないね。あの隊長め！」

「あと一時間で着陸するよ」

三人の魔女は身ぶるいして、水のない火星の海に沿うエメラルドの町をながめた。その一番高い窓に、まっかな寛衣をまとった背のひくい男の姿が見える。三人の魔女が大釜を焚き、蠟人形をこしらえている荒地を、その男はじっと見おろしていた。荒地の向こうには、無数の鬼火や、月桂樹、黒いタバコの煙や、モミの木、肉桂の木や、骨粉などが、火星の夜にぼうっと浮かびあがって見える。男は、腹立たしげに燃えている鬼火の数をかぞえた。それから、三人の魔女が見まもるうちに、ついと向こうをむいた。まっかな寛衣がひるがえった。遠くの表玄関の門灯が、黄色い生きもののようにまたたいた。

　エドガー・アラン・ポオ氏は、アルコールくさい息を吐きながら、塔の窓辺にたたずんでいた。「魔女の友人たちは、今晩は忙しそうだ」と、遙か下方の魔女たちを見やって、彼は言った。

　背後から一つの声が言った。「さっき、ウィル・シェイクスピアが、連中を督励していましたよ。今晩の海岸は、シェイクスピアの一党でいっぱいです。何千人いるかな。三人の魔女、オベロン、ハムレットの父親、パック——みんな出そろってます！　よくまあ、あれだけ繰り出したもんだ！」

「でかしたぞ、ウィリアム」ポオはふりかえった。赤い寛衣がひるがえった。ここは石づくりの部屋である。黒い木机の上には、ロウソクが燃えている。アンブローズ・ビアス氏は、だらしなく腰かけている。マッチを擦っては、それが燃えつきるのを眺め、口笛を吹き、ときたま独りで思い出し笑いをしている。

「ディケンズさんにすぐ知らせよう」と、ポオ氏は言った。「少々おそすぎたくらいだ。あと数時間でわれわれの運命が決まる。ビアス、いっしょにディケンズ氏宅へ行ってくれないか」

ビアスは愉快そうに見上げた。「それは行ってもいいですがね――一体何事が始まるんですか」

「ロケットの連中を殺すなり、おどかして立ち去らせるなりしないかぎり、われわれがここから出て行かねばならないのだ。しかし、木星へ行けば、かれらも木星へ来るだろう。土星へ行けば、土星へ来る。天王星へ行っても、海王星へ行っても――」

「そのあとは、どこへ行きます」

ポオ氏の顔には疲労があらわれていた。その目の輝きはまだ失われていなかったが、喋り方には悲しみのあまりの投げやりな調子があった。おどろくほど白い額には、長髪が覆いかぶさっている。何か人に言いにくい理由で追放されたサタン、失敗におわった遠征軍の将軍といった感じである。瞑想的なくちびるの上の、絹のようなやわらかい黒い口髭は、妙に生気をなくしていた。秀でた額だけが、くらい部屋のなかで、まるで燐光のように浮きあがって見える。

「われわれは、段ちがいに優秀な旅行方法をわがものとしている」と、彼は言った。「かれらは、いつなんどき原水爆を用いて、暗黒時代を再現せぬとも限らぬ。迷信の復活、それがわれわれの唯一の希望だ。もしそうなれば、われわれは一夜にして地球へ帰ることもできる」秀でた額の下で、黒い目が輝いた。ポオ氏は天井を見つめた。「かれらはこの世界にも破滅をもたらす気か。何もかも自分流儀の鋳型にあてはめる気なのか」

「オオカミは、獲物を殺して、その内臓を食うまで、一瞬たりとも休んだりはしませんよ。まさしくこれは戦争ですな。わたしは脇にどいていて、両軍の得点でも記録しましょう。地球人が油で煮られるかと思えば、『壜のなかの原稿』が燃やされる。地球人が針で刺されるかと思えば、『赤き死の仮面』が皮下注射器の大群に追っぱらわれる――は、は！」

ポオはすこし酔いがまわったらしく、腹立たしげに体をゆすった。「昔のことを思い出してみたまえ。頼むから、いっしょに戦ってくれ、ビアス！　われわれは文芸批評家の連中に抗弁することを許されたか。否だ！　われわれの著書は、医者どもの消毒されたメスに切り裂かれ、釜に投げこまれ、煮られ、墓場の蛆虫どもに食い荒らされたのだ。かれらに呪いあれかし！」

「いや、われわれのそういう状況も、ちょいと乙なものじゃありませんか」と、ビアスが言った。

塔の階段からヒステリックな叫び声がきこえて、二人の会話は中断された。

「ポオさん！　ビアスさん！」

「今行く、今行くよ！」ポオとビアスは階段を下りた。廊下の石の壁に、一人の男がはあはあ喘ぎながら寄りかかっていた。

「ニュースを聞きましたか」と、断崖から落ちかかった人のように、男は二人にすがりついて叫んだ。「あと一時間で、奴らは着陸します！　本を持って来ているそうです――昔の本を！　こんな重大なときに、塔でなにをなさっていたんです。なぜ行動なさらないんですか」

ポオが言った。「できるだけの手は打ってみるつもりです、ブラックウッド。あなたはまだお若いから、こういうことに馴れておられないのだ。さあ、いっしょに行きましょう。われわれはチャールズ・ディケンズ氏の住居へ行って――」

「――われらの運命、暗い運命について沈思黙考するんですよ」と、ビアス氏が言い、こっそりウインクした。

一行は、足音のこだまする城の階段を急ぎ足に下り、蜘蛛の巣だらけの廊下を出口へと歩いて行った。「心配しなくていいのです」と、白い秀でた額をランプのように輝かせて、先頭に立ったポオ氏は言った。「死んだ海のほとりに、いろいろな連中を集めておきました。ブラックウッド、ビアス、あなた方の友だちもね。みんな集合しています。けだものども、老婆たち、白いするどい歯をもつ長身の男たち。罠はすでに準備されています。落とし穴も、そう、もちろん例の振り子もね。赤き死もです」ここで彼はしずかに笑った。「そう、赤き死まで出てきた。わたしはよもや——まったくの話、赤き死のようなものが、よもや現実にあらわれることはあるまいと思っていた。罪はかれらにあります。かれらはその報いを受けねばならない！」

「しかし、われわれの力は充分ですか」と、ブラックウッドが訊ねた。

「充分というのは、どれだけあれば充分なのですか。すくなくとも、かれらはわれわれの攻撃を予想していない。かれらには、それだけの想像力がない。防腐剤を塗ったズボンをはき、金魚鉢のようなヘルメットをかぶり、新しい宗教を信じている、あの清潔一点ばりのロケット・パイロットども。かれらの頸には、金の鎖に外科用のメスがぶらさがっています。あたまには顕微鏡の王冠。ポオ、ビアス、ホーソーン、ブラックウッドなどという名前は——かれらの消毒されたくちびるにとっては、科学をけがす恐ろしい名前なのです」

城の外に出ると、三人は沼地のような場所を通りぬけた。そこは沼地と見えるが沼地ではない。さまざまな夢魔が霧のように立ちこめているのだ。空中には、翼のはばたき、不気味な鳥の啼き声がきこえ、風と闇との動きが感じられた。焚き火のまわりでは、人影が右往左往し、どよめきが立ちのぼっていた。あかりに照らし出された針の動きを、ポオ氏は見守った。蠟人形に、粘土人形に、痛みが、貧しさが、悪意が、つぎつぎと籠められてゆく。大釜からは、ニンニクと、トウガラシと、サフランの匂いが、邪悪な精神そのもののように、夜の空へただよっていった。

「つづけていてくれ！」と、ポオ氏は言った。「すぐ戻ってくるからな！」

水のない海のほとりでは、おぼろげな黒い影たちが、忙しげに立ち働き、黒い煙のように空へ昇ったりしていた。山の塔からは鐘が鳴りわたり、大鴉（おおがらす）はその不吉な羽音をあたり一帯にひびかせていた。

人気（ひとけ）のない荒野を越え、小さな谷間へと、ポオとビアスは急いだ。と、とつぜん、二人はごろ石を敷いた街路に出た。刺すようにつめたい空の下、人々は足をあたためようと、しきりに中庭で足踏みしている。しかも、あたりは一面の霧。事務所の窓にはロウソクのあかりがゆらぎ、クリスマスの七面鳥が商店のウィンドウに吊されている。向こうでは、着ぶくれした子供たちが、空中に白い息を吐き、「クリスマスおめでとう」と叫んでいる。夜半を知らせる大きな時計の音。子供たちがパン屋から駆け出して来た。ほかほか湯気の立つ御馳走を、銀のお盆や鉢（ボウル）にのせている。〈スクルージ、マーレー、ディケンズ〉と標札の出ている門口で立ちどまったポオは、マーレーの顔をしたノッカーを叩いた。ドアが数インチひらき、中から音楽が一陣の風のように流れ出して来た。山羊髭を生やした男の肩ごしに、フェジウィグ氏（以下、ディケンズ『クリスマス・キャロル』の登場人物）が手拍子をうっている。フェジウィグ夫人は満面に笑みをたたえ、ほかの陽気な連中と踊っている。小鳥のようにさえずるヴァイオリン。突風を受けて鳴るシャンデリアのように、テーブルの上をころげまわる笑い声。大きなテーブルには、七面鳥や、ガチョウの肉が山と積みあげてあり、ヒイラギの枝がそれを飾っている。ミンス・パイ、仔豚の肉、ソーセージの環、オレンジ、リンゴ。そこには、ボブ・クラチット氏もいる。かわいいドリットもいる、チビのティムもいる、フェイギン氏（『オリヴァ・ツウィスト』の登場人物。ユダヤ人）までいる。そして、未消化の牛肉みたいな、カラシみたいな、ひとかたまりのチーズみたいな、生煮えのジャガイモみたいな、きすぎた顔をしている男は、ほかでもない、マーレー氏（『クリスマス・キャロル』の登場人物。幽霊となってスクルージを訪ねる元共同経営者）その人なのである。惜しげもなく注がれるワイン、すてきな湯気を立てている七面鳥。

「何の御用です」と、チャールズ・ディケンズ氏が訊ねた。

「またお願いに来ました、チャールズ。あなたのお力をお借りしたい」と、ポオが言った。

「力を借りたい？　あなた方が、あのロケットでやって来る善良な人々と戦うのに、わたしが力を貸すとでも思っているのですか。わたしは大体ここに住むべき人間ではない。わたしの著書が焚書にあったのは、何かのまちがいです。わたしは、ポオ君、あなたや、ビアス君、あなたみたいに、超自然論者でもなければ恐怖小説家でもないのだからね。あなた方のような恐ろしい人たちとは、まったく無関係です！」

「あなたには説得力がおありだ」と、ポオは言った。「ロケットの連中と逢って、かれらの疑惑をなだめすかして下さい――あとはわれわれが引き受けます」

ディケンズ氏は、ポオの両手を隠している黒いケープのひだを見つめた。ポオはそこから一匹の黒猫を出した。「連中には、これで沢山ですよ」

「それで、そのあとは？」

ポオは微笑した。「『早すぎた埋葬』とでもいきますか」

「あなたは恐ろしい人だ、ポオ君」

「わたしはただの怒れる人間です。もともと、わたしは神でした。ディケンズさん、あなたも神でしたし、ほかの人もみんな神だった。ところが、われわれの発明を――われわれの登場人物たちを――かれらは脅迫したばかりか、責めさいなんだり、検閲のハサミを入れたり、焼いたり、引き裂いたりして、葬り去ってしまった。われわれが創造した世界は完全にほろぼされたのです。こうなれば、神といえども、戦うのが当然ではありませんか！」

「それで？」ディケンズ氏は音楽や食事やパーティに戻りたくてたまらぬように、いらいらした口調で言った。「われわれはなぜここに来たか、そのわけを説明して下さらんか。どうやって、こんな所へ来たのかを？」

「戦争は戦争を生みます。破壊は破壊を生みます。地球の人間たちは、一世紀前、すなわち二〇二〇年に、われわれの本を禁書と指定しました。おお、なんと恐ろしいことだろう

——われわれの文学的創造物をそんなふうに破壊するとは！　ほかならぬその事実に呼び出されて、われわれはここへ来たのです。どこから呼び出されたのか？　死？　彼方？　わたしは抽象的なことを好みません。わたしにはわからない。ただ、われわれが自分たちの世界、自分たちの創造物に呼ばれて、それらを救うために、ここへ来たということだけは確実です。それらを救う唯一の方法は、ここ火星で待ちつづけることでした。地球は、その科学者や疑惑でいっぱいになってしまうに相違ない。それがわれわれの希望でした。だが、今や、かれらはわれわれをここから追い出そうとしてやって来る。科学が地球に勢力を占めるにつれ、一人また一人と、ここへ移住してきた連中——錬金術師、魔女、吸血鬼、キツネ憑き、あの連中もろとも、われわれをここから追い出そうというのです。お力を貸して下さい。あなたの語り口はおみごとです。われわれには、あなたが必要なのです」

「繰り返して言うが、わたしはあなた方の仲間ではない。あなた方を認めない」と、ディケンズは怒って叫んだ。「魔女や吸血鬼といっしょくたにされてたまるものか」

「しかし『クリスマス・キャロル』は？」

「何を言うか！　みじかい中篇じゃないかね。なるほど、わたしはほかにも幽霊の話を書いたが、だからどうだというのだ。わたしの本来の仕事は、そういうナンセンスとは関係ない！」

「まちがいであるにせよ、あなたはわれわれの仲間に入れられました。かれらは、あなたの著書を――あなたの世界をほろぼしたのですからね。かれらを憎んで下さい、ディケンズさん!」

「連中は粗野な愚か者だとは認める。だが、それはそれでいい。もう失礼する!」

「せめてマーレーさんだけでも、われわれに貸して下さいませんか!」

「くどい!」

ドアはぴしゃりと閉じられた。ポオがふりかえると、街路の向こうから、大きな馬車がやって来る。馭者は陽気な鼻唄を歌っている。馬車のドアをあけて、笑ったり歌ったりしながら出て来たのは、一ぱい機嫌のピックウィック・クラブ員たちだった。「クリスマスおめでとう」と元気のよい叫び声。

ポオ氏は、夜半近い海岸を走った。煮え立つ大釜、毒薬、白墨で描いた五角形。だが、それらの火や煙の下で立ち働く人々に命令をくだすことは、なんとなくためらわれた。「よし!」と、彼は叫び、走りつづけた。「結構!」と、彼は叫び、ふたたび走った。大勢の人々が、ポオ氏のあとを追い、いっしょに走った。コパード氏もいれば、マッケン氏もいる。毒蛇たち、怒れる悪魔たち、火を吐くドラゴンたち、マムシたち、魔女たち、イラクサ、トゲ、ありとあらゆる不吉な物たち。この暗い想像力の海のほとりに、打ち捨てられ、見離され、豚のように啼き、泡を吹き、唾を吐く連中。

　マッケン氏が足をとめた。子供のように、つめたい砂に坐った。しくしく泣き出した。みんながなだめても、マッケン氏は泣きやまなかった。「たったいま、気がついた。われわれの著書の最後の一冊が焼きすてられたら、一体どうなるんだ」

　風が烈しく吹き過ぎた。

「それを言うな！」

「いや、言うとも」と、マッケン氏は泣き声を発した。「もうじきロケットが下りてきたら、ポオさん、あんたも、コパード、あんたも、ビアス、あんたも――みんな消えちまうんだ。煙みたいにな。飛んでいってしまうんだ。顔は溶けて――」

「死だ！　われわれのまことの死だ」

「地球のお情けで生きていたわれわれだ。最後の一冊が焼きすてられれば、当然、光のように消えるだろうよ」

　コパードはしずかな声で言った。「わたしとは一体何者だろう。今夜、いかなる地球人の心のなかに、わたしは存在しているのか。どこかアフリカあたりの人の心に？　どこかで世捨て人がわたしの物語を読んでいるだろうか。時間と科学の流れのなかで、その男は孤独なロウソクのようではあるまいか。亡命者たるわたしを支えていてくれるのは、どんな人たちなのだ。どこかの少年は、屋根裏部屋へ上って行って、ふとした機会にわたしの本を読むだろうか。ああ、この最期の夜に、わたしは病んでいる。骨の髄まで病んでいる。肉体の肉体があるならば、魂の肉体というものも存在するのだ。その魂の肉体が、すみずみまで病んでいる。この最期の夜、わたしはゆらめくロウソクの灯だ。とつぜん燃えあって、新しい光をはなつことはできぬものか！　屋根裏部屋の少年は、埃にむせながら、時に擦り切れたわたしの著書を手に取ってはくれぬのか！　おお、この執行猶予の時よ！」

海岸の小さな家のドアが、ばたんと音をたててひらいた。背のひくい、やせた男が歩み出て、一行には目もくれず、砂に腰をおろし、自分の握りしめたこぶしを見つめた。

「きのどくな男だ」と、ブラックウッドがささやいた。「見ろ、死にかけている。かつてこの男は、われわれよりもずっと元気だった。かれらは、この男の思想をとりあげ、この男に赤いきものを着せ、黒い靴をはかせ、この男を金ピカの安っぽい玩具に仕立てあげた。何世紀もそれを続けたあげく、この男をリゾールの瓶のなかに溺れさせたのだ」

みんな黙っていた。

「いまの地球はどんなだろう」と、ポオが不思議そうに言った。「クリスマスがない地球か。焼きたての栗もない、ツリーもない、飾りものも、太鼓も、ロウソクも——なに一つない。ただ雪と、風と、孤独で実際的な人間ばかり……」

一行は、色あせた赤いきものの老人を、じっと見つめた。

「この男の話を知っているか」

「だいたい想像はつく。目を光らせた精神分析医、悧巧ぶった社会学の教授、口角泡をとばす道徳論者、非のうちどころない両親たち——」

「痛ましい状況だね」と、にこにこしながらビアスが言った。「クリスマスめあての商人たちはどうしたろう。思い出すよ。ヒイラギの枝をいっぱい積みあげて、讃美歌を口ずさんでいたかれら。ひょっとすると、今年から、地球の一年は労働祭（レイバー・デイ）をもって始まる、なんてことになったんじゃないのかな」

ビアスのことばが途切れた。彼は溜息をついて、前のめりに倒れた。地面に横たわると、

「まったく面白いね」と、ビアスは言った。次の瞬間、ぞっとして見守る一同の眼前で、ビアスの体は青色の灰と、焼け焦げた骨に変わり、その骨粉はたちまち風にさらわれた。

「ビアス、ビアス、ビアス！」

「消えてしまった！」

「最後の一冊がなくなったのだ。だれかが地球で最後の一冊を焼いたのだ」

「ああ。もう何も残っていない。われわれは本なのだ。本がなくなれば、われわれも消えるのだ」

空に爆音が鳴りわたった。

一同は悲鳴をあげて、空を見た。勢いよく火を吐き出すロケット！　海辺のあかりが盛

んに揺れた。魔性のものたちの叫び声。沸き立つ呪いの大釜。目をくりぬいたカボチャが空へ上げられた。やせこけた腕をふりまわして、一人の魔女が歯のぬけた口で叫んだ。


船よ、船よ、こわれろ、落ちろ！

船よ、船よ、そっくり燃えろ！

割れろ、剝げろ、揺れろ、溶けろ！

こなごなになれ、ばらばらになれ！


「逃げましょう」と、ブラックウッドがつぶやいた。「木星へ、土星へ、冥王星へ」

「逃げる？」と、風のなかでポオが叫んだ。「いかん！」

「わたしは疲れ切った老人です！」

ポオはブラックウッドの顔をまじまじと見つめた。それから巨大な岩のてっぺんまで登り、風のなかに揺れる無数の灰色の影、緑色の光、黄色い目にむかって叫んだ。

「粉を！」

たちまち、アーモンド、ジャコウ、カミン、セメンシナ、ショウブ、その他もろもろの香料の、熱い刺すような香り！

ロケットは下りて来た。確実に、すこしずつ下りて来た！　激怒するポオ！　拳をふりあげた。熱と匂いと憎しみのオーケストラがシンフォニーを奏でた！　切り倒される樹木の破片のように、コウモリたちは舞いあがった！　煮つめられたはらわたが、飛び道具のように、焦げくさい大気のなかへ飛び散った。下りてくる、下りてくる、無慈悲に、振り子のように、ロケットは下りてくる。激怒したポオは叫び、ロケットが空間を切り裂くたびに一歩一歩と後退した！　死んだ海は、今や拷問の穴である。追いつめられた人々の上に、恐るべき機械が、きらめく斧が下りてくる。

　雪崩の下の人たち！

「蛇だ！」と、ポオはどなった。

緑色の毒蛇の群れが、体をくねらせ、ロケットに近づいて行った。だが、あっというまもあらばこそ、ひと薙ぎにされて、遙か彼方の砂浜に落ち、だらりと身を横たえた。

「かかれ！」と、ポオは金切り声をあげた。「最後のチャンスだ！　走れ！　進め！　進め！　体あたりだ！　奴らを殺せ！」

命令一下、狂暴な火のかたまりが、風のように、雨のように、海をみたし、乾いた三角洲（デルタ）をおそい、叫び、わめき、吠え、飛び散り、ふたたび固まり、ロケットめざして押し寄せた。だが、ロケットは悠然と、船体を光らせて着陸した。すると、あたかも熔岩をみたした大釜がひっくり返されたように、人とけだものの群れは、水のない海底へと、悲鳴をあげつつころげ落ちて行った。

「奴らを殺せ！」と、ポオは走りながら叫んだ。

ロケットの乗組員たちは、銃を構えて走り出た。犬のようにくんくん鼻を鳴らしながら、あたりの匂いをかいだ。何も見えない。人っ子一人いない。乗組員たちは構えをといた。

隊長は一番うしろから出て来た。するどい声で命令を下した。薪が集められ、火が点じられた。たちまち炎が燃えあがった。隊長は部下を半円形に整列させた。

「新世界だ」と、隊長はわざと悠然と喋り出した。だがその目は不安そうに、幾度となく、干あがった海の方をうかがっている。「古い世界は後方に去った。新しい出発だ。ここにわれわれが、科学と進歩に一身を捧げることを確認するために、儀式をとりおこなう」隊長は副官に合図した。

「本を」

焚き火の炎が色あせた書物の金文字を照らし出した。『柳』、『アウトサイダー』、『見よ』、『夢みる人』、『ジキル博士とハイド氏』、『オズの虹の国』、『危機のペルシダー』、『時に忘れられた世界』、『真夏の夜の夢』。そして気味わるい著者たちの名前。マッケン、エドガー・アラン・ポオ、キャベル、ダンセイニ、ブラックウッド、ルイス・キャロル。古めかしい名前、よこしまな名前のかずかず。

「新世界だ。われわれはこれら旧時代の最後の書物を燃やそう」

隊長は本のページをやぶいた。一ページ、一ページ、火のなかに投げこんだ。

悲鳴！

乗組員たちはぎょっとして、焚き火の向こうにくろぐろとひろがる、無人の海をのぞきこんだ。

ふたたび悲鳴！　甲高い、泣くような声。死にかけたドラゴンの啼き声か。巨大な海が干あがり始めたとき、クジラがのたうちまわる音か。

いや、それは真空のなかへ空気が瞬間的に流れこむ音だ。つい今し方まで何かが、占めていた空間のなかへ！

隊長は最後の一冊を焚き火へ投げこんだ。

空気のふるえがとまった。

静寂！

ロケットの乗組員たちは耳をすました。

「隊長、きこえましたか」

「いや」

「波のようです。海底のあたりで！　何か見えたような気がしました。あの辺です。黒い波。大波です。こちらへ走ってきました」

「気のせいだろう」

「隊長、あれをごらん下さい！」

「なんだ」

「あれです！　町だ！　あそこです！　湖のほとりの緑色の町！　まっぷたつに割れました。崩れてゆく！」

乗組員たちは目をほそくして首をのばした。

スミスも、その隊列にまじって、ふるえていた。彼は何か思い出そうとするように、あたまに手をあてた。「そうだ。思い出した。そう。ずっと昔のことだ。おれが子供の頃。そんな本を読んだ。物語だ。オズ、といったかな。そう、オズだ。オズのエメラルドの都……」

「オズ？　聞いたことがないな」

「そう、オズだ、確かにそうだ。あの本の挿絵そっくりだ。崩れたんだ」

「スミス！」

「はい」

「あす精神分析医に看てもらえ」

「はい！」きびきびした敬礼。

「気をつけろよ」

乗組員たちは伸びあがるようにして、銃をかまえたまま、宇宙船の無菌灯に照らされた海や丘を眺めた。

「ここにはだれもいないじゃないか。なぜだろう」と、スミスは失望したように呟いた。「だあれもいない」

風が靴の爪先に砂を吹きつけていた。

日付のない夜と朝

　彼は二時間でタバコを一箱吸ってしまった。

「もうどれだけ飛んだだろう」

「十億マイル」

「どこから十億マイルだ」と、ヒチコックが言った。

「それは考え方によりけりさ」と、全然タバコを吸わないクレメンズが言った。「故郷から十億マイルといってもいい」

「じゃあ、そう言えよ」

「故郷。地球。ニューヨーク。シカゴ。どこでもいい、きみが出発した所だ」

「おぼえてもいない」と、ヒチコックが言った。「もう地球があるってことも信じられない。きみはどうだ」

「うん」と、クレメンズは言った。「今朝方、地球の夢を見た」

「宇宙空間には、朝なんてない」

「じゃあ、きのうの夜だ」

「いつも夜じゃないか」と、ヒチコックはしずかに言った。「きのうの夜ってのは、どういうことだい」

「だまれ」と、クレメンズはじれったそうに言った。「話を最後まで聞けよ」

ヒチコックはまたタバコに火をつけた。手はふるえていないが、日に焼けた肌の下は、いつもぶるぶるふるえているように見える。体ぜんたいが目に見えぬ震動につらぬかれている。二人の男は廊下に出て、星を見つめていた。クレメンズの目はちらちら動くが、ヒチコックの目は焦点が定まっていない。どろんとしたひとみ。

「おれは五時に起きた」と、自分の右手に話しかけるようにヒチコックは言った。「目をさましたとき、自分がどうなっている声がきこえた。『おれはどこにいる。おれはどこにいる』その答は、『どこにもいない！』だ。おれはまた言った。『おれはどこにいた』おれは答えた。『地球だ！』おれはまた訊いた。『地球とは何だ』おれは答えた。『おれが生まれた所だ』しかしそれは無意味だ、無意味以下だ。おれは、見たり、聞いたり、さわったりできないものは、信じないんだ。地球はここから見えない。それなら地球を信じて何になる。信じないほうが無難じゃないか」

てるのが地球だ」

「地球はあそこにある」クレメンズはにっこりして、ゆびさした。「あのポッンと光っ

「あれは地球じゃない。太陽だ。地球はここから見えない」

「おれには見えるさ。記憶力があるからな」

「ばか、それは別物なんだ」と、とつぜんヒチコックが言った。その声には怒りがこもっていた。「見えるといったら、ほんとに見えることでなきゃ無意味だ。おれは昔からそういう考え方だった。おれがボストンにいるとすれば、ニューヨークは死んでいる。ニューヨークにいれば、ボストンは死んでいる。ある男に一日逢わないとすれば、そいつは死んでいるんだ。そいつが向こうから歩いてくれば、そう、復活みたいなもんだ。おれは嬉しくって、踊り出すよ。昔はな。今のおれは踊らない。見るだけだ。そいつが向こうへ行っちまうと、また死んだも同然だ」

クレメンズは笑った。「それは、きみの精神の働き方が原始的なんだ。物に執着できないんだ。きみには想像力がないんだよ、ヒチコック。もうすこし物に執着することを知らなくちゃいけない」

「使えもしない物に、どうして執着しなきゃならんのだ」と、大きな目で空間をにらみながら、ヒチコックは言った。「おれは実際的な男でね。地球がここになくて、その上を足で踏めないとき、思い出を足で踏めといわれても困るんだ。だいいち、痛いじゃないか。

思い出というのは、おやじがいつか言っていたが、ヤマアラシみたいなもんだ。いやなもんさ！　さわらぬ神にたたりなしだ。思い出は人を不幸にする。人の仕事を駄目にする。人を泣かせる」

「おれは今、地球の上を歩いているぜ」と、目をほそめてクレメンズは言った。

「ちがう、ヤマアラシを踏んづけているんだ。あとでメシも食えなくなるぜ。そのとき悔やんでも手おくれだ」と、ヒチコックは低い声で言った。「それというのも、ヤマアラシのトゲがささってるからだ。冗談じゃない！　飲んだり、つねったり、殴ったり、横になったりできないなら、そんなものは無きにひとしいよ。地球から見れば、おれは死んでいる。おれから見れば、地球は死んでいる。ニューヨークの人間で、おれのことを泣いて慕ってる奴は一人もいない。ニューヨークなんぞ糞くらえ。ここには季節がないんだ。冬や夏はなくなった。春も秋も同様さ。夜にも朝にも日付がない。どこまで行っても、空間また空間。いまあるものといったら、きみと、おれと、この宇宙船だけだ。そのなかで確かなものは、おれだけだ。ほかには何もない」

クレメンズはこのことばを無視した。「さあ、電話に十セント玉を入れて、と」と、手真似をして、彼はにやっと笑った。「エヴァンストンの女の子でも呼び出すか。もしもし、バーバラかい！」

ロケットは宇宙の空間を飛びつづけていた。

昼食を知らせる鐘が、十三時五分に鳴った。スニーカーをはいた男たちは、椅子のクッションに腰をおろし、テーブルにむかった。

クレメンズは腹がへっていなかった。

「見ろ、おれの言った通りだろう！」と、ヒチコックは言った。「ヤマアラシのせいだ！　だから放っときゃよかったのに。おれを見ろよ、この食欲」ヒチコックの声は無表情で暗かった。「さあ、見ててみろ」ヒチコックはパイを大きくちぎって口に入れ、ゆっくり味わった。それから、布地でも見るように、皿の上のパイを見つめた。それをフォークで動かした。フォークの柄にさわった。それから、中身をぐしゃりとつぶし、フォークの先にねっとりとついたレモンを見つめた。それから、ミルク壺をなでまわし、半クォートほどコップに注ぎ、その音に耳をかたむけた。それからミルクの白さをつくづく眺めた。それから、味わうひまもないほど、大急ぎで飲みほした。食事はあっというまに終わってしまった。もっとないかというふうに、あたりを見まわしたが、たべものの影も形もない。ヒチコックはぼんやりとロケットの窓から外をのぞいた。「あれだって、ありゃしないんだ」と、彼は言った。

「何が？」と、クレメンズが訊ねた。

「星さ。星に手でさわった奴がいるか。見えることは確かに見えるが、何億マイルも離れているものが見えたところで何になる？　そんな遠くのものに気をつかう必要はないんだ」

「きみはなぜこのロケットに乗ったんだい」と、クレメンズが唐突に訊ねた。

ヒチコックは、からっぽのコップをのぞきこんでから、急にそれを固く握りしめ、いったん手をゆるめてから、また強く握りしめた。「分からない」そしてコップの縁をなめた。

「やむをえない事情さ。きみだって、いついかなる場合にも自分の行動の理由を意識するわけじゃないだろう」

「宇宙旅行に興味はあったんだね？　方々へ行ってみることに？」

「分からない。いや。うん。方々へ行くことじゃない。中間にいることだ」ヒチコックはここで初めて目の焦点を何かに合わせようとしたが、どろんとした目はなかなか本人のいうことをきかない。「たいていは空間また空間だろう。空間がいっぱいある。上も下もない世界というのは面白いじゃないか。中間に何も詰まっていない世界。その何もない所におれがいる」

「そういう言い方は初めて聞いた」

「今おれが発明したんだからな。初めて聞いたはずさ」

ヒチコックはタバコに火をつけ、せわしなくスパスパ吸いこみ始めた。

クレメンズが言った。「きみの子供の頃の話をしてくれないか、ヒチコック」

「子供の頃なんて、ない。子供時代のおれなんて、死んでしまった。それもまたヤマアラシのトゲさ。おれは昔から、自分が毎日死ぬんだと思ってきた。一日一日が一つずつの箱なんだ。どの箱にもナンバーがついている。きちんと整理してある。でも、昔の箱のふたをあけちゃいけない。おれは今までに何千回も死んだんだからな。箱のなかには死体がいっぱい詰まっている。死にざまはみんなちがうが、あとになればなるほど、死に顔はこわくなっている。一日一日が、ちがう自分なんだ。見も知らぬ、わけの分からぬ自分なんだ」

「そういう考え方だと、自分がバラバラになってしまわないか」

「どうして今のおれが、昔のヒチコックと一心同体でなきゃならないんだ。昔のヒチコックは、馬鹿だった。あっちこっち引きずりまわされ、うまい汁を吸いとられ、利用された男だ。おやじはろくでなしだったし、おふくろが死んだとき、おれは嬉しかった。おふくろもしようがない女でね。その頃のおれの面（つら）を見て、満足しろって言うのか。とんでもない。昔のおれは馬鹿だったんだ」

「おれたちはみんな馬鹿者さ」と、クレメンズは言った。「いつだって馬鹿者なんだ。ただ毎日すこしずつ変わって行く。今日は馬鹿な目をみないぞと心に誓ったりする。きのうのおれは馬鹿だったが、今朝はちがうぞ、なんて考えるだろう。あしたになれば、そう、今日のおれもやっぱり馬鹿だったかもしれないさ。この世の中で何とかやっていくには、自分が不完全だってこと、あたりのものに調子をあわせて生きているってことを、我慢しなきゃなるまいな」

「不完全なことは思い出したくない」と、ヒチコックは言った。「おれはどうしても昔のヒチコックとは握手したくないぞ。奴はどこにいる。どこを探したって見つかりゃしない。死んじまってるんだからな。ざまあみやがれ、だ！　きのうのぶざまなおれを、あしたのおれと関係づけるのは、まっぴらだよ」

「そりゃ、まちがってると思うな」

「おれのことは放っといてくれ」ヒチコックは坐りなおし、窓から外を見た。他の乗組員たちはヒチコックを見つめた。

「流星は存在するのか」と、ヒチコックが訊ねた。

「きみだって知ってるだろう。存在するとも」

「われわれのレーダーにとっては——そう、空間のなかの一条の光として存在する。ちがうんだ、おれはおれの目の前にないものを信じたくないんだ。ときどき」——と、ヒチコックは仲間の乗組員たちを顎で指した——「ときどき、おれは自分以外のだれも、なんにも信じないときがある」とヒチコックは立ちあがった。「このロケットには二階があるか」

「ある」

「今すぐ確かめてこよう」

「まあ落ち着け」

「待っていてくれ、すぐもどってくる」ヒチコックは急ぎ足で出て行った。ほかの乗組員たちは食事をつづけていた。沈黙が流れた。一人があたまを上げた。「いつからああなんだ、ヒチコックの奴」

「今日から」

「こないだも妙だったぜ」

「うん、今日はすこし程度がわるい」

「だれか医者に話したか」

「ひとりでに治るだろうと思ったんだ。だれでも初めは宇宙病にかかるからな。おれもかかった。やけに哲学的になったり、おびえたりする。冷や汗が流れたり、両親が他人のように思えたり、地球が信じられなくなったりする。あげくの果てに酒を飲んで、翌朝は二日酔いだ。よくあることさ」

「しかし、ヒチコックは酒を飲まんぞ」と、だれかが言った。「飲みゃ、かえって楽なのにな」

「あんな奴がよく試験に合格したもんだ」

「おれたちだって優秀な成績とはいえないぜ。人手不足なんだ。宇宙旅行というと、みんな尻ごみする。合格スレスレの奴だって、たいていパスしちまうんだ」「ヒチコックはスレスレじゃない」と、だれかが言った。「断崖から落っこちかけてらあ」

五分経った。ヒチコックはもどってこない。

とうとうクレメンズは腰をあげ、螺旋階段をのぼって、階上のデッキへ上がった。ヒチコックはそこにいた。そうっと壁を撫でている。

「壁はここにある」と、彼は言った。

「もちろん、ある」

「ないかと思ったんだ」ヒチコックはクレメンズの顔を見た。「きみは生きている」

「前から生きてるよ」

「いや」と、ヒチコックは言った。「今だ。たった今だ。この瞬間だ。きみが生きてるのは。つい今しがたまで、きみはゼロだった」

「おれには、ちゃんとおれが存在してたぜ」と、相手は言った。

「それは関係ない。きみはここにいなかった」と、ヒチコックは言った。「それだけが肝心なことだ。みんな階下にいるのか」

「いるよ」

「証明できるか」

「なあ、ヒチコック、ドクター・エドワーズに診察してもらえよ。すこし休養したほうがいい」

「いや、大丈夫だ。医者だって？　このロケットに医者が乗ってるってことを、証明できるか」

「できる。呼べば、すぐ来る」

「そうじゃない。そこに立っていて、今、この瞬間、証明できるか」

「動かなきゃ、できないさ」

「ほら、みろ。精神的な証明はできないだろう。おれが欲しいのはそれだ。感じ、感じられる精神的な証明。物理的な証明なんて必要ない。きみが出て行って、持ってくる証明なんて要らない。心のなかにしまっておいて、いつでもさわったり、匂いをかいだり、感じたりできる証拠が欲しい。しかし、それは不可能だ。何かを信じるためには、それをいつも肌身はなさず持っていなきゃならん。地球や人間をポケットに入れるわけにはいかないだろう。おれが求めているのは、それなんだ。信じられるように、肌身はなさず持って歩くこと。何かを証明するためには、わざわざ出掛けていって、それを持って来なきゃならんとは、なんと手際がわるいじゃないか。おれは物理的なものがきらいだ。いったん離れてしまうと信じられなくなるからだ」

「しかし、それがゲームのルールだよ」

「ルールを変えたい。精神だけで物事を証明できたら、そして物事の位置をいつも確かめられたら、すばらしいじゃないか。おれは、おれのいない場所の様子を知りたい。確実に知りたい」

「それは不可能だ」

「考えてみれば」と、ヒチコックは言った。「はじめて宇宙旅行のことを考えたのは、五年前だった。おれは失業していた。おれが作家になろうとしていた話はしたっけ？　そう、書く書くと言ってばかりいて、いっこうに書かないやつがよくいるだろう。おれもその組だった。やたらに神経質でね。で、おれは新聞社をやめて、ほかに仕事もなかったから、どんどんおちぶれていった。その頃、女房が死んだ。こんなふうに、人の予定というのは狂うもんだ――物質的なことはあてにならん。一人息子は叔母の家にあずけたが、事態はさっぱり好転しない。そのうちに、おれの名前で小説が発表されたが、それはおれじゃなかった」

「それはどういうことだ」

ヒチコックの蒼い顔には汗が光っていた。

「だから、題の下におれの名前が印刷されていたのさ。ジョゼフ・ヒチコック、とね。しかし、それは別の男なんだ。それがおれだということは、証明できない――ほんとうに、精神的に証明できない。その小説の筋には、おぼえがあった――自分が書いたことも分かっている——それでも、印刷されたその名前はおれじゃないんだ。ただのシンボル、名前。無縁の名前。それから、おれは悟った。おれが作家として成功したとしても、そんなことはまったく無意味なんだ。おれとその名前とがおなじものだと証明できない限りはね。ぜんぜん意味がない。だから、おれはもう書かなくなった。たとえ書いたとしても、タイプをガチャガチャ叩いて、何日か経って、小説が一つできたとしても、それがおれの小説かどうかは分からないんだ。そういうギャップがいつも存在している。していることと、してしまったこととの、ギャップ。してしまったことは、すでに死んでいるから、証明にはならない。行動だけが肝心なんだ。できあがった原稿なんてものは、もうすんでしまった行動、見えなくなった行動の残骸だからね。一つの行為の証拠は、消えてしまう。思い出だけしか残らない。しかも、おれは思い出を信じない。おれがあれらの小説を書いたことは、ほんとうに証明できるか。できない。ほかの作家には証明できるか。つまり証拠があるか。証拠としての行為が？　ない。絶対ない。タイプを叩いているあいだ中、だれか付きっきりでその部屋にいなくちゃ駄目だ。それでも、いったん仕事がすめば、証拠は消えて、思い出だけだ。だから、おれはいろんな物事のギャップを見つけようと思った。一体おれが結婚し、子供をつくり、勤めていたというのは、ほんとうなのか。イリノイ州に生まれ、酒飲みの父親と、じだらくな母親がいたことは、事実なのか。おれには何一つ証明できない。そう、人は言ってくれるだろうさ。『きみは、かくかくしかじかだ』とね。しかし、そんなことはナンセンスだ」

「だめだ。いろんなことは忘れてしまえよ」と、クレメンズは言った。

それでおれは星のことを考えるようになった。ロケットに乗って、無のなかに入ったら、どんなによかろうと思った。無のなかを、無にむかって飛ぶんだからな。おれを包んでいるのは、ごくうすっぺらな一枚の金属だけだ。ギャップだらけの世界から逃れて、どこかへ飛んで行く。おれにとって倖せは宇宙にしかない、とそのときのおれは思った。第二アルデバラン星に着いたら、また契約をし直して、五年かかって地球へもどる。そうやって、一生涯、バドミントンの羽根みたいに行ったり来たりする」

「そういうことを医者に話したか」

「医者にギャップを埋めてもらうためにかい？　音や、お湯や、ことばや、手でもって、おれの空間をおびやかしてもらうのかい？　まっぴらだ」ヒチコックはふと口をつぐんだ。「おれは、だんだんわるくなっていくな？　そう思った。今朝、目がさめたとき、だんだんわるくなっていくと思った。それとも、だんだんよくなっていくのか？」ヒチコックはまた口をつぐみ、クレメンズの顔を見た。「きみはそこにいるのか。ほんとにそこにいるのか。さあ、証明してみてくれないか」

クレメンズはヒチコックの腕をピシャリと打った。

「うん」と、ヒチコックは不思議そうに腕をさすりながら言った。「きみはそこにいた。一瞬間だけ、そこにいた。しかし、今でもそこにいるのかい」

「あとで逢おう」と、クレメンズは言い、医者を探しに歩いて行った。

鐘が鳴った。二つ、三つ鳴った。ロケットが、だれかになぐられたように、よろめいた。電気掃除機のような音がきこえた。だれかが悲鳴をあげた。クレメンズは、とつぜん空気が稀薄になったのを感じた。耳もとで、空気がシュウシュウ音を立てた。にわかに鼻や肺がからっぽになった。

クレメンズはよろめいた。シュウシュウいう音がやんだ。

「流星だ」と、だれかが叫んでいた。「直ったぞ！」と、だれかが言った。船体の外部にくまなく張りめぐらされている自動修理装置が、高温の金属片を破れ目に叩きつけ、それが瞬間的に熔接されたのである。

話し声がしばらくつづき、やがて、叫びが遠ざかっていった。新鮮な濃い空気の立ちこめた廊下を、クレメンズは走った。曲がり角をまわったとき、鋼鉄の壁の新しい継ぎ目に気づいた。隕石の破片が、玩具のように散らばっていた。隊長と乗組員たちが、床に倒れた一人の男をとりかこんでいた。それはヒチコックだった。ヒチコックは目をとじたまま叫んでいた。「おれを殺しに来た。おれを殺しに来た」みんなはヒチコックを立ちあがらせた。「そんなことってあるもんか」と、ヒチコックは言った。「そんなことって、あるもんか。そんなことはあり得ない。おれを殺しに来た。なぜそんなことをしたんだ」

「分かった、分かった、ヒチコック」と、隊長は言った。

医者は、ヒチコックの腕の小さな切り傷に繃帯を巻いていた。ヒチコックは、蒼白な顔をあげ、クレメンズの姿を認めた。「おれを殺しに来たんだ」と、彼は言った。

「分かってるよ」と、クレメンズは言った。

十七時間が経過した。宇宙船は空間を飛びつづけた。

クレメンズは仕切りの蔭で待っていた。向こう側には、医者と隊長がいる。ヒチコックは床の上で、両膝をぴったり胸につけ、両手で膝小僧をかかえるようにしている。

「ヒチコック」と、隊長が言った。

返事がない。

「ヒチコック、きこえるか」と、医者が言った。

二人はクレメンズを呼んだ。「きみは親友だったたな」

「はい」

「ちょっと手伝ってくれないか」

「できることでしたら」

「あの隕石のせいだ」と、隊長が言った。「あれさえなければ、こんなことにはならなかったのだ」

「おそかれはやかれ、こうなったでしょう」と、医者は言った。それからクレメンズに、「話しかけてくれないか」

クレメンズはそっとヒチコックのそばに寄り、その腕を軽くゆすぶるようにして、低い声で呼んだ。「おい、ヒチコック」

返事がない。

「おい、おれだよ、クレメンズだよ」と、クレメンズは言った。「見ろ、おれはここにいるよ」クレメンズはヒチコックの腕を軽く叩いた。こわばった頸筋をもみ、うなじをさすった。それから医者を見上げて、溜息をついた。隊長は肩をすくめた。

「ショック療法をやりますか、先生」

医者はうなずいた。「一時間以内に始めましょう」

そうか、とクレメンズは思った。ショック療法か。ジャズ・レコードを一ダースもかけるがいい。葉緑素の壜やタンポポを鼻の下に持っていくがいい、シャネルの香水を部屋中にまきちらせ。髪を刈ってやれ。爪を切ってやれ。女を連れてこい。どなりつけろ。なぐりつけろ。電流を通せ。ギャップを、空間を埋めてやれ。それにしても、証拠はどこにある。二六時中、証明をつづけることは不可能だ。一晩中ガラガラをふって赤ん坊をあやすことを、今後三十年間もつづけられるものか。いつかは中断しなければならぬ。そのとき、彼はいなくなる。だいいち、こちらの努力に、彼が注意を向けてくれるかどうかも疑問だ。

「ヒチコック！」と、まるで狂ったように、断涯から落ちかかってくるのは自分自身であるかのように、クレメンズは大声で叫んだ。「おれだよ。お前の友だちだよ！　おい！」

それからクレメンズは廻れ右をして、静かな部屋から出て行った。

十二時間後、また鐘が鳴った。

騒ぎがしずまると、隊長が説明した。「一、二分、ヒチコックから目を離したのがいけなかった。奴は宇宙服を着て、エア・ロックをあけた。それから、いきなり空間へ出て行った――一人でな」

クレメンズは大きなガラス窓の外を見た。星がかすかにまたたき、涯しなく暗黒がひろがっている。「じゃあ、あそこにいるのですか」

「そうだ。もう百万マイルもはなれただろう。発見は不可能だ。奴が外へ出たことは、奴のヘルメット無線から管制室へ電波が入ったので分かった。独りごとを言っているのが、きこえたよ」

「何と言っていました？」

「『もう宇宙船なんてありゃしない。初めから、なかった。人間なんていない。宇宙のどこにもいない。初めから、いなかった。惑星なんてない。星なんてない』こんなことをブツブツ言ってから、手や足のことを喋っていた。『手がない。もう手がない。初めから、なかった。足がない。初めから、なかった。証明できない。体がない。初めから、なかった。くちびるがない。顔がない。頭がない。なんにもない。空間だけだ。ギャップだけだ』」

乗組員たちは恐る恐るガラスの外をながめた。遠い、冷たい星々。

空間、とクレメンズは思った。ヒチコックがあんなに愛していた空間。上も下もない空間。無がいっぱい詰まった空間。ヒチコックは無のなかを飛んで行く。日付のない夜へ、日付のない朝へ……

狐と森

到着そうそう最初の晩から花火が上がった。せっかく忘れようとした恐ろしいことを、思い出させるのではないかと心配だったが、花火はきれいだった。のろしは、古代さながらのメキシコの夜空にかけのぼり、青い星や白い星をゆすぶり散らすように見えた。何もかも、うっとりするほどすてきだった。夜の空気には、生者と死者が、雨と土埃が、教会のお香が、さまざまな匂いをまぜあわせ、真鍮の匂いを発散させている音楽堂のチューバは、『ラ・パロマ』のゆったりしたリズムを、まるで脈搏のようにひびかせていた。教会のドアはあけはなされ、きらきら光っている数え切れないほどのロウソクが見えた。まるで黄色い星々の群が十月の空から地上におりて、教会の壁にへばりついたようだ。今度は趣向の変わった花火が、敷石の冷たい広場の上を、ちょうど綱渡りの芸人のようにふらふら渡り歩き、カフェの壁の日干し煉瓦（アドービ）にぶつかったかと思うと、にわかに全速力で教会の高い塔へしゅるしゅる突進して行った。塔の上では、靴をはかない少年たちの素足が大きな鐘を蹴とばし蹴とばし、途方もない音楽を奏でている。松明を背負わされた牡牛が、広場を駆けまわり、笑う男たちや叫ぶ子供たちを追いかけていた。

「一九三八年か」と、騒がしい人ごみのはずれに、妻と並んで立ったウィリアム・トラヴィスは、ほほえみながら言った。「いい年だ」

牡牛が突進して来た。夫婦は手をとりあい、笑いながら逃げた。松明の炎が追ってくる。音楽と、騒音。教会と、楽隊。硫黄の匂いを残して、牡牛は通りすぎた。これは竹でつくった牛の御輿である。松明をかざしたメキシコ人がかついでいる。

「こんな楽しいことって初めてね」スーザン・トラヴィスは立ちどまり、息をついた。

「まったくだ」と、ウィリアムが言った。

「これがつづくのね」

「一晩中つづく」

「いいえ、わたしたちの旅行のこと」

夫は顔をしかめ、胸ポケットをたたいた。「旅行用の小切手はたっぷりある。いくらでも楽しみなさい。忘れちまうんだ。ぼくらは絶対見つかりゃしない」

「絶対？」

「絶対さ」

今度はだれかが大きな花火に火をつけた。教会の鐘撞き堂から、花火は恐ろしいほど煙をまきちらす。とみるまに、踊りつづける人々の足もとで、すばらしい勢いで炸裂した。あたり一面に、揚げたてのトルティヤ（とうもろこしパン）の匂いがただよっている。カフェでは、人々が浅黒い手にビールのジョッキを握り、戸外の光景を見物している。

牡牛は死んだ。松明は燃えつきた。男たちが、かついでいた男の肩から竹の御輿をはずした。少年たちがむらがってきて、すばらしい張り子のあたまと、本物の角にさわっている。

「牛を見に行こう」と、ウィリアムが言った。

カフェの入口の前を通りすぎるとき、スーザンはふと気がついた。一人の男がしきりにこちらを眺めている。まっ白なスーツを着て、ネクタイとシャツだけブルーの、白人である。日に焼けた、やせた顔。髪はくせのないブロンドで、目は青い。歩いて行くトラヴィス夫妻をじっと眺めている。

その男のまっ白な袖のあたりに酒壜がならんでいなかったなら、スーザンは見すごしたにちがいない。クレーム・ド・マントのふとった壜、ヴェルモットのすっきりした壜、コニャックの細口壜、そのほかにも七種類ほどのリキュールの壜がずらりとならんでいるのである。そしてテーブルにのばした指先のあたりには、十個のグラスに、それぞれ半分ほどずつ酒が注いであり、男は街路から目を離さずに、ときどき目をほそめ、酒をすするのである。グラスを握っていないほうの手には、ほそいハバナ葉巻が煙を立ちのぼらせていた。そして、かたわらの椅子の上には、トルコ・シガレットが二十箱、葉巻が六箱、それにオーデコロンの箱がいくつか置いてある。

「ビル（ウィリアムの愛称）――」と、スーザンはささやいた。

「大丈夫だよ」と、夫は言った。「あれは知らない人だ」

「今朝、広場で出逢った人よ」

「ふりむいちゃいけない。歩きつづけるんだ。張り子の牛を眺めてるふりをしなさい。そうそう。何を訊きたいんだい」

「あれは捜索課の人じゃないかしら」

「ここまで尾行して来たはずはない！」

「分からないわよ！」

「きれいな牛ですね」と、ウィリアムは牛の持ち主に言った。

「二百年の時を越えて尾行して来たのかしら」

「それを言っちゃいけない」と、ウィリアムが言った。

妻はよろめいた。夫はスーザンの肘をつかみ、その場から連れ出した。

「しっかりしなさい」夫はわざと微笑してみせた。「すぐよくなるよ。あのカフェに入って、あの男の前にわざと陣取ろう。たとえわれわれの疑いがほんとうだったとしても、あいつの目をくらましてやらなきゃいけない」

「だめよ、そんなこと」

「大丈夫だってば。さあ、行こう。で、デイヴィッドに言ってやったのさ、そんなことは馬鹿げてるってね！」終わりのことばは、カフェの階段を上がりながら、わざと大きな声で言ったのである。

わたしたちはここにいる、とスーザンは思った。わたしたちは何者だろう。どこへ行くのだろう。何を恐れているのだろう。初めから始めよ（ルイス・キャロル『不思議の国のアリス』の王のことば）、とスーザンは気をとりなおし、アドービ煉瓦の床を踏みしめるようにした。

わたしの名前は、アン・クリステン。わたしの夫の名は、ロジャー。わたしたちは二一五五年に生まれた。わたしたちの生きている世界は恐ろしい世界。まるで大きな黒い船のように、有無をいわさず二十億の人々を乗せて、正気と文化の岸壁から出発し、闇夜に汽笛を鳴らし、死にむかって、放射能の炎と狂気にむかって突きすすむ世界。

二人はカフェに入った。例の男は二人を見守っている。

電話が鳴った。

その音に、スーザンははっとした。二百年さきの電話の音を思い出したのである。二一五五年の四月のある朝。スーザンが電話に出た。

「アン、わたし、リーンよ！　あなた聞いた？　タイム・トラベル株式会社のことよ。紀元前二一年のローマにも行けるし、ナポレオン時代のワーテルローにも行ける――どんな時代のどんな場所にでも行けるんですって！」

「リーン、冗談でしょ」

「とんでもない。クリントン・スミスは今朝、一七七六年のフィラデルフィアに出掛けたわ。タイム・トラベル会社が一切の支度は引きうけてくれるの。もちろんお金は要るのよ。でも、考えてごらんなさい――ローマの滅亡や、フビライ汗や、モーゼや、紅海を、この目で見られるのよ！　郵便箱を見てごらんなさい、お宅にもきっと広告が入ってるから」

郵便箱をあけると、なるほど、その広告が入っていた。


ローマとボルジア家！

キティ・ホークのライト兄弟！

タイム・トラベル株式会社はあなたに衣服を提供し、リンカーンやシーザーの暗殺現場の群衆のなかへあなたを送りこみます！　いかなる年代の、いかなる文明においても、摩擦なく自由に行動できるように、語学教授は無料奉仕。ラテン語、ギリシャ語、古代アメリカ方言、その他。あなたの週末旅行の場所と時代をおえらび下さい！


リーンの声が受話器からきこえてきた。「トムとわたしはね、あした、一四九二年へ出掛けるの。トムはコロンブスといっしょに航海するんですって！　おもしろいでしょ！」「そうね」と、アンは呆気にとられてつぶやいた。「政府は何て言ってるの、このタイム・トラベル会社のことを？」

「もちろん警察は目を光らせてるわ。みんな兵役をのがれたり、過去に隠れてしまうおそれがあるでしょう。だから、出掛けるときは、帰ってくることの保証として、家や財産を担保にしなきゃならないんですって。なにしろ今は戦争ですものね」

「そう、戦争」と、アンはつぶやいた。「戦争」

受話器を摑んだままの姿勢で、アンは思った。これこそ、わたしと夫がずっと前から話し合い、祈っていたチャンスだわ。わたしたちは、この二一五五年の世界がきらいだ。夫は水爆工場の仕事から逃げたがっているし、わたしはわたしで細菌培養研究所の仕事から逃げたい。もしかしたら、わたしたちはうまく逃げおおせるかもしれない。本を焼いたり、思想を取り締まったり、人をならべて行進させたり、ラジオが演説をがなりたてたりする、このいやな世界から、もっと素朴で平和な世界へ……


二人は一九三八年のメキシコにいる。

妻は、しみだらけのカフェの壁を見つめた。

未来の国の忠実な勤労者は、休養のために過去へ旅行することが許されている。そこで、アンとその夫は一九三八年のニューヨークへやって来た。ニューヨークのホテルに部屋をとり、芝居を見に行き、港にまだ立っている自由の女神の像をながめた。そして三日目に、二人は服装を変え、名前を変え、メキシコへ逃亡したのである！

「きっと捜索課の人よ」と、見知らぬ男をながめながら、スーザンはささやいた。「あのタバコや、葉巻や、リキュール。あれが証拠よ。わたしたちがニューヨークに着いた最初の晩だって、そうだったじゃない」

ひと月前、ニューヨークに到着した二人は、珍しい飲みものやたべもの、香水、シガレットなどを、やたらに買いこんだのだった。戦争一色に塗りつぶされた未来の国では、ほとんど影をひそめた品物ばかりである。だから二人は夢中になって、商店や、酒場や、タバコ屋を駆けめぐり、へとへとになってホテルへ戻ったのだった。

いま、見知らぬ男も、どうやらおなじことをしているらしい。酒やタバコに飢えた未来の人間でなければ、絶対にやりそうもないことを。

スーザンとウィリアムは、腰をおろし、飲みものを注文した。

二人の服を、髪の色を、アクセサリーを――二人の歩き方から坐り方まで、見知らぬ男はじっと観察している。

「楽にしているんだ」と、ウィリアムは声をひそめて言った。「昔からこの服を着ていたように見せるんだ」

「やっぱり逃亡しなければよかったのかしら」

「あ！」と、ウィリアムが言った。「こっちへやって来る。お前は黙っているんだよ」

見知らぬ男は、二人の前に来て、あたまを下げた。男の靴の踵がカチンと鳴った。スーザンは身を固くした。軍隊ふうの音！　もうまちがいないわ。

「ロジャー・クリステンさん」見知らぬ男は言った。「腰をおろすとき、みんなズボンをすこしたくし上げるようにしますが、あなたはそれをしませんでしたね」

ウィリアムは凍りついたようになった。スーザンの心臓が烈しく悸ち始めた。

「人ちがいでしょう」と、ウィリアムは早口に言った。「わたしの名前はクリスラーじゃありません」

「クリステンと申しました」と、見知らぬ男は訂正した。

「わたしはウィリアム・トラヴィスです」と、ウィリアムは言った。「わたしのズボンが、あなたと何の関係があるのですか」

「失礼しました」見知らぬ男は椅子を引き寄せた。「あなたがズボンをたくし上げなかったので、てっきりわたしの知っている人物だと思いました。いいえ、みんなするしぐさですからね。でないと、ズボンの膝がじき丸くなります。わたしは遠くから旅行して来ましたので、話し相手が欲しかったのです、トラヴィスさん。申しおくれましたが、わたしはシムズです」

「シムズさん、お一人ではお淋しいでしょうね。残念ですが、わたしたちは疲れております。あしたアカプルコ（メキシコ太平洋岸の町）へ発たねばなりませんし」

「あそこは美しい町です。数日前に、友だちを探しに行きました。このあたりのどこかにいるはずなのです。もうすこし探してみるつもりですが。おや、奥様はお加減がおわるいのですか」

「おやすみなさい、シムズさん」

ウィリアムはスーザンの腕をとって、ドアの方へ行きかけた。「あ、ちょっと待って下さい」と、シムズが呼んだ。二人はふりかえらなかった。シムズはすこし間をおいてから、ゆっくりと言った。

「二一五五年」

スーザンは目をとじた。足もとの地面がゆらいだ。明るい広場へ、スーザンは夢中で歩きつづけた。

夫婦はホテルの部屋のドアに鍵をかけた。それから、スーザンが泣き出した。二人はくらやみのなかに立っていたので、足もとの床が傾いた。遠くから花火の音がきこえ、広場の笑い声は絶えなかった。

「ずうずうしい奴だ」と、ウィリアムが言った。「シガレットをふかし、酒を飲みながら、けだものかなんぞのように、われわれをじろじろ見ていやがった。殺してやりたい！」その声はほとんどヒステリックだった。「しかも平気で自分の本名を使いやがった。シムズというのは、捜索課長だ。それから、ズボンのこと。ああ、なぜおれはたくし上げなかったんだろう。この時代の無意識的なしぐさなんだ。それをやらなかったから、あいつは未来から来た男だ、軍服に馴れている男だ、二十世紀風のズボンをはいたことのない男だと、たちまち知れてしまった。ああ、不用意だった！」

「ちがうわ、ちがうのよ、わたしの歩き方で悟られたのよ。ハイ・ヒールでしょう。それに髪のかたちも。馴れないことばかりですもの」

夫は電灯をつけた。「奴はまだわれわれを試している。まだ確信がもてないらしい。してみれば、奴を不必要に刺激しないほうがいいな。わざとここにゆっくりして、それからアカプルコへ行こう」

「確信がもてたのに、まだ分からないふりをしてるんじゃない？」

「そうだな。奴には時間がたっぷりあるからね。どれだけ永いことぐずぐずしていても、いざ未来に帰るとなれば、ほんの一分足らずですむ。われわれを何日も苦しめて、ひそかにあざ笑っているのかもしれない」

スーザンはベッドに腰をおろして、涙をふいた。

「乱暴をされるかしら」

「そんなことはないだろう。われわれが、二人きりになったときを見はからって、タイム・マシンに入れて、未来へ連れ戻すだけのことだから」

「じゃあ、うまい手があるわ」と、スーザンが言った。「絶対二人だけにならないようにするのよ。いつも人ごみのなかにいるの。友だちを沢山つくって、マーケットへ買物に行ったりして、寝るときも市役所に泊めてもらうの。警察に保護してもらってもいいわ。そうしながら、チャンスを狙ってシムズを殺すのよ。それから新しい服を着て、そうね、メキシコ人にでも変装するのよ」

鍵をかけたドアの外に、足音がきこえた。

二人は電灯を消し、何も言わずに服をぬいだ。足音は遠ざかった。ドアのしまる音がきこえた。

スーザンは窓ぎわに立ち、暗くなった広場を見おろしていた。「じゃあ、あれが教会なのね」

「そうだ」

「教会ってどんな建物かしらと思ったわ。もうずいぶん前に失くなってしまったでしょう。あした見物に行ってみない」

「もちろん行ってみよう。さあ、もうおやすみ」

二人は暗い部屋のベッドに横たわった。

半時間後に電話が鳴った。スーザンが受話器をはずした。

「もしもし？」

「ウサギが森に隠れても」と、声がきこえた。「キツネは必ず見つけ出すよ」

スーザンは電話を切って、冷たいベッドにもぐりこんだ。

一九三八年の戸外では、だれかがいつまでもギターを奏でていた。

その夜、スーザンが腕をのばすと、腕はほとんど二一五五年に届きそうだった。皺のよった敷布の上を指が這うと、敷布は冷たい時間の手ざわりとなり、たちまち行軍する兵士たちの足音やたくさんの軍歌を演奏するたくさんのブラスバンドがきこえた。それから、限りなくつらなる試験管の列が見え、その未来の細菌培養工場で、スーザンは一生懸命働いているのだった。ヘルニアや、チフスや、結核や、その他もろもろの細菌をつめこんだチューブ。それから大爆発が起こった。スーザンの手は焼け焦げた小さな塊になり、世界はいちどきに噴き上げられたと思うまもなく、ずんずん落下して行った。建物はこわれ、人々は出血多量で死んだ。大火山、機械、風、雪崩、それらがすうっと鎮まり、スーザンは目をさました。ここは遙か昔のメキシコ。スーザンはベッドのなかですすり泣いていた……

あくる朝早く、寝不足の二人は、さわがしい自動車の音に目をさました。スーザンがバルコニーから外をのぞくと、八人の人間がトラックに乗り、大声で話しながら、街路を通りすぎて行くところだった。赤い文字を描きなぐったそのトラックを、大勢のメキシコ人たちが追いかけていた。

「どうしたの（ケ・パサ）」と、スーザンが一人の少年に訊ねた。

少年が答えた。

スーザンは夫の方にふりかえった。「アメリカの映画会社が、ここへロケーションに来たんですって」

「そりゃ面白そうだね」ウィリアムはシャワーをつかっていた。「見に行こう。今日は発たないほうがいいだろう。すこしシムズをじらしてやろうよ。ロケ見物だ。初期の映画撮影というのは愉快なものらしいぜ。ちょうどいい気晴らしじゃないか」

気晴らし、とスーザンは思った。その瞬間、このホテルのどこかに、例の男がタバコをふかしながら機をねらっていることを、スーザンは忘れてしまった。明るい太陽の光のなかを、陽気な八人のアメリカ人たちが通って行く。スーザンは叫ぼうとした。「助けて、わたしかくまって、救って！　わたしの髪を染めて！　変わった服を着せて！　助けて、わたしは二一五五年から来た人間なのよ！」

だが、ことばは喉につかえた。タイム・トラベル会社も、ぬかりはなかったのである。出発前に、旅行者の脳には、心理学でいうところのブロックが挿入されたのだった。タイム・トラベルをする人々は、自分のほんとうの生まれや、時代や、未来の秘密を、過去の人間に話すことはできない。過去と未来は互いに切り離されていなければならないのだ。この心理的ブロックを挿入された者だけが、自由なタイム・トラベルを許されるのである。未来の人々が過去へ旅行することによって、未来そのものに何らかの変更が生じてはこまる。スーザンが心の底から望んだところで、広場を通りすぎる陽気な人々に、自分の正体を打ち明けることはできないのである。

「朝めしにしようか」と、ウィリアムが言った。

朝食は広い食堂に用意されていた。みんなにハム・エッグが出された。食堂は観光客でいっぱいだった。ロケの人たちも入って来た。総勢八人のうち、六人は男、残りの二人が女で、いかにも映画関係の人間らしく、がやがやとにぎやかにテーブルに着いた。そのあたたかみを心強く思いながら、スーザンは近くに席をとった。そのとき、シムズがトルコ・シガレットをふかしながら、ロビーの階段を下りて来た。そして遠くから二人に会釈した。スーザンは笑顔で会釈をかえした。どうせシムズは手も足も出せまい。この席には八人の映画関係者がいる。ほかに二十人もの観光客がいる。

「あの映画俳優のなかから」と、ウィリアムが言った。「二人借りようか。ちょっとしたいたずらだと言って、服を交換するんだ。そしてシムズに顔が見えないような場所から、車で出発させるんだ。もしシムズがだまされて、その二人を追跡すれば、何時間かの余裕ができる。そのあいだに、メキシコ・シティへ逃げるんだ。あそこで二人の人間を探すとなると、すくなくとも数年はかかるからな！」

「やあ！」

酒くさい息を吐くふとった男が、夫婦のテーブルに寄って来た。「実になつかしい。メキシコ人はもう見飽きました！」と、男は大きな声で言った。「さあ、こちらでいっしょに食事しませんか。さびしさは客を好むといいましてな。わたしはさびしさです。こちらはミスゆううつ、こちらはメキシコ飽太郎御夫妻！まったくメキシコはもううんざりですわ。しかし、糞おもしろくもない映画の仕事はこれからです。われわれは先発隊でしてな。残りはあした到着します。わたしは監督のジョー・メルトン。それにしても、つまらん土地ですなあ、この辺は！とむらいが街をぞろぞろ通って行く。人はばたばた死んでゆく。さあ、どうぞ、どうぞ、こちらへ。まあ愉快にやりましょうや！」

スーザンとウィリアムは笑っている。

「わたしはそんなにこっけいですかね」メルトン氏は大げさに絶望してみせた。

「結構ですわ！」スーザンは映画の一行に近寄った。

シムズは食堂の隅っこから、こちらをにらみつけている。

スーザンはしかめっ面をしてみせた。

　シムズは立ちあがり、こちらへ歩いて来た。「トラヴィスさん、奥さん」と、彼は呼びかけた。

「わたしたちはごいっしょに食事するお約束でしたね」

「残念、またあとにしましょう」と、ウィリアムは言った。

「あんたもどうぞ」と、メルトン氏が言った。「こちらの御夫婦のお友だちなら、すなわちわたしの友だちですからな」

　シムズは腰をおろした。映画俳優たちは大きな声で喋り出した。シムズがそっと言った。

「ゆうべはよくねむれましたか」

「あなたは？」

「スプリングのきいたベッドには馴れておりませんのでね」と、シムズは顔をしかめた。

「しかし、その代わり、楽しみもありました。珍しいシガレットやたべものを、心ゆくまで味わったのです。実に妙な味だが、魅力的です。この昔の悪徳というものは、なんというか、感覚のスペクトルですね」

「何のことをおっしゃっているのか、分かりませんわ」と、スーザンは言った。

「まだ芝居をしておられる」シムズは笑った。「およしなさい。無駄なことです。人ごみに隠れる戦術も駄目です。まもなく、お二人きりにしてみせます。わたしは気が長いたちでしてね」

「ちょっと、ちょっと」メルトン氏が赤ら顔を突っこんできた。「この人にインネンをつけられてるのとちがいますか」

「いいえ、大丈夫です」

「面倒になったら、声をかけて下さいね。すぐ追っ払ってあげます」

メルトン氏は、向こうをむいて、仲間たちと大声で喋り出した。その笑い声に隠れて、シムズがことばをつづけた。「要点を申し上げましょう。あなた方を探し出すのにはひと月かかりました。確認したのは、きのうです。おとなしく、わたしといっしょにお帰り下さい。そうして下されば、罰則を適用しないように取りはからいます。おとなしく水爆工場へお戻り下さい」

「へ、この人は朝めしに科学の話をしてるよ！」と、メルトン氏が小耳にはさんで言った。

シムズはけろりとして話をつづけた。「よくお考え下さい。つまるところ逃亡は不可能です。わたしを殺しても、ほかの者が捜索をつづけるだけです」

「さっきから一体何の話でしょう」

「おやめなさいというのに！」と、シムズはじれったそうに言った。「すこしは頭をお使いなさい！　あなた方の逃亡は絶対に許されませんぞ。二一五五年の他の連中まで、あなた方の真似をし始めたら、どうなります。わが国には人的資源が必要なのです」

「きみらの戦争を続行するにはね」と、遂にウィリアムが言った。

「ビル！」

「いいんだ、スーザン。もう芝居はやめよう。どうせ逃げられないんだ」

「よろしい」と、シムズは言った。「まったく、あなた方はロマンチックな人たちだ。自分の義務から逃げ出すとはね」

「恐怖から逃げ出したのだ」

「ばかな。ただの戦争です」

「あんた方、ぜんたい何の話をしてるんですね」と、メルトン氏が訊ねた。

スーザンは話そうとした。だが、一般的なことしか言えない。心理的なブロックも、その程度の説明は許すのである。シムズとウィリアムは議論をしているのだ、といった程度の一般的な説明。

「ただの戦争だって！」と、ウィリアムが言った。「世界の総人口の半分が細菌爆弾で死んだのに！」

「それにしても」と、シムズは指摘した。「未来の住民たちは、あなた方二人に腹を立てるだろうとは思いませんか。自分たちが破滅に瀕しているときに、あなた方は、言うなれば熱帯の島に遊んでいるのだ。死は死を好みます。決して生を好まない。死んでゆく人々は、他人も自分とともに死ねばいいと考えるのです。地獄の釜のなかでは、多数が救いないのです。あなた方二人にたいする、かれらの集団的な怒り――わたしはその怒りの代弁者なのです」

「怒りの代弁者だってさ！」と、メルトン氏が仲間たちに言った。

「わたしを待たせれば待たせるだけ、状況はわるくなる一方だ。トラヴィスさん、あなたは水爆製造に欠くべからざる人です。今すぐ帰れば、なんの拷問もありません。遅くなれば、あなたは強制労働をさせられた上に、さまざまの恐ろしい刑罰にさいなまれることになるのです」

「提案がある」と、ウィリアムが言った。「家内がこのまま安全に、平和に、ここで暮らせて、あの戦争から逃れられるものならば、わたしはきみといっしょに帰ってもいい」

シムズは考えこんだ。「結構です。十分後に広場でお目にかかりましょう。あなたの車に乗せて下さい。そのまま砂漠に車を走らせて、タイム・マシンに拾ってもらうのです」

「ビル！」スーザンが夫の腕にしがみついた。

「黙っていなさい」夫は妻を見やった。「話はきまった」それからシムズに言った。「一つだけ訊きたいことがある。きみはゆうべ、われわれの部屋に入ってきて、われわれをさらって行くこともできたはずだ。どうして、そうしなかった？」

「余裕を楽しんでいた、とでも申しましょうか」と、新しい葉巻に火をつけて、シムズはもの憂げに答えた。「わたしにしたところで、このすばらしい雰囲気、この太陽、この休暇と別れたくないのです。ワインやシガレットを残して帰ることも、いかにも口惜しい。

ああ、まったくですよ。では、十分後に、広場で。奥様は自由を保証されます。お好きなだけ、ここに御滞在下さい。では、お二人のお別れの挨拶を邪魔することはいたしますまい」

シムズは立ちあがり、出て行った。

「へん、えらそうな口をきく人が出て行くぜ！」と、その後ろ姿にメルトン氏が叫んだ。そして、振り向いて、スーザンを見た。「おや。泣いてるのですか。朝めしのときに泣くなんて、よろしくないな。どうしたんです」

九時十五分、スーザンはホテルの部屋のバルコニーから広場を見おろしていた。青銅のベンチに、シムズが足を組み、ゆったりと腰かけている。葉巻の端を嚙み切り、ゆっくりと火をつけたのが、よく見える。

街路の向こうから、自動車のエンジンの音がきこえた。ガレージから出て来た車は、ウィリアムを乗せて、坂道を下り、のろのろと近づいてくる。

車のスピードが上がった。時速三十マイル、四十、五十。通りで遊んでいたニワトリたちが、逃げまどう。

シムズは白いパナマ帽をとり、桃色に上気した額の汗をぬぐい、ふたたび帽子をあみだにかぶって、走ってくる車を見つめた。

車はおよそ時速六十マイルで、広場へむかい、まっすぐに突進してくる。

「ウィリアム！」と、スーザンが悲鳴をあげた。

車は歩道の角に音を立ててぶつかった。そして歩道に乗り上げざま、緑色のベンチを突き倒した。シムズは葉巻をとり落とし、一声叫んだ途端、車にはねとばされた。その体が空中高く舞い上がり、ぐしゃりと路面に落ちた。

車は広場の片隅まで暴走し、片方の前輪をつぶして、ようやくとまった。人々が駆け寄って来た。

スーザンはバルコニーのドアをしめた。

夫婦が手に手をとりあい、まだ蒼白なおももちで、市役所の階段を下りて来たときは、ちょうど正午だった。

「アディオス、セニョール、セニョーラ」と、うしろから市長が言った。

二人は広場に下り立った。群衆が血の痕をゆびさしている。

「もう調べはすんだの」と、スーザンが訊ねた。

「そう、話はすんだ。あれは事故だった。わたしは車の運転を誤ったのですと、おれは涙を流した。われわれの不安が消えちまったことなど、説明しても分かろうはずがない。ほんとに涙が出るような気持ちだった。奴を殺したのは後味がよくない。こんなことは生まれて初めての経験だ」

「じゃあ裁判はないの」

「初めのうちはブツブツ言ってたが、こっちが弁明に弁明を重ねたら、納得してくれた。あれは事故だ。すんだことだ」

「これからどこへ行くの、わたしたち？　メキシコ・シティ？　ウルアパン？」

「車を修理に出してある。午後四時に出来上がる。そしたら逃げ出そう」

「あとをつけられない？　シムズには仲間がいなかったの？」

「分からない。いずれにしろ、機先を制してやったよ」

二人がホテルに近づくと、映画俳優たちが出てきた。メルトン氏が大まじめな顔で寄ってきた。

「やあ、話を聞きました。ひどいことですな。もう、かたはつきましたか。どうです、ひとつ気晴らしに、街頭シーンを撮りますから、見にいらっしゃい。どうぞ、どうぞ、面白いですよ」

一行は歩いて行った。

ごろ石の敷いてある街路で、一行は立ちどまった。カメラが据えられた。その道の彼方を、スーザンは小手をかざして眺めた。ここをまっすぐ行けば、アカプルコへ、海へ出る。途中には、ピラミッドがあり、古代の廃墟があり、アドービ煉瓦の家が建ちならぶ田舎町がある。黄色い壁、青色の壁、紫色の壁、燃えるようなブーゲンビリア。スーザンは思った。わたしたちは、いつも人ごみにまぎれて旅行しよう。警官にチップをやって、そばで寝てもらおう。部屋には二重鍵をかけるけれども、なるべくなら、いつもだれかと一緒にいよう。いつも第二のシムズの出現を警戒しよう。捜索課の追及は、いつまでもつづくだろう。わたしたちには分からない。未来は、永久にわたしたちを狙うのだ。その爆弾でわたしたちを焼き、その細菌でわたしたちを腐らせ、その警察がわたしたちを責めさいなもうとするだろう。わたしたちは永久に森のなかを逃げつづけるのだ。もう二度ととまれない。もう二度と安らかな眠りを眠れない。

群衆が撮影を見物していた。スーザンは群衆を眺め、道を眺めていた。

「あやしい奴はいないかい」

「いないわ。いま何時」

「三時だ。もうそろそろ車の修理がすむだろう」

撮影は三時四十五分におわった。一行はお喋りしながら、歩いてホテルへ帰った。ウィリアムは途中でガレージに寄った。「車は六時になるそうだ」と、出て来た彼は暗い顔で言った。

「六時になれば確かかね？」

「大丈夫。心配はいらない」

ホテルのロビーに入ると、二人はシムズに似た男がいないかと、恐る恐る様子をうかがった。髪型が新しくて、しょっちゅうタバコを吸い、コロン化粧水の匂いを発散させている人物はいないか。だが、ロビーには人影がなかった。階段を上りかけたとき、メルトン氏が言った。「やれやれ、今日は重労働だった。みんなに一ぱいおごるか。あなた方もどうぞ。マーティニ？　ビール？」

「いただきましょう」

一行はメルトン氏の部屋にあがり、酒盛りが始まった。

「時間に気をつけていてくれ」と、ウィリアムが言った。

時間、とスーザンは思った。時間がありさえすれば、今のわたしは、あの広場に腰をおろして、十月の晴れた空の下、一日いっぱい、ぼんやりしていたい。不安も気苦労もなく、顔や腕に日をいっぱい浴びて、目をとじて、動きたくない。メキシコの太陽の下で眠りたい。あたたかく、のんびりと、倖せな気分で、何日も何日も眠りたい……

メルトン氏がシャンパンの栓をぬいた。

「映画俳優にしたいほどお美しい御婦人のために」と、メルトン氏はスーザンにむかってグラスを上げた。「なんなら、テストを受けて下さいますか」

スーザンは笑った。

「本気ですよ」と、メルトンは言った。「まったくお美しい。あなたなら人気スターになれます」

「それでハリウッドへ連れて行って下さる？」と、スーザンは叫んだ。

「いいですとも、このメキシコから逃げ出すことには大賛成だ！」

スーザンはウィリアムにちらと目を走らせた。ウィリアムは眉を上げて、うなずいた。

ハリウッドへ行けば、景色も変わるし、服も変わるし、名前だって変えられる。八人の人たちといっしょに旅行できれば、まことに好都合ではないか。未来からの執拗な追及を逃れるための楯に利用できる。

「すばらしいわ」と、スーザンは言った。

シャンパンの酔いがまわってきたらしい。午後はしずかに過ぎ去りつつあった。映画俳優たちは、にぎやかに語り合っていた。久しく味わったことのない幸福感と、生きるよろこびを、スーザンはひしひしと全身に感じていた。

「家内はいったいどんな映画に使えますか」と、グラスに酒を注ぎながら、ウィリアムが訊ねた。

メルトンは、スーザンを監督の目で眺めた。急に笑い声がしずまり、一同は耳をすました。

「そう、サスペンス映画ですな」と、メルトンが言った。

「ちょうど、あなたたち御自身のような、ある夫婦の物語です」

「ほう」

「一種の戦争ものになるかもしれないな」と、飲みもののグラスを日光に透かすようにして、監督は言った。

スーザンとウィリアムは話のつづきを待ちうけた。

「たとえば紀元二一五五年の世界で、ささやかに生活している夫婦の物語です」と、メルトンは言った。「これは即興（アドリブ）のストーリーですからね。そのつもりで聴いて下さいよ。ところが、その年、恐ろしい戦争が始まる。水爆だ、検閲だ、細菌戦だ、というわけで――ここがちょっとした話のヤマですが――その夫婦は過去の世界に逃亡するのです。それを一人の男が追いかけてくる。逃亡はいけないことだ、その夫婦には義務がある、と説得しに来るわけですな」

ウィリアムがグラスを床にとり落とした。

メルトン氏はつづけて言った。「で、その夫婦は、活動屋連中の一群にまぎれこんで、難を逃れようとする。この人たちなら大丈夫だ。大勢のなかにいれば安全だ、と夫婦は考えたわけです」

スーザンは、へたへたと椅子に腰をおろした。だれもが監督を見つめている。監督はワインを飲んだ。「ああ、いい酒だ。さて、その夫婦だが、未来の世界にとって自分らが欠くべからざる者であることを、かれらは理解していない。特に男のほうは、新型爆弾用の合金を作るための、鍵のような人物です。そこで捜索課の連中は——探しに来た人たちをそう呼びましょう——万難を排してその夫婦を探し出し、捕らえ、連れ戻そうとする。そのためには、だれにも見られないホテルの部屋で、夫婦が二人きりになるチャンスを作らねばならん。さて、どうするか。捜索課の連中は、一人と八人の二つのグループに分かれます。どちらかのトリックを成功させようというわけだ。どうです、おもしろい映画でしょう、スーザン？　そう思いませんか、ビル？」監督はワインを飲み干した。

スーザンは目の前を凝視したまま、凍りついたように坐っている。

「まあ一ぱい飲みなさい」と、メルトン氏が言った。

ウィリアムの拳銃が鳴った。三発。一人が倒れた。ほかの男たちが飛びかかった。スーザンが悲鳴をあげた。男の手がスーザンの口をふさいだ。拳銃は床の上にはじきとばされ、ウィリアムは組み伏せられた。

メルトン氏が言った。「お願いです」その指から血が流れていた。「これ以上、ことを荒立てないでいただきたい」

だれかがドアを叩いた。

「あけろ！」

「ホテルの支配人だ」と、メルトン氏が言い、顎をしゃくった。「一同、出発！」

「あけろ！　警察を呼ぶぞ！」

スーザンとウィリアムは顔を見合わせ、それからドアを見つめた。

「支配人が入って来る」と、メルトン氏は言った。「早くしろ！」

カメラが運び出された。カメラから青色の光が流れ、それが部屋中にひろがった。ひろがるにつれて、一人一人が消えて行った。

「早く！」

スーザンは、消える寸前に窓の外を見た。緑色の土地。紫と黄色と青の壁。河のように流れる石畳の道。日のあたる坂道を上って行くロバの背にゆられる男。オレンジ・スカッシュを飲む少年。その甘い液体がスーザンの喉を流れる。涼しい広場の木蔭に、ギターをかかえて立っている男。スーザンの指がその絃をかきならす。遠くには海。青い、やさしい海。スーザンの体が波にゆられ、海にのみこまれる。スーザンは消えた。その夫も消えた。

ドアが蹴破られた。支配人とボーイたちが入ってきた。

部屋には誰もいない。

「しかし、たった今まで、ここにいたのだ！　入るところはたしかに見たのに——消えてしまった！」と、支配人は叫んだ。「窓には鉄の格子がある。あそこから出られたはずはあるまい！」

午後おそく、牧師が呼び寄せられた。牧師はドアをあけさせ、部屋に風を通してから、四隅に聖水をまき、祈禱を始めた。

「あれはどうします」と、掃除婦が訊ねた。

掃除婦がゆびさした物入れには、シャルトルーズ、コニャック、クレーム・ド・カカオ、アブサン、ヴェルモット、テキーラなどの酒壜が六十七本、トルコ・シガレットが百六箱、一本五十セントの純ハバナ葉巻の黄色い箱が百九十八個……

訪問者

しずかな朝、ソール・ウィリアムズは目をさました。ものうげにテントの外をのぞいて、ああ地球は遙か彼方だ、と思った。数百万マイルの距離。しかし、どうしようもない。おれの肺は〈血の錆〉でいっぱいだ。小止みなく咳が出る。

この朝、ソールは七時に起きた。もともと背のたかい男だが、病気のためにすっかりやつれている。しずかな火星の朝だった。水のない海はひろびろとして、物音一つしない。まったくの無風状態である。がらんとした空に、太陽がくっきりと冷たく光っている。ソールは顔を洗い、朝食をとった。

それから、地球へ帰りたいという思いが、激しく彼を襲った。朝のうち、ソールはさまざまな方法によって、おれは今ニューヨークにいるのだと思いこもうと試みた。坐ったまま姿勢を正し、両手を高く上げると、ときどきうまくいくこともある。ほとんどニューヨークの匂いが伝わってくるようにも感じる。しかし、たいていは、うまくいかなかった。昼ちかくなって、ソールは死のうとした。砂の上に横たわり、心臓に止まれと命じた。心臓は悸ちつづけていた。それならば、崖からとびおりようか、手頸を切ろうか、と考えて、ソールは苦笑した。どちらにせよ、おれには実行するだけの勇気がない。

身動き一つせず、そのことばかり考えつめたら、永遠に眠りつづけることが可能かもしれない、とソールは思った。そして、やってみた。一時間後に目がさめたときは、口のなかに血がいっぱい溜まっていた。ソールは起きあがり、血を吐き出して、つくづく自分が情けなくなった。この血の錆は、口や鼻にいっぱい溜まるのである。そして耳や爪の付け根から噴き出たりする。患者は一年ほどわずらって、確実に死ぬ。治療法といっても、病人をロケットに乗せて、火星へ隔離するだけのことしかできない。地球では治療できないので、隔離しないと、他人に伝染するおそれがある。そんなわけで、ソールはここ火星で、来る日も来る日も血を吐き、孤独な生活をつづけているのだった。

ソールは目をほそめた。かなり離れた、昔の町の廃墟のあたりに、きたない毛布にくるまり横たわっている、もう一人の人間の姿が見える。

ソールが歩いて行くと、毛布にくるまった男は、弱々しく体を動かした。

「やあ、ソール」と、男は言った。

「また朝が来たな」と、ソールは言った。「ああ、おれはさびしい!」

「こんな病気にかかったのが災難さ」と、毛布にくるまった男は、ほとんど体を動かさずに言った。ひどく顔が蒼白い。今にも消え入りそうな感じである。

「あんたと話ができたら、どんなにいいだろう」と、ソールは男を見おろしながら言った。

「なぜインテリはこの病気にかかって、ここへ来ないのかな」

「だれかが、あんたにいやがらせをしてるんだよ、ソール」と、目をあけている力もないのか、男は目をとじて言った。「前には、わたしだってインテリだったさ。元気があったからね。今はもう、考えることが一仕事だ」

「あんたと話ができたらなあ」と、ソール・ウィリアムズが言った。

相手は気がなさそうに肩をすくめた。

「あした、またおいで。あしたになれば、すこし元気が出て、アリストテレスの話くらいできるかもしれない。きっとできるよ。ほんとだよ」男は枯れ木の下にうずくまった。そして片目をあけた。「ほら、一度アリストテレスの話をしたじゃないか。半年ほど前にさ。あの日は楽しかったなあ」

「おぼえてる」と、相手のことばをろくに聞きもせず、ソールは水のない海を見つめた。「おれも、あんたみたいに病気が進行していればなあ。それだったら、インテリくさいことを考えなくてすむだろう。さぞかし気が休まるだろう」

「半年も経ちゃ、病気は必ずわるくなるよ」と、瀕死の男は言った。「そのころは、もう眠ること一方だ。ほかのことを考えなくなる。眠るってことは、まるで女みたいだ。若くって、やさしくって、思いやりがあって、浮気なんかしない女だ。いつも、その女のそばにいたいと思う。目がさめると、また眠ることしか考えない。楽しいよ」男の声はだんだん低くなり、つぶやきになった。それがはたと止み、しずかな寝息がきこえ始めた。

ソールは歩み去った。

死んだ海の岸辺には、その昔の波に打ち上げられた空壜のように、背中をまるめて眠る人々の体が散らばっていた。海岸線のカーブに沿って、ずらりとならぶ病人たち。一人、二人、三人……みんな眠っている。たいていはソールよりも病状の悪化した患者ばかりである。みんなそれぞれ食料を抱いて、他人には目もくれない。お互いの会話よりは、眠りのほうが魅力なのである。

初めの幾夜かは、それでも、キャンプファイヤーを囲んで話に花が咲いたのだった。みんな地球の話をした。それが唯一の話題だった。地球の四方山ばなし。町の掘割を流れていた水のこと。手製のいちごパイの味。早朝の潮風に吹かれて、ジャージーの渡しから見わたしたニューヨークの眺め。

おれは地球が欲しい、とソールは思った。痛いほど地球を求めている。おれが求めているのは、おそらく二度と手に入らないものだ。みんなもそれを求めている。痛いほど求めている。食物や、女や、そういったもの以上に、地球が欲しい。この病気にかかったうえは、女を求めても詮ないこと。しかし、地球ならば、そう、それは精神の飢えを満たしてくれる。病人であろうと、それを求めてならぬはずはあるまい。

空で金属がきらりと光った。

ソールは見上げた。

また光った。明るい金属のきらめき。

一分後、ロケットが海底に着陸した。ドアがひらき、一人の男が荷物を下げて出てきた。殺菌服を着た男が二人、その男のうしろから出てきて、大きな食料の箱を運び出し、テントを張った。

さらに一分経ち、ロケットは空へ帰った。亡命者は一人で立っている。

ソールは走り出した。もう何週間も走ったことがないので、ひどく息が切れる。それでも走りつづけ、叫んだ。

「おおい、おおい！」

青年は、近づいたソールをじろじろ見つめた。

「こんにちは。これが火星ですか。わたしはレナード・マークです」

「わたしはソール・ウィリアムズ」

二人は握手した。レナード・マークはまだたいそう若い――十八歳だった。髪はきれいなブロンドで、顔はほんのりと桜色、目は青く、病人のわりには健康そうに見える。

「ニューヨークはどんな様子です」と、ソールが言った。

「こんな具合です」と、レナード・マークは言い、ソールを見つめた。

荒地に忽然としてニューヨークがあらわれた。三月の風。色とりどりのネオンサイン。しずかな夜の街路を走る黄色いタクシー。巨大な橋。夜半の港に歌う引き舟の群。華やかなミュージカルの開幕。

ソールは激しくあたまを掻きむしった。

「待ってくれ、待ってくれ！」と、ソールは叫んだ。「おれはどうしたんだろう。どこがわるいんだろう。気がくるいそうだ！」

セントラル・パークの樹木。緑色の若葉。公園の小道を、ソールはそぞろ歩く。空気を胸いっぱいに吸いこみながら。

「やめろ。やめてくれ！」ソールはわれとわが身に叫んだ。そして額に手をあてた。「こんなはずはない！」

「そうです」と、レナード・マークが言った。

ニューヨークの摩天楼が消えた。火星が戻って来た。ソールは海底のまんなかに立ち、新入りの青年をぼんやり眺めていた。

「きみか」と、ソールは青年に手をさしのべて言った。「きみがやったのか。精神力でやったのか」

「そうです」と、レナード・マークが言った。

二人は無言で向き合っていた。やがて、ソールはがたがたふるえながら、相手の手を握りしめ、うわごとのように口走った。「ああ、きみが来てくれてよかった。分かるかい。おれは嬉しくてたまらない！」


二人はブリキのコップで、濃いコーヒーを飲んだ。

正午である。あたたかい午前中、二人は喋りつづけていたのだった。

「で、そのきみの能力のことだがね」と、レナード・マーク青年をまじまじと見つめながら、ソールは言った。

「これは生まれつきなんです」と、マークはコーヒーのコップに目をおとして言った。「母は五七年にロンドンの大爆発にあいました。十カ月後に生まれたのが、ぼくです。ぼくの能力は、何といったらいいか、精神感応（テレパシー）と思考転移とでもいうんでしょうか。ぼくは手品使いだったんです。方々へ巡業しました。驚異のレナード・マーク、なんてポスターに書かれましたよ。金もだいぶ儲けました。たいていの人は、ぼくのことをペテン師だと思っていたらしい。芸人というのは世間に信用されませんからね。ぼくは自分の能力に気がついていましたが、誰にも打ち明けなかったんです。こういうことは、なるべく秘密にしておいたほうが無難です。そりゃ、何人かの親友は、ぼくのほんとうの能力を知っていましたよ。今度、火星へ来るについても、きみなら淋しくならないだろうと言ってくれました」

「しかし、さっきはおどろいたぜ」と、コップを口へ持って行きながら、ソールは言った。「ニューヨークがむくむくあらわれたときは、おれのアタマが変になったのかと思った」

「あれは、目、耳、鼻、口、皮膚など、すべての感官に同時に作用する催眠術の一種なんです。あなたが今いちばんやりたいことは何ですか」

ソールはコップを置いた。両手を固く組みあわせ、くちびるを嚙んだ。「子供の頃、イリノイ州のメリン・タウンの掘割で、よく泳いだんだ。あそこで、すっぱだかになって泳ぎたいな」

「じゃあ」と、レナード・マークは言い、頭をほんのすこし動かした。

ソールは目をとじ、砂の上へあおむけに倒れた。

レナード・マークは腰をおろしたまま、相手の動作を見守っている。

ソールは砂の上で、ときどき両手をひくひくうごかし、せわしなく体をひねった。その口はポカンとあいている。喉から、ひゅうひゅうと息が洩れる。

と、ゆっくり両腕を動かし始めた。頭を片側へ向け、激しく喘ぎながら、腕を前後に出したりひっこめたり、空気を搔き、両脇の砂をさらい、それと同時に、体ぜんたいをゆるやかに波打たせている。

レナード・マークは、しずかにコーヒーを飲み終えた。目は依然として、砂の上でのたうつソールの姿を見据えている。

「そこまで」と、レナード・マークは言った。

ソールは目をこすりながら起きあがった。

それからレナード・マークに言った。「掘割が見えた。岩壁を走って行って、服をぬいだんだ」ソールの顔には信じられぬような微笑が浮かんでいた。「それから、飛びこんで、さんざん泳いじまった！」

「よかったですね」と、レナード・マークが言った。

「そうだ！」ソールはポケットに手をつっこんで、チョコレートの最後の一片を出した。

「これをあげよう」

「なんです」レナード・マークは相手が差し出したものを見つめた。「チョコレートですか。冗談じゃない。ぼくは何かもらいたくてしたんじゃない。あなたをよろこばせたかっただけです。それを早くポケットにしまって下さい。でないと、ガラガラ蛇に変えちゃいますよ。噛みつかれますよ」

「よしてくれ、よしてくれよ！」ソールはチョコレートをしまった。「でも、今はまったく愉快だった」ソールはコーヒー・ポットを摑んだ。「もっと飲む？」

コーヒーを注ぎながら、ソールは一瞬、目をとじた。

こいつはソクラテスだ、とソールは思った。ソクラテスで、プラトンで、ニーチェで、ショーペンハウアーだ。この青年は天才だ。信じられぬほどの才能！　これからは、昼間といわず夜といわず、好きなだけ話し相手になってくれるだろう。あと一年の寿命をたっぷり楽しめるだろう。半年で体が弱るなんて糞くらえ。

コーヒーがこぼれた。

「どうしたんです」

「いや、なんでもない」ソールはびっくりして、赤くなった。

ギリシャへ行こう、とソールは考えた。アテネへ。ローマの文学を語り合うときは、ローマへ行こう。パルテノンやアクロポリスを訪ねよう。話だけでなく、実際の場所を見て歩くんだ。この男にならできる。実力がある。ラシーヌの芝居の話をするときは、舞台や演技者を見せてもらおう。ああ、こりゃまたとない楽しみだぞ！　こういう楽しみを知らぬ地球人よりか、ここで余生をすごすおれたちのほうがどんなにいいか！　紀元前三一年のギリシャの舞台で演じられるギリシャ劇を見た奴なんて、そうざらにいるもんじゃあるまい！

それに、まじめに頼んでみたら、この男はひょっとして、ショーペンハウアーや、ダーウィンや、ベルグソンや、その他いろんな時代の思想家に化けてくれは……そう、きっと化けてくれるだろう。ああ、ここに坐ったままで、ニーチェやプラトン自身と話ができるとは……！

一つだけ、まずいことがある。ソールは体がふるえるのを感じた。

ほかの連中だ。この死んだ海に群がっている、ほかの患者たち。

かれらは遠くから、もう、二人の方へ歩き出していた。ロケットの着陸を、新入りの男を認めたのだ。新しい仲間に挨拶をしようと、痛々しく、体をひきずるようにして、こちらへやって来る。

ソールの全身から血の気が引いた。「ねえ」と、ソールは言った。「マーク、おれたちは、山へ行ったほうがいいと思う」

「なぜです」

「ほら、あの連中がやってくるだろう。あのなかには、きちがいがいるんだ」

「ほんとですか」

「そう」

「隔離されたり何かで、気がくるったんですか」

「そう、その通り。だから、おれたちは出掛けよう」

「でも、それほど狂暴にも見えませんね。のろのろ歩いている」

「いや、そうでもないんだ」

マークはソールを見つめた。「あなたは、ふるえていますね。どうして？」

「のんびりしてる場合じゃない」と、ソールはすばやく立ちあがった。「さあ、行こう。あいつらにきみの才能が知れたら、いったいどんなことになると思う？　きみを取りっこするぜ。きみを自分一人のものにしようとして、殺し合いをするぜ。しまいに、きみまで殺されるかもしれない」

「でも、ぼくは誰のものになるのも、いやだな」と、レナード・マークは言い、ソールの顔を見た。「そう。あなたのものにだって、なりたくない」

ソールは烈しくあたまを横にふった。「そんなこと、考えてもみなかった」

「そうでしょうね」と、マークは笑った。

「いずれにしろ、ぐずぐずしてはいられない」と、ソールは顔を赤らめて言った。「さあ、行こう！」

「いやです。ぼくはここに坐っていて、あの人たちに逢います。あなたはすこし利己主義だと思うな。ぼくの行動は、ぼくの自由です」

ソールは怒りがこみあげてくるのを感じた。その顔がみにくくゆがんだ。「おれの言う通りにしろ」

「ああ、友だちから敵に早変わりですね」と、マークが落ち着いて言った。

ソールは青年をなぐった。それは目にもとまらぬ早業だった。

マークは笑いながら体をかわした。「冗談じゃない、やめなさいよ！」

二人はタイムズ・スクェアのまんなかにいた。自動車の大群が、警笛を鳴らした。青空にそそり立つビルまたビル。

「わるかった！」と、突然の景色の変化に圧倒されて、ソールは叫んだ。「頼むから、マーク、やめてくれ！　あいつらが来る。きみは殺されるぞ！」

マークは歩道に腰をおろし、笑っていた。「来たっていいじゃないですか。みんなに手品を見せてあげますよ」

ソールは茫然とニューヨークの景観を見つめた。それは否応なしにソールの注意を引きつけた。数カ月ぶりの都会である。その美しさ。マークを追うどころではなく、ソールはなつかしいその光景をむさぼるように凝視した。

ソールは目を覆った。「いかん」そしてマークめがけて飛びかかった。車の警笛が耳をつんざくように鳴った。ブレーキが軋った。ソールはマークの顎をなぐりつけた。

静寂。

マークは砂の上に横たわっていた。

気を失った青年を抱きあげると、ソールはおぼつかない足どりで駆け出した。

ニューヨークはとうに消えていた。死んだ海の静寂があたり一面にただよっていた。ほかの患者たちが追ってくる。ソールは大事な荷物をかかえて、山の方へ走った。彼がかかえているのは、ニューヨークであり、緑の田園であり、澄み切った泉であり、なつかしい友人たちである。ソールは一度つまずき、辛うじて持ちこたえた。そして走りつづけた。

洞窟はまっくらだった。ときたま風がどこからかしのびこみ、焚き火を燃えあがらせ、灰を散らした。

マークは目をあけた。ロープで縛られた青年は、焚き火の前の岩に寄りかかっている。

ソールは焚き火に木の枝を投げこみ、猫のように不安そうな目で、洞窟の入口の様子をちらちらうかがっている。

「あなたは馬鹿だな」

ソールはびくっとした。

「そう」と、マークは言った。「あなたは馬鹿ですよ。ここは見つかるにきまっている。どんなにゆっくりさがしても、半年あれば必ず見つかる。さっきのニューヨークは、遠くからあの人たちにも見えたはずです。ぼくらの姿も見えたでしょう。好奇心をおこして、追っかけてくるのが当然です」

「来やがったら、きみを連れて、さらに逃げる」と、ソールは言い、火を見つめた。

「それでも追っかけて来ますよ」

「黙れ！」

マークは微笑した。「いいんですか、そんな乱暴な口をきいて、女房役のぼくに？」

「うるさい！」

「ああ、結構な夫婦じゃないですか――あんたの利己主義と、ぼくの精神能力との結婚だ。今度はなにを見せてあげます？　あんたの幼年時代を、もうすこし見せてあげましょうか」

ソールは額に汗がにじみ出るのを感じた。青年が冗談を言っているのか、まじめなのか、どうも分からない。「見せてくれ」と、ソールは言った。

「オーライ」と、マークは言った。「よく見てなさい！」

洞窟の岩から炎が噴き出した。息づまるような硫黄の匂い。途端に、どろどろの硫黄が流れ出し、洞窟がゆらいだ。ソールは跳びあがり、咳きこみ、よろめき、炎を避けて逃げまどった。

地獄が消えた。洞窟が戻って来た。

マークが笑っている。

ソールは拳をかためて、にじり寄った。「貴様」と、ソールは凄い声を出した。

「ほかに何を見せてもらえると思ったんです」と、マークは叫んだ。「手足を縛られて、拉致されて、孤独のあまり気がくるった男の女房役を押しつけられて――ぼくが嬉しいと思いますか」

「逃げないと約束してくれれば、ほどいてもいいんだ」

「約束できませんね。ぼくは自由な人間です。誰のものでもないんだ」

ソールはひざまずいた。「しかし、頼むよ、おれのものになってくれ。な、頼むよ。きみを放したくないんだ！」

「ああ、そういうことを言えば言うほど、ぼくの心は離れてしまうな。あんたにもうすこし分別があって、理性的に行動してくれたら、ぼくらは友だちになれたかもしれないのに。あんな催眠術なんか、ぼくにしてみれば、お安い御用なんです。なんの苦労も要らない。ただの遊びみたいなもんですよ。それなのに、あんたはブチこわしにしてしまった。ぼくを独占しようとした。他人にぼくを奪られるのが、こわかった。そりゃあ、とんでもない誤解だな。ぼくには、みんなを倖せにするくらいの力があるんです。共同炊事場みたいに、ぼくを共同で使えばよかったんだ。ぼくは子供たちの群に降り立った神様みたいになって、みんなの希望をかなえてあげる。その代わりに、みんなから贈物を貰ったり、食料をわけてもらったりする。そうすりゃ、万事まるくおさまったのに」

「すまん、すまなかった！」と、ソールは叫んだ。「しかし、あいつらは、ほんとうに手に負えないんだぜ！」

「あんたは別だって言うんですか。とんでもない！　出てって様子を見てごらんなさい。音がきこえたような気がした」

ソールは走って出て見た。洞窟の入口から、小手をかざして、まっくらな谷間を眺めた。

おぼろげな影が動いている。風が草を吹きわけているのだろうか。ソールは震え出した。痛みをともなう震えである。

「なんにも見えない」ソールは洞窟の奥へ戻った。

そして焚き火の周囲を見まわした。「マーク！」

マークがいない。

洞窟のなかは、がらんとしている。あたり一面は、漂石や小石や、砂利だらけである。

ぱちぱちと燃える火。溜息をつく風。ソールは茫然と立ちつくした。

「マーク！　マーク！　帰って来てくれ！」

青年はきっと、さっきからこっそり縄抜けしていたのだ。そして、音がきこえたとソールをだまして、逃げてしまった——どこへ？

洞窟は奥深いが、どんづまりは平らな壁だった。青年がソールの目をかすめて、入口からぬけ出したはずはない。それならば、どこにいる？

ソールは焚き火のまわりを眺めた。そしてナイフを抜き、壁に凭りかかっている大きな漂石に近寄った。にやりと笑って、ナイフを漂石に押しあてた。それから、ナイフを構え、漂石を突き刺そうとした。

「ストップ！」とマークが叫んだ。

漂石が消えた。マークはそこにいた。

ソールはナイフを構えた姿勢を崩さなかった。その頬に、焚き火の光が踊っていた。目は血走っていた。

「だまされんぞ」と、ソールはささやいた。そして手をのばし、マークの喉を締めつけた。マークは何も言わなかった。喉を締められたまま、皮肉な目でソールを見た。その目はソールに語っていた。

ぼくを殺したら、あんたの夢はどうなる。ぼくを殺したら、掘割や、小川を泳ぐ鱒はどうなる。ぼくを殺すがいい。プラトンを、アリストテレスを、アインシュタインを殺すがいい。そう、みんな殺すがいい！　さあ、喉を締めなさい。締められるものなら締めてごらん。

ソールの指が青年の喉から離れた。

洞窟の入口に、大勢の人影が動いた。

二人はそちらにあたまを向けた。

ほかの患者たちがそこにいた。五人。追跡に疲れ切って、喘ぎあえぎ、洞窟の中の様子をうかがっている。

「今晩は」と、マークが笑顔で呼びかけた。「どうぞ、お入り下さい、みなさん！」

烈しい議論が夜明けまでつづいた。マークは、頬を上気させた人々のまんなかに坐って、ロープに傷められた手頸をこすっていた。一同は、マークが精神力で作り出したマホガニー製の会議机にむかっていた。奇妙なあご髭を生やし、悪臭を放ち、汗をかき、目を光らせ、自分たちの宝物を見つめている人々。

「こうすればいいんじゃないですか」と、見るに見かねて、マークが言った。「あなたたちめいめいに、一定の日一定時間だけ、ぼくがお付き合いするんです。あくまで公平にね。ぼくはみんなの共有財産で、だれ一人のものでもない。これなら文句ないでしょう。それから、ソールさんは、当分おあずけということにします。ちゃんと、おとなしく振る舞って下さることが分かったら、ぼくもお付き合いします。そのときまでは、ソールさんだけ、残念ながら仲間はずれです」

ほかの患者たちは、あざけるようにソールを見た。

「すまなかった」と、ソールは言った。「おれは夢中だったんだ。もうあんなことはしない」

「もうすこし様子を見てからね」と、マークが言った。「おあずけの期間は一ヵ月ということにしましょうか」

ほかの患者たちは、ソールにあざけりの目を向けた。

ソールは何も言わない。じっと洞窟の床を見つめている。

「さて、それじゃあ」と、マークが言った。「スミスさん、あなたの日は月曜です」

スミスはうなずいた。

「火曜はピーターさんの番にします。みんな一時間くらいずつね」

ピーターはうなずいた。

「水曜は、ジョンソンさんと、ホルツマンさんと、ジムさんにお付き合いします」

残りの三人は顔を見合わせた。

「木曜以後は、ぼくの自由な時間です。よろしいですか」と、マークは念を押した。「ちょっぴりずつだけれど、ゼロよりはましでしょう。言う通りにして下さらないと、ぼくは術をぜんぜんやりませんからね」

「おれたちがむりにやらせたら、どうなるね」と、ジョンソンが言い、ほかの患者たちを見わたした。「五対一じゃねえか。お前さんにゃ負けねえぜ。団結すれば、お前さんなんか自由に動かせるぜ」

「ばかなことを言わないで下さい」と、マークが言った。

「まあ考えてみろよ」と、ジョンソンが言った。「この坊やは、おれたちに命令してるんだ。おれたちが命令しようじゃねえか！　こんな若造になめられていいのか。術をやらないなんて、おどかしやがってさ！　爪と肉のあいだに、とがった木の枝をつっこんだら、どうだい。焚き火の火でもって指を焼いたら、どうだい。それでも、やらないかい！　一週間ずうっと、毎晩やってもらおうじゃねえか！」

「この人の言うことを聞いちゃいけない！」と、マークは言った。「この人はアタマがおかしくなってる。こんな人の言う通りにしていたら、どうなると思います？　ぼくを独り占めしようとして、みんなを殺しますよ！　一人ひとり、つぎつぎに殺されますよ！　最後には、この人とぼくだけが残るんだ。きっとそうなりますよ」

一同はまばたきした。そしてマークの顔からジョンソンの顔へと視線を移した。

「こんな考え方じゃ」と、マークは言った。「あなた方はだれ一人として仲間を信頼できなくなりますよ。いつ、なんどき、背中を向けた途端に、だれに殺されるかわからなくなるんですよ。一週間も経たないうちに、みんな死んじまいますよ」

冷たい風が部屋のなかに吹きこんで来た。部屋はすうっと消えて、ふたたび洞窟に戻った。マークがこの冗談に飽きたのである。マホガニーの会議机は、液体のように流れ出し、たちまち蒸発した。

男たちは、けだもののような目をひからせて、顔を見合わせた。マークの言ったことは、ほんとうである。かれらは互いに探り合い、疑り合い、殺し合うだろう。最後には、運のいい男が一人残って、この宝物を独占することになるだろう。

ソールは一同を見守り、たまらない孤独を感じた。ひとたび過ちを犯すと、それを認め、ふりだしへ戻り、新規まきなおしをすることは、なんとむずかしいのだろう。かれらは一人残らず過ちを犯している。みんな、今までは絶望していた。だが、今は絶望よりもさらにわるい。

「しかも、もっとまずいことに」と、マークが言った。「あなた方の一人は拳銃を持っている。あとの人はナイフしか持っていない。でも、一人は確かに拳銃を持っているんです」

一同は跳びあがった。「探しなさい！」と、マークは言った。「拳銃を持っている人を見つけるんです。さもないと、みんな殺されますよ！」

男たちは途端に摑み合いを始めた。だが、だれが拳銃を持っているのか、見当もつかない。ただ、むやみやたらに摑み合い、大声をあげるだけである。マークは、さげすみの色を浮かべて、その様子を見守った。

ジョンソンが一歩うしろにさがって、ふところに手を入れた。「よし。そんなら、今すぐ決着をつけてやる！　これでもくらえ、スミス」

スミスは胸を撃ちぬかれて、倒れた。ほかの男たちは、悲鳴をあげて逃げまどった。ジョンソンは狙いを定めて、さらに二発撃った。

「やめなさい！」と、マークが叫んだ。

とつぜん洞窟がニューヨークに変化した。日の光にきらめく摩天楼。雷のようにとどろく高架鉄道。港に叫ぶ引き舟。松明を手に、湾の海上から凝視する自由の女神。

「見なさい、あんたたちは馬鹿だ！」と、マークが言った。セントラル・パークに花ひらく木々の茂み。風が波のようにうねって、一同の頭上に新鮮な芝生の匂いを送った。

　呆気にとられた男たちは、ニューヨークのまんなかに立ちすくんだ。ジョンソンはさらに三発撃った。ソールが走り出て、ジョンソンに体当たりし、拳銃をもぎとった。もう一度、発射音が鳴りひびいた。

　男たちは格闘をやめた。

　みんな、ぼんやり立っている。ソールは、ジョンソンの体に重なるように倒れていた。二人とも動かない。

　恐ろしい沈黙が流れた。男たちは茫然と見守っていた。ニューヨークが海へ沈んでゆく。シュウシュウ、ゴボゴボいいながら、溜息をつきながら、錆びた金属と古い時代の叫びをあげながら、巨大な建築物が傾き、ゆがみ、流れ、崩れてゆく。

　マークは建物のただなかに立っていた。と、まわりの建物そっくりに、青年の胸にまっかな穴があいた。そして、青年は、ことばもなく倒れた。

　ソールは倒れたまま、仲間を、マークの体を見つめた。

　それから拳銃を握って、立ちあがった。

　ジョンソンは動かない。恐怖のあまり動けない。

　一同はそろって目をとじ、やがて目をひらいた。そうすることによって、倒れた青年の体に生気を吹きこもうとするかのように。

洞窟は冷たかった。

立ちあがったソールは、自分の手のなかの拳銃をぼんやりとながめた。それから、遠くの谷めがけて、拳銃を投げすてた。

みんな、われとわが目を疑うように、青年の体を見おろしている。ソールはかがみこみ、だらりとした青年の手をとった。「レナード！」と、ソールは小さな声で言った。「レナード？」手をゆすぶった。「レナード！」

レナード・マークは動かなかった。その目はとじられていた。胸の鼓動は止まっていた。体は刻一刻と冷えてゆく。

ソールは立ちあがった。「おれたちはこの男を殺した」と、仲間の顔を見ずに、ソールは言った。すでに口のなかは生ぐさい液体でいっぱいである。「いちばん殺したくない男を殺した」ソールはふるえる手を目にあてた。ほかの男たちは、なすところなく突っ立っている。

「鋤を持ってこい」と、ソールは言った。「この男を埋めるんだ」ソールは顔をそむけた。「おれは、貴様らとは、もう付き合わないぞ」

だれかが鋤を探しに行った。

ソールはもう動けないほど体が弱っていた。両足は地面に根を生やしたようだ。孤独と、恐怖と、夜の寒さを養分にして、根はどんどんのびてゆく。焚き火はもうほとんど消え、冷たい月光が青い山を包んでいる。

だれかが鍬で地面を掘る音。

「こんな男、いなくたっていいさ」と、だれかがわざと大きな声で言った。

地面を掘る音がつづいた。ソールはのろのろと足をひきずり、山の斜面を下り始めた。やがて砂地に出た。ソールは茫然と腰をおろした。両手をだらりと膝に置いた。

眠るんだ、とソールは思った。おれたちは、あとは眠るだけだ。それだけは残されているんだ。眠って、ニューヨークの夢を見ること。

ソールはもの憂げに目をとじた。血が鼻に、口に、ふるえるまぶたに、こみあげてくる。

「あいつは、どうやったのだろう」と、疲れた声で、ソールは訊ねた。あたまががくりと前に垂れた。「どうやってニューヨークをここへ持って来たんだろう。おれたちは、ニューヨークの中を、ちゃんと歩いたっけ。おれも試してみよう。そんなにむずかしいはずはない。想像するんだ！　想像するんだ、ニューヨークのことを」と、眠りに落ちながらソールはつぶやいた。「ニューヨークと、セントラル・パークと、春のイリノイ州。リンゴの花、緑の草」

それはあらわれなかった。景色に変化はなかった。ひとたび消え去ったニューヨークは、もはや取り戻すすべもない。朝ごと、ソールは起きあがり、死んだ海を歩きまわり、それを求めて火星じゅうをさまようだろう。だがそれは見つからないだろう。そして遂には、歩くのに疲れて、横たわるだろう。あたまのなかにニューヨークを探して、どうしても発見できないだろう。

眠りに落ちる前に、鋤の音がきこえた。掘っている、穴を掘っている。その穴のなかへ、さまざまな金属音、金色の霧、匂い、色、それらもろとも、ニューヨークが崩れ、落ちこみ、埋葬される。

ソールはよもすがら夢のなかで泣いていた。

コンクリート・ミキサー

老婆たちの声が、あけはなった窓の下から、枯れ葉のざわめきのようにきこえてきた。

彼は耳をすました。

「臆病者エティル！　兵役忌避者エティル！　われら火星人の光栄ある地球討伐戦に参加しないエティル！」

「もっと大きな声で言ってみろ、鉄棒ひきめ！」と、彼は叫んだ。

声はすぐ低くなった。火星の空の下、えんえんとつらなる細長い運河のさざなみのように。

「エティルの息子は、いつまでも肩身のせまい思いをするよ！」と、皺だらけの老婆たちは言った。そして目をほそめ、うなずきあった。「恥さらし、恥さらし！」

彼の妻は部屋の片隅で泣いていた。その涙は、タイルの上に降りそそぐ冷たい雨のようだった。

「ねえ、エティル、どうしても考えを変えて下さらないの」

エティルは金属製の書物を脇に置いた。金色の金属線を張ったその書物は、今朝からエティルに小説を読んできかせていたのである。

「わたしはみんなを説き伏せようとはしたのだ」と、彼は言った。「ばかげたことじゃないか。火星が地球を攻撃するなんて。われわれはおそらく全滅してしまうだろう」

外では、楽隊の行進曲、号令、兵士たちの足音、軍旗、軍歌。石づくりの道を、肩に火器をかついだ兵隊たちが行進して行く。そのあとを追う子供たち。よごれた小旗をふる老婆たち。

「わたしは火星に残って、本を読むのだ」と、エティルは言った。

ドアにノックの音。ティラがあけた。ずかずか入って来たのは義父である。「みんながお前のことを裏切り者だといっている。それはほんとうか」

「はい、お父さん」

「お前は火星軍に参加しないのか」

「しません、お父さん」

「おろか者!」年老いた義父はまっかになった。「なんたることだ! 銃殺されるぞ」

「それなら銃殺してもらいます。それで一切はお終いです」

「地球に侵入しない火星人なんて、聞いたことがあるか。え、聞いたことがあるか！」

「ありません。まったく不思議なことです」

「不思議なことだってさ」と、窓の下から老婆たちがささやいた。

「お父さま、このひとに考えなおさせて」と、ティラが言った。

「こんな馬鹿者が考えなおすものか」と、義父は目を光らせて言い、エティルに覆いかぶさるように近寄った。「軍楽隊は演奏している、女たちは泣いている、子供たちは跳びはねている、兵隊たちは行進して行く、このよき日に、お前はここにこうして坐っているのか！　ああ、恥さらし！」

「恥さらし」と、垣根の方へ遠ざかって行く声々が言った。

「つまらないお喋りはやめて、出て行って下さい」と、エティルが堪忍袋の緒を切った。

「軍旗を持って、太鼓を叩いて、どこへでも侵入するがいいのです！」

泣きわめく妻を押しのけて、義父を外へ締め出そうとしたとき、ドアがさっとひらいて、憲兵の一隊が入ってきた。

ひとつの声が叫んだ。「エティル・ヴライだね？」

「はい！」

「きみを逮捕する！」

「さらば、愛する妻よ。この馬鹿者どもといっしょに、わたしは戦争に行くのだ！」と、たくましい男たちに引きずり出されながら、エティルは叫んだ。

「さよなら、さよなら」と、町の老婆たちの声が遠ざかってゆく……


監房はきちんと整頓されていた。本を読めないので、エティルは気が立っていた。鉄格子から外の様子をうかがえば、夜のなか、ロケットがつぎつぎと発射される。つめたい無数の星々は、ロケットの打ち上げのたびに、四方へ飛び散るように見えた。

「馬鹿者どもめ」と、エティルはささやいた。「馬鹿者どもめ！」

房の戸があいた。一人の男が、車のようなものを押して入って来た。車には書物がたくさん積んである。そのうしろに兵役係の姿が見える。

「エティル・ヴライ、きみが自宅にこれら非合法の地球の書物を所持していた理由を言いなさい。この『驚異小説集』『科学物語集』『幻想小説集』などの書物だ。説明したまえ」男はエティルの手頸をつかんだ。

エティルはその手をふりはなした。「銃殺するのなら、早く銃殺して下さい。地球から来たそれらの本を読んだからこそ、わたしは地球を攻撃する気がしなくなったのです。あなた方の侵入はきっと失敗する。そのわけがそこに書いてあります」

「どうしてだね」兵役係は顔をしかめ、黄ばんだ雑誌のページをくった。

「どれでもいい」と、エティルは言った。「どの本でも読んでごらんなさい。地球の暦でいうと、一九二九年、三〇年頃から、五〇年頃までの小説は、十のうち九つまで、火星人の地球侵入は成功すると書いています」

「なるほど！」兵役係はにっこり笑ってうなずいた。

「ところが、そのあとは」と、エティルが言った。「失敗するのです」

「そんな書物を所持することは、裏切り行為だ！」

「裏切りなら裏切りで結構。しかし要点だけ申しましょう。それらの小説にはミックとか、リックとか、ジックとか、バノンとかいう、やせた孤独なアイルランド人が出て来て、その男がいつも侵入軍の裏をかき、火星人をほろぼすのです」

「きみはそんな話を信じているのか！」

「いいえ、地球人が実際にそんなことをやるとは信じられません。しかし、よく考えてみて下さい。かれらには、そういう背景がある。何世代もの地球人たちは、みんなこのたぐいの小説を読んで育ったのです。五〇年以後には、火星人の侵入が結局は失敗するという小説しかないのです。火星にそんな小説がありますか」

「そうだな――」

「ありません」

「ないかもしれない」

「いや、確かにないのです。そういう幻想的な小説は火星にありません。そして、われわれは地球に侵入します。結局は失敗です」

「その理屈が分からん。そういう小説と、この戦争とが、なぜそんなふうに結びつくのだ」

「精神の問題です。これは大問題ではありますまいか。地球人たちは自分らの勝利を信じています。そういう信念がかれらの血管を流れています。自分らが負けるはずはないという考え方。どんなに綿密に計画された侵入でも、かれらははねのけるでしょう。少年時代に、このたぐいの小説を読んで育ったから、火星人何するものぞという信念を持っています。われわれ火星人は？　われわれは不安です。ひょっとすると負けるかもしれないと思っている。いくら太鼓を叩き、ラッパを吹いても、われわれの信念はひ弱いのです」

「そういう裏切りのことばを聞きたくない」と、兵役係は叫んだ。「十分以内に、この本も、きみも燃やしてしまおう。エティル・ヴライ、きみに最後の選択を与える。火星軍に加わるか、火あぶりか」

「どちらにしろ、死ぬことに変わりありません。わたしは火あぶりをえらびます」

「連れ出せ！」

彼は中庭に連れ出された。永いことかかって集めた彼の蔵書に、火がつけられた。五フィートの深さに穴が掘られ、そのなかには石油が満たされている。数分後には、彼もまたこの穴に投げこまれるのだ。

中庭の片隅に、息子が立っていた。陰気な姿。その黄色い目は、悲しみと恐怖に光っている。手を差しのべもしなければ、話しかけてもこない。まるで瀕死のけだもののように、ことばもなく、父親を凝視するだけである。

えんえんと燃えあがる穴をエティルは見つめた。荒々しい手が、彼の衣服を脱がせ、彼を死の炎へと押しやった。その刹那、エティルは叫んだ。「待って下さい！」

オレンジ色の炎にいろどられた兵役係の顔が、ゆらめく熱気のなかから突き出た。「なんだ」

「火星軍に加わります」と、エティルは答えた。

「よし！　釈放しろ！」

荒々しい手が離れた。

ふりむくと、中庭の片隅に、息子が待っている。笑顔は見せない。ただ待っている。空をひき裂くように、ロケットがまた発射された……

「では、勇士たちよ、火星にしばしの別れだ」と、兵役係が言った。軍楽が鳴りわたり、発汗した兵士たちの上を、風が吹きぬけた。子供たちが跳びはねた。混乱のなかで、エティルは妻の姿を認めた。誇らしげに泣いている。息子がそのかたわらに、きまじめな顔で立っている。

兵士たちは笑いながらロケットに乗りこんだ。そして、くもの巣状の座席に、体を縛りつけた。ロケット内のくもの巣は、兵士たちでいっぱいである。かれらは食物をかじり、出発の時を待った。大きなドアがぴしゃりとしまった。バルブが空気を吐き出した。

「地球と敗北にむかって出発か」と、エティルが呟いた。

「なんだと」と、だれかが訊き返した。

「光栄ある勝利にむかって出発か」と、顔をしかめてエティルが言い直した。

ロケットが飛びあがった。

宇宙の空間、とエティルは思った。こうしてわれわれは金属の鍋のなかに詰めこまれ、暗黒とピンク色の光の宇宙空間を飛んで行く。このロケットが地球に接近すれば、空を見上げる地球人の目は恐怖に満たされるだろう。そのときのわれわれの気持ちは、どんなだろう。家庭から、妻から、子供から遠く離れた気持ちは？

自分の体のふるえを、エティルは冷静に分析しようと努めた。自分の内部のさまざまな器官は、まだ火星に縛りつけられている。心臓はまだ火星の上で鼓動している。脳髄はまだ火星の上で、見捨てられた松明のように思考をつづけている。胃はまだ火星の上で、最後の食事を消化している。肺はまだ火星の涼しい大気を呼吸している。そして一つひとつの器官は、互いに求め合って泣いている。

だが、わたしの肉体はここにいる。バラバラに分解された肉体。役人たちはわたしの体を診察し、必要な部分だけを残して、あとはすべて火星の海や山に投げ捨てた。ここにいるのは、からっぽの、情熱を失った、つめたい肉体だ。地球人をほろぼすための両腕があるにすぎない肉体。今のわたしはただの腕なのだ、とエティルはぼんやり考えるのだった。くもの巣にとらえられたこの肉体。ほかの兵士たちがあたりに大勢いる。かれらは心身ともに健全な連中だ。だが、わたしの内部に生きていたもののすべては、あの火星の暗い海をさまよっている。ここにいるのはつめたい木偶（でく）。すでにして死人だ。

「攻撃用意、攻撃用意、攻撃用意！」

「了解、了解！」

「起（た）て！」

「座席を離れろ、急げ！」

エティルは動いた。二本のつめたい腕が、他人のように動いた。

なんという時の流れだろう、とエティルは思った。一年前、地球のロケットが一台、火星にやってきた。火星の科学者たちは、その異常に発達した精神感応（テレパシー）の能力によって、ロケットの写しをとった。労働者たちは、それを百も千も複製した。それ以来、一台も地球のロケットは来なかったのに、われわれは地球人のことばをよく知っている。地球人の文化や、ものの考え方も知っている。そして今、われわれは全知能をあげて……

「射撃用意！」

「了解！」

「目標！」

「マイル数は？」

「一万マイル！」

「用意よろし！」

ブーンとうなる沈黙。ロケットの壁のなかに群がる昆虫たちの沈黙。小さなコイルや、把手や、ハンドルを操る昆虫たち。待機の沈黙。腋の下から、眉から、鼻のあたまから、じわじわと汗のにじみ出る沈黙！

「待て！」

エティルはおのれの狂気を必死に指の爪でひねりつぶそうとする。

沈黙。沈黙。沈黙。沈黙。

ピイイイイイ！

「あれは何だ」

「地球からの通信です！」

「波長を合わせろ！」

「おれたちを呼んでいるのだ。波長を合わせろ！」

ピイイイイ！

「出たぞ！　聞け！」

「火星軍を呼んでいる！」

耳かたむける沈黙。昆虫たちのざわめきが鎮まり、するどい地球の声が待機する人々の上を流れた。

「こちらは地球、こちらは地球。わたくしはアメリカ経営者協会会長ウィリアム・サマーズであります！」

エティルは身を固くして、目をとじた。

「ようこそ、地球へよくいらっしゃいました」

「なんだと」と、ロケットの兵士たちはどよめいた。「なんと言った？」

「そうだ、ようこそと言ったんだ」

「罠だ！」

エティルは身ぶるいして、目をあけ、天井のスピーカーを見つめた。そこから聞き馴れぬ声が出てくる。

「ようこそ！　緑の地球、繁栄の地球へ、よくいらっしゃいました！」と、親しげな声が言った。「われわれは諸手（もろて）をあげてあなた方を歓迎いたします。血なまぐさい火星人侵入の伝説を、永遠につづく平和と友好のひとときに転化しようではありませんか」

「罠だ！」

「数十年前に、われわれは戦争を放棄し、原水爆を破壊しました。ですから、現在のわれわれはまったくの無防備状態にあり、あなた方を歓迎するほかに他意はありません。この惑星はあなた方のものです。あなた方、善良で慈悲ぶかい侵入者の方々に、われわれはただお慈悲を願うだけです」

「そんなことはデタラメだ！」と、ひとつの声がささやいた。

「しっ、聞け！」

「きっと罠だ！」

「どうぞ、着陸なさって下さい」と、地球人ウィリアム・サマーズ氏は言った。「どこに着陸なさってもかまいません。地球はあなた方のものです。われわれとあなた方は兄弟です！」

エティルは笑い出した。ロケット中の兵士たちがふりむいて、エティルを見た。そして目をパチクリさせた。「気がくるった！」

エティルは笑いつづけた。火星人たちは彼を殴りつけた。

カリフォルニア州グリーン・タウンの、蒸されるような滑走路のまんなかで、背の低いふとった男が白いハンカチを出し、額の汗をぬぐった。そして、急ごしらえの演壇から、のびあがるようにして、五万人の群衆を見やった。スクラムを組んだ警官たちにさえぎられて、ひしめき合う人たち。みんな空を見上げている。

「来たぞ！」

ああ、という声々。

「ちがう、カモメだ！」

失望のつぶやき。

「いっそ火星人に宣戦布告したほうがいいような気持ちになってきたよ」と、市長がささやいた。

「そうすれば、さしあたり家に帰れるからね」

「しぃッ！」と、市長夫人が言った。

「来たぞ！」群衆はどよめいた。

太陽の方角から、火星のロケットがあらわれた。

「みんな用意はいいか」市長は神経質そうにあたりを見まわした。

「はい、市長」と、一九六五年度のミス・カリフォルニアが言った。

「はい」と、一九四〇年度のミス・アメリカが言った。一九六六年度のミス・アメリカが急病なので、その代わりに駆けつけたのである。

「はい、市長」と、一九五六年度の〝サン・フェルナンド・ヴァリー最大のグレープフルーツ〟賞を獲得した男が誠意をおもてにあらわして言った。

「楽隊の用意はいいね？」

楽士たちは銃のように真鍮楽器を上げて見せた。

「準備完了です！」

ロケットが着陸した。

楽隊は『カリフォルニアよ、今日は』を十回繰り返して演奏した。

正午から午後一時まで、不安そうに静まりかえった。ロケットにむかって、市長は身ぶりよろしく大演説をぶった。「それ！」

午後一時十五分、ロケットのドアがあいた。

楽隊は『おお、黄金の国よ』を三回繰り返して演奏した。

エティルと五十人の火星人たちが、銃をかまえてロケットから跳び下りた。

市長が駆けより、〈地球の鍵〉をうやうやしく手渡した。

楽隊が『サンタクロースが町へやってくる』のメロディを奏し、ロング・ビーチから駆けつけたコーラス隊が、そのメロディにあわせて『火星人が町へやって来る』と替え唄を歌った。

だれも武器を持っていないことが分かると、火星人たちはほっとしたが、それでも銃を捨てなかった。

午後一時半から二時十五分まで、市長はあらためてさっきの演説を繰り返した。

午後二時半、一九四〇年度の、ミス・アメリカが進み出て、一列に並んで下さるなら、火星人の方々ぜんぶにキスしようと言った。

午後二時三十分十秒、ミス・アメリカの申し出によって生じた混乱をカバーするため、楽隊は『みなさん、今日は』を演奏した。

午後二時三十五分、〝最大のグレープフルーツ〟賞を獲得した男が、グレープフルーツを山と積んだ二トン・トラックを火星人たちに贈った。

午後二時三十七分、市長は火星人全員にエリート座とマジェスティック劇場の無料入場券（フリー・パス）を贈り、ひきつづき、午後三時すぎまで演説した。

楽隊が演奏し、五万人の群衆が『やつらは愉快な連中さ』を歌った。

午後四時すぎになって、ようやく式典は終わった。

エティルは、二人の仲間といっしょに、ロケットの蔭に腰をおろした。「これが地球というものか！」

「きたねえネズミどもなんぞ、殺しちまえばいいんだ」と、一人の火星人が言った。「おれはあいつらを信用できねえ。なんだか、うさんくさいよ。なんで、こんなふうに、おれたちを歓迎するんだ？」サラサラと音のする箱を、その男は持ちあげた。「こんなもの、くれやがって、なんかの見本だとさ」男はレッテルを読んだ。新しい泡立ち石鹼、ブリックス。

群衆は、ちょうどカーニバルの人込みのように、火星人と交歓していた。いたるところで、地球人たちはロケットをゆびさし、さまざまな質問を発した。

エティルの体はつめたかった。まだ体のふるえがとまらない。「へんな感じがしないか」と、彼はささやいた。「何かしら、いやな、不吉な予感がする。何かが起こるぞ。かれらは何か企んでいる。何か微妙な、それでいて恐ろしいことだ。われわれに何かをする気だ——それにちがいない」

「だから、みんなブッ殺しちまえばいいんだ！」

「〈友だち〉とか〈おじさん〉とか言ってくる人たちを、どうやったら殺せるんだい」と、もう一人の火星人が言った。

エティルはあたまをふった。「かれらは誠実だ。しかし、なおかつ、まるで大きな釜のなかに入れられて、酢をかけて溶かされるような気持ちじゃないか。わたしは恐ろしい」彼は地球人の群衆を見わたした。「そう、かれらは心底から人好きのする、気のおけない（これはかれらの言いまわしだ）人たちだ。平凡な人たち、かわいい犬や猫、それにわれわれ火星人。この大きな友好と平和。それでいて——なおかつ——」

楽隊が『ころがせ、ころがせ、ビール樽』を演奏した。カリフォルニア州フレズノ市のヘイゲンバック・ビール会社の提供により、全員に無料のビールが配られた。

やがて酔いがまわった。

人々はさかんにヘドを吐いた。あたり一帯に吐く音がこだました。

気分がわるくなったエティルは、シカモア（プラタナスの一種）の木の下に腰をおろした。「陰謀、陰謀――恐るべき陰謀」と、彼は呻き、腹をおさえた。

「何を食った」兵役係が彼の上にかがみこんで訊ねた。

「ポップコーンとかいうものです」と、エティルが呻いた。

「そのほかには？」

「そのほかには、パンに肉をはさんだもの、それから何かつめたい黄色い飲みもの、それから魚のようなものと、パストラミとかいうものです」と、エティルは目を白黒させて溜息をついた。

火星の兵士たちの呻き声は、あたり一帯にこだました。

「こんなものを食わせた奴らを殺しちまえ！」と、だれかが力なく叫んだ。

「待て」と、兵役係が言った。「これはただの歓迎攻めだ。さあ、みんな、起て。町へ行進だ。町に守備隊を置いて、治安の維持にあたらねばならん。ほかのロケットは、ほかの町にぞくぞく着陸する。われわれはこの町で仕事をしなければならん」

兵士たちは、ようやく立ちあがり、ふらつく足を踏みしめた。

「前へ！　進め！」

お一チ、二イ、三、四！　お一チ、二イ、三、四！……

小さな町の白塗りの商店は、焼けつく熱気のなか、夢のように並んでいた。柱からも、コンクリートからも、日除けからも、屋根からも、あらゆるものから熱気が発散している。

火星の兵士たちの足音は、アスファルトに響きわたった。

「みんな、気をつけろ!」と、兵役係がささやいた。

隊列は美容院の前を通りすぎた。

中から忍び笑いがきこえた。

「ごらん!」

銅色の顔がひょっこりと飛び出し、ウィンドウの人形のように、たちまち姿を消した。

青い目が鍵穴からきらりとひかり、ウインクした。

「陰謀だ」と、エティルはつぶやいた。「やはり陰謀だ!」

女たちが海底の生きもののように群がる洞窟から、扇風機の起こす風にのって、香水のかおりがただよってきた。円錐形の電灯の下で、髪をちぢらせたりたばねたりしている女たちは、目を動物的に光らせ、くちびるはネオンのように赤かった。扇風機はまわりつづけ、香水のかおりは街路樹のあたりまでただよってきて、呆気にとられている火星人たちの鼻孔をくすぐった。

「みんな、お願いだ!」と、とつぜん我慢しきれなくなって、エティルは金切り声をあげた。「ロケットに戻ろう——火星へ帰ろう！　われわれはかれらにしてやられるぞ！　あの恐ろしいものを見たか。あのよこしまな海底の生きもの。あの涼しい人工の洞窟にひそむ女たち！」

「黙れ！」

あの女たちを見ろ、と彼は思った。すんなりした足のあたりに、つめたい緑の鰓（えら）のようなドレスをまとっている女たち。エティルは叫んだ。

「あの女たちはチョコレートの箱を投げつけ、三文小説や映画雑誌を積みあげ、あの汚らわしい赤いくちびるでわめくのだ！　われわれを通俗性で毒し、われわれの感受性を台なしにするのだ！　あの女たちを見ろ！　電気椅子に坐らされたようなあの姿！　あの忍び笑いや含み笑い！　みんな、あそこへ入って行く勇気があるか」

「あるさ」と、何人かの火星人が言った。

「油で揚げられるぞ、漂白されるぞ、変えられるぞ！　ばらばらに分解されて、ただの夫、ただの働き蜂に還元されてしまうぞ！　あの女たちは、男に金を払わせて、こんな所でチョコレートをしゃぶっているだけなのだ！　あんな女たちを操る勇気があるのか」

「あるともさ！」

遠くから一つの声がきこえた。甲高い女の声である、「あのまんなかの男、ちょっとイカすじゃない」

「火星人もわるかないわね。結局はただの男でしょ」と、もう一つの声が言った。「ねえ、ちょっと。ねえってば！　火星の兄さん！　ちょっと！」

エティルは大声をあげて逃げ出した……

彼は公園のベンチに腰をおろし、烈しく身をふるわせた。昼間の恐ろしい光景が、いまさらのように思い出される。暗い夜の空を見上げると、故郷から遠く離れていることが、ひしひしと感じられた。もう夜だというのに、公園の樹木の向こうを、地球人の女たちと腕を組んだ火星の兵士たちが歩いて行く。かれらは、安っぽい情緒を売る宮殿のほのぐらい闇のなかへ入って行って、灰色のスクリーンに動く白い影の発する怪しげな物音を聞くのだ。かたわらの縮れ毛の女たちは、せわしなく顎を動かして、にかわ状のガムを嚙む。座席の下には、女たちの歯型がついたガムが、いっぱい捨ててある。そこもまた映画館という名の洞窟。

「こんちは」

彼はぎょっとして振り向いた。

ひとりの女がベンチに腰をおろし、だらしなくガムを嚙んでいる。「逃げないでよ。嚙みつきゃしないから」と、女は言った。

「おお」と、彼が言った。

「映画みに行かない？」と、女は言った。

「いや、行かない」

「ねえ、いいじゃない」と、女は言った。「みんな、みに行ってるわよ」

「いや、行かない」と、彼は言った。「この世界では、みんな、映画館にしか行かないのか」

「映画館にしか？　いけないの？」女の青い目が不審そうに大きくなった。「どうしろって言うの。うちで本でも読めばいいの？　は、は！　おっかしくて」

エティルはしばし女を見つめてから、訊ねた。

「きみは、ほかにどんなことをする」

「ドライブ。あんた、車もってない？　ポドラー・シックスの新型のコンバーティブル、あれを買いなさいよ。すごい車！　ポドラー・シックスを乗りまわしてれば、女の子なんか、どこへだって、ついてっちゃうわよ、ほんと！」女はエティルにウインクした。「あんた、お金持ちなんでしょ？　火星から来た人だもの。ほんとに、ポドラー・シックスでも買って、ほうぼう乗りまわしたらいいじゃない」

「映画館へでも乗りつけるか」

「そうよ、どうして映画館じゃいけないの」

「いや、べつにわるくはないが」

「あんたの喋り方、へんね」と、女は言った。「共産党みたいよ！　そんな喋り方してたら、だあれも相手にしてくれないわよ。わたしたちの社会の、どこがそんなにいけないの。火星から来たあんたたちだって、ちゃんと歓迎してあげたじゃない。指一本あげなかったでしょ」

「そのことを考えていたんだ」と、エティルは言った。「なぜわれわれを歓迎してくれたんだね」

「そりゃ、わたしたちが、気が大きいからよ。そうよ！　わたしたちはコセコセしてないんだから。おぼえといてね」女はほかのカモを探しに、歩み去った。

エティルは気をとりなおして、妻に手紙を書き始めた。膝に便箋をひろげ、ゆっくりペンを走らせた。

愛するティラ――

だが、ふたたび邪魔が入った。顔色の蒼白い、皺の多い、いやに老けた感じのする少女が、エティルの鼻先で突然タンブリンを鳴らしたのである。

「兄弟よ」と、少女は目を光らせて叫んだ。「あなたは救われましたか」

「何か危険があるのですか」エティルはペンをとり落として跳びあがった。

「恐ろしい危険です！」と、少女はタンブリンを鳴らし、空を仰いで歌うように言った。

「兄弟よ、あなたは救われなければいけません。ぜひとも救われなければいけません！」

「わたしもそう思います」と、彼はふるえながら言った。

「わたしたちは今日すでに大勢の方々を救いました。あなた方、火星の方々も、三人救いました。すばらしいことではありませんか」少女はエティルに笑顔を見せた。

「そうですね」

少女は、きびしい顔になって、エティルにかがみこんだ。

「兄弟よ、あなたは洗礼をほどこされましたか」

「それは何のことですか」と、エティルは小声で言った。

「知らないのですか」と、少女は叫び、タンブリンを鳴らした。

「銃殺のようなものですか」と、彼は訊ねた。

「兄弟よ」と、少女は言った。「あなたは罪ぶかい状態におられます。何もかもあなたの環境のせいです。火星の学校はよほどよくないのですね。あなたは肝心なことを何一つ学んでおられない。兄弟よ、あなたは倖せになりたいのなら、洗礼をほどこされる必要があります」

「そうすれば、この世界でも倖せになれますか」と、彼は言った。

「あまりにも多くのものを求めてはなりません」と、少女は言った。「この世では、貧しさにあまんじるのです。なぜなら、あの世の生活はこの世とはくらべものにならないほど、すばらしいのですから」

「あちらのことはよく分かっています」と、彼は言った。

「そこは平和です」と、少女は言った。

「そう」

「そこは静かです」と、少女は言った。

「そう」

「乳と蜜が流れています」

「そうですとも」と、彼は言った。

「そして誰もが微笑しています」

「目に見えるようだ」と、彼は言った。

「よりよい世界です」と、少女は言った。

「よりよいどころじゃない」と、彼は言った。「まったく火星ほどすばらしい惑星はほかにないのです」

「あなたという方は」と、少女は烈しくタンブリンを鳴らした。「わたしをからかうのですか」

「とんでもない」彼はどぎまぎした。「あなたがおっしゃっていたのは、てっきり——」

「そんな不潔な火星の話をしていたのではありません！　あなたのような方は、いずれ地獄の火に焼かれ、悪魔に苦しめられ――」

「地球はほんとうにあまりいい所じゃありませんね。あなたがおっしゃる通りの、恐ろしい場所だ」

「また、わたしをからかうのですか！」と、少女は憤然と叫んだ。

「いや、いや、怒らないで下さい。そんなつもりで言ったんじゃありません」

「あなたはやっぱり異教徒ね」と、少女は言った。「異教徒にはいくら話しても仕方がないわ。この紙をあげます。あしたの晩、この番地へ来て、洗礼を受けなさい。そうすれば倖せになれます。とてもにぎやかな集会ですからね。バンドの音楽を聞きたかったら、ぜひいらっしゃい。ね？」

「なるべく行くようにします」と、彼はためらいがちに言った。

少女はまたタンブリンを叩き、『わたしは倖せ、いつも倖せ』と大声で歌いながら、街路を遠ざかって行った。

エティルは茫然とそれを見送ってから、ふたたび手紙を書き始めた。

愛するティラ、わたしはあまりにも素朴だった。地球人は銃や爆弾で、われわれに抵抗するだろうと思ったのは、悲しいかな、わたしの思い違いだった。ここには、リックや、ミックや、ジックや、バノン――例の地球を守りぬく英雄なぞは、影も形も見えない。そんな者はいないのだ。

ここにいるのは、ピンクのゴムのような体をした、ブロンドのロボットたちだ。かれらは実在の人間であるのに、どこかしら非現実的で、生きているのに、なぜかしら機械じかけの人形を連想させる。かれらはいつも洞窟にとじこもり、そのデルリエール（臀部）は信じられないほどの大きさだ。その目は、映画のスクリーンを見つめすぎたので、どろんとすわって動きがない。かれらの体で、ただ一つだけ発達した筋肉といえば、それは絶え間なくチューインガムを嚙む顎の筋肉なのだ。

そして、愛するティラ、こんな人間たちだけではない、ここの文明ぜんたいがいわば、コンクリート・ミキサーだ。われわれはそのなかに投げこまれたひとすくいの種子(たね)だ。おそらく生き残る者は一人もあるまい。われわれは武器にではなく歓迎に殺されるだろう。ロケットにではなく、自動車に殺されるだろう……

だれかが悲鳴をあげた。グシャリという音。もう一度グシャリ。静寂。

エティルは跳びあがった。公園の外の街路で、二台の車が衝突したのである。一台には火星人たちが乗っていた。もう一台には地球人が乗っていた。エティルはふたたび手紙を書きつづける。

愛する、愛するティラ、すこし統計を引用してみようか。このアメリカ大陸では、毎年四万五千人が死ぬ。交通事故でグシャリとつぶされるのだ。まっかなジェリーのまんなかに、まっしろな骨が、あたかも思いがけぬ思想のように浮き出ている。それでも車は人を詰めこんで走る、走る――むっつりと押し黙って。

街道のあちこちにながされた血は、緑色の夏のハエどもの大好物だ。人々はみんな万聖節（ハロウィーン）の仮面をかぶっている。万聖節（ハロウィーン）というのは、かれらの祭日だ。その前夜、かれらはひょっとすると自動車を拝むのではあるまいか。いずれにしろ、なにかしら死と関係のある祭にちがいない。

窓から眺めれば、つい今し方までは互いに無関係だった二人の人間が、仲良く折りかさなって死んでいる。わたしには、わが軍の未来が見えるようだ。火星軍はバラバラに分解させられ、妖婦たちとチューインガムの力で、映画館に引きずりこまれるだろう。あした、わたしはなんとかして火星へ帰る手段を講じるつもりだ。手おくれにならぬうちに、帰りたい。

わたしのティラ、こんな情けない地球を救うはずの男は、今ごろどこでどうしているのだろう。きっと失業中なのだ。彼の機械には埃がたかっている。彼自身は、トランプでもして無聊をもてあましているのだろう。

このよこしまな惑星の女たちは、われわれを月並みな感傷とロマンスの大波に溺らす気らしい。そしてグリセリン業者たちは、われわれを原料に利用するだろう。おやすみ、ティラ。幸運を祈っておくれ。わたしの逃亡はたぶん成功しないだろうが。息子にわたしの愛を伝えておくれ。

声を立てずに泣きながら、彼は手紙を折りたたんだ。あとでロケット基地のポストに入れよう。

彼は公園を出た。これからどうしよう。逃亡か？　しかし、どうやって逃亡する。夜ふけにこっそり基地へ戻って、ロケットを盗んで、一人で火星へ帰るか。そんなことができるだろうか。エティルはあたまをふった。もう何が何やら分からない。

一つだけはっきりしている。これ以上ここにとどまれば、あれらブンブン・シュウシュウいうもの、悪臭を発するものどもの虜になってしまうということ。あと半年もここにいれば、彼は胃潰瘍にかかるだろう。高血圧に苦しむだろう。目は強度の近眼になるだろう。夜な夜な、海のように深く、迷路のように涯しない悪夢に悩まされ、死にものぐるいで目をさますだろう。いやだ、いやだ。

狂ったように死の箱を乗りまわす地球人たちを、エティルはぼんやりと眺めた。まもなく——そう、もうじき——かれらは銀のハンドルが六つもついた自動車を作るだろう！

「おおい！」

警笛。大きな柩に似た細長い自動車が、近づいて来てピタリととまった。一人の男が窓から顔を出した。

「あんた、火星の人？」

「そうです」

「こりゃ、そのものズバリだ。ちょっとこの車に乗ってくれませんか――おもしろい話があるんだ。さあ。ゆっくりお話できる所へ案内しますよ。さあ――そんなとこに立っていないで」

催眠術をかけられたように、エティルは車のドアをあけ、乗りこんだ。

すぐに車は走り出した。

「なんにしましょうか、E・V（エティル・ヴァライをつづめて）？　マンハッタンはどう？　ボーイ君、マンハッタンを二つね。オーケー、E・V。わたしのおごりですよ。わたしと、ビッグ・スタジオのね！　財布なんか出しちゃいけない。とにかく、逢えてよかったですよ、E・V。わたしはR・R・ヴァン・プランクです。この名前は、どこかでお聞きになったことがあるでしょう。ない？　まあ、とにかく、今後よろしくお願いします」

エティルは、自分の手が握りしめられ、放されるのを感じた。ここは、音楽のきこえる暗い洞窟である。ボーイたちが忙しそうに行き来する。もう飲みものが二つ、テーブルの上に置いてある。何もかも、あっというまの出来事だった。両腕を組んだヴァン・プランクは、火星人をじっと観察した。

「あんたにお願いしたいことというのはね、E・V、こうなんですよ。実をいえば、こんなすばらしいアイデアを思いついたのは、わたしも初めての経験なんです。なんでこんなことを考えついたか、とにかくチラッとひらめいたんですな。今晩、わたしは自宅におりました。と、急にひらめいた。これだ、これなら映画(しゃしん)になる！『火星人襲来』！さあ、とりあえず何をなすべきか。この映画のアドバイザーを探さなきゃいかん。で、車を飛ばしているうちに、あんたを見つけた、とまあ、こういうわけです。さ、どうぞ、ま、一ぱい！　あんたの御健康と、われわれの未来のために、乾杯！」

「しかし――」と、エティルが言った。

「分かってますよ、お金のことでしょう。それならザクザクうなってます、心配御無用。それに、ほら、この黒い手帖ね、これには桃(美人)がいっぱい詰まっています。いつでも御紹介しますさ」

「ここの、地球の果物は、あまり好きませんし――」

「いや、正直いって、あんたは切り札ですわ。とにかく、まあ、わたしの腹案を聞いてくれませんか」男は熱心に体を乗り出した。「まず、小田原評定をやっている火星人のシーンです。太鼓を鳴らしたりして、大騒ぎでね。バックには大きな銀色の町が――」

「しかし、火星の町はそういう色では――」

「これはカラーですからね。総天然色というやつ。まあ、わたしのプランを聞いて下さいよ。次に、火星人は焚き火をかこんで踊りをおどる――」

「わたしたちは焚き火をかこんで踊ったりなぞ――」

「この映画では、焚き火も踊りも必要なんです」と、自信たっぷりに、目をつぶって、ヴァン・プランクは言い切った。それから、独りでうなずいて、夢みるような口調でつづけた。「次に、火星美人の登場です。背の高いブロンド娘」

「火星の女性はみな黒い髪で――」

「ああ、やんなっちゃうな、E・V、そういちいちダメ出しをされちゃあ。ところで、あんた名前を変えたほうがいいな。ええと、御本名は何でしたっけ」

「エティル」

「そりゃ女の名前だ。もっといい名を考えてあげましょう。そうだ、ジョーがいい。オーケー、ジョー。で、この映画に限り、火星の女性はブロンドでなくちゃいかんのです。なぜかって、ほら、分かるでしょう。ね、ここんところは妥協して下さいな。むろん、あんたの御意向は尊重しますが」

「わたしの考えでは――」

「その次には、こう、ぐっと泣かせるシーンが必要ですな。たとえば、ロケットに流星かなんかがぶつかって、乗組員が瀕死の重傷を負う。それを火星の一女性が救うといった具合にね。これが第一の山になる。いやあ、あんたにお目にかかって助かりましたよ、ジョー。お互いに、ひとつ、大きく当てようじゃないですか」

エティルは手をのばして、男の手頸をつかんだ。「ちょっと待って下さい。お訊ねしたいことがあります」

「いいですとも、なんなりと」

「なぜあなた方は、われわれに親切にして下さるのです。われわれはこの惑星に侵入して来たのに、あなた方はこぞって歓迎して下さった。なぜです」

「ああ、火星というのは無邪気なとこだな。あんたも、わりと素直なタイプですね――さっきからそう思ってました。よろしいですか。われわれ地球人はちっぽけな人種である。ちがいますか」男はエメラルドの指輪をはめた小さな手を振った。

「われわれはまことに平凡俗悪な人種である。違いますか。地球人はですね、そのことを誇りにしてるんです。今や常識人の時代ですよ。だからこそ、われわれは強いんだ。あんた方がやってきたこの惑星は、サローヤン――みんながうようよしている星です。そうですとも。ね、あの劇作家のサローヤンみたいな人間がみんなを愛してる平和な世界。あんた方火星人のことだって、ね、ジョー、われわれはようく理解してるつもりです。あんた方はなぜ地球に侵入して来たか。あんた方は、あの寒いつめたい火星で淋しかった。あんた方は地球の町にあこがれていた――」

「わたしたちの文明は、地球の文明よりもずっと古くて――」

「ああ、ジョー、頼むから話の腰を折らないで欲しいな。わたしの話がすんだら、いくらでも喋ってくださいよ。とにかく、あんた方は火星で淋しかった。で、われわれの町や、女や、いろんなものを見物しに来た。われわれはあたたかくそれを迎えた。あんた方だって平凡人だもの。われわれ同様にね。

　そのチャンスをとらえてですね、この火星人襲来から若干の利潤を引き出そうちゅうわけです。たとえば、この映画。こいつは、どうすくなく見つもっても、十億ドルの儲けになる。そうだ、来週そうそう、特製の火星人形というやつをダース三十ドルぐらいで売り出しませんか。これまた大当たり疑いなし。それから、火星ゲームというのを、五ドルで売り出すことは、もう話がついてます。どうです、いろんな手があるでしょう」

「なるほど」と、エティルは小さくなって言った。

「それに、あんた方は、むろん新しい市場になるわけだ。考えてごらんなさい、脱毛剤にしろ、ガムにしろ、靴磨きにしろ、あんた方の分だけ需要がふえるんですからねえ」

「ちょっと、もう一つ質問があります」

「どうぞ」

「あなたのお名前は？　R・Rというのは何の略ですか」

「リチャード・ロバートですよ」

エティルは天井を見上げた。「そのお名前は、ひょっとして、ときどき、リックと呼ばれたりしませんか」

「よく御存知ですね。そう、リックといいますよ」

エティルは溜息をつき、途端にげらげら笑い出した。「じゃあ、あなたがリックか。リック！　ああ、あなたがリックだったのか！」

「何がそんなにおかしいんです。教えて下さいよ！」

「いや、ただの思い出し笑いです。は、は！」涙が頬をつたい、ひらいた口のなかに入る。エティルは拳をかためて何度もテーブルを叩いた。「あなたがリックか。ああ、まるっきりちがう、滑稽だ。たくましい筋肉もない、頑丈な顎もない、拳銃もない。金を詰めこんだ財布と、エメラルドの指輪と、太鼓腹だけだ！」

「なんですね、失礼な！　わたしは、そりゃ、アポロみたいな美男子じゃないが、それにしても――」

「握手しましょう、リック。あなたですよ、わたしが前からお目にかかりたいと思っていた人物は。あなたこそは火星を征服する人物だ。カクテル・シェーカーと、ポーカー・チップスと、乗馬鞭と、革長靴と、碁盤縞の鳥打帽と、ラム・コリンズとでもってね」

「いやあ、わたしなんざ、一介のビジネスマンでね」と、ヴァン・プランクは、照れて言った。「わたしはただ仕事に精出して、ささやかな利潤をいただくだけですよ。それはそうと、さっきから思ってたんだが、いろんなコミック・ブックね、ああいう漫画本を、火星に輸出したら、どんなもんでしょう。ね、今まで漫画を見たこともない火星人だ。こりゃアイデアじゃないですか！　われわれは火星という広大な市場を開拓する。火星人は勤勉になりますぜ、なりますとも！　香水だの、パリの新型ドレスだの、オシュコシュのオーバーオールだの、そういうもんがどッとはいってきたら、勤勉にならずにいられるもんですか。それに靴だって、ピカピカの──」

「わたしたちは靴をはきません」

「靴をはかない？　火星人はみんな浮浪者かね。よろしい、ジョー、その点はまかしときなさい。あらゆる火星人に靴をはかせよう。靴をはくようになったら、靴ズミを売りつけるんだ！」

「ああ」

男はエティルの腕をピシャリと叩いた。「これで話はつきましたね。わたしの映画のテクニカル・ディレクター、やってくれますね。まずは週給二百ドル、そのうちに五百まで上げるということで、どうです。御希望は？」

「気分がわるくなってきた」と、エティルは言った。マンハッタンの飲みすぎだろうか。

顔が蒼白である。

「こりゃ、わるかった。酒に弱いんですね。外の空気にあたりますか」

新鮮な空気を吸うと、エティルは、すこし気分がよくなった。だが、まだ足はふらふらする。

「そうか、だから地球はわれわれを受け入れたのか」

「そうともさ。地球人はどいつもこいつも、いっぱしの商売人だよ。お客様はつねに正しいってやつでね。喧嘩をしちゃお終いだ。さ、これがわたしの名刺。あしたの朝九時に、ハリウッドのスタジオへ来て下さい。あんたのオフィスを作っときますからね。わたしは十一時に出ますから、そのときお目にかかりましょう。ちゃんと九時に出て下さいよ。規則だからね」

「どうしてです」

「は、あんたは妙な男だなあ。しかし、気に入った。おやすみ。頼みますぜ!」

車は走り去った。

エティルは目をパチクリさせて、車を見おくった。それから、てのひらで眉のあたりをこすり、ゆっくりとロケット基地へむかって歩き出した。

「さあ、お前はこれからどうする」と、声に出して彼は言った。

ロケットの群れは月光に照らされて静まりかえっていた。町からは、かすかに歓楽のどよめきがきこえてくる。医療所では、急性神経衰弱の患者が治療を受けていた。さまざまなものを見すぎた、さまざまな酒を飲みすぎた、酒場の赤と黄色の箱(ボックス)でさまざまな唄を聴きすぎた、さまざまな象そっくりの女たちに追いまわされすぎた、その若い火星人は、ひっきりなしにぶつぶつ呟いていた。

「息ができない……つぶされる……罠にかかった……」

すすり泣きは消えていった。エティルは医療所の蔭から出て、月あかりのなか、ロケットの方へ歩いて行った。監視兵たちは酔いつぶれている。エティルは耳をすました。町から車や音楽やサイレンのかすかな響きが伝わってくる。彼にはそのほかの音もきこえるような気がした。どこかしらで、巨大な機械が廻転し、ちょうどビールを醸造するように、火星の兵士たちを肥らせ、怠け心や忘れっぽさを育てている。映画館の麻薬じみた声々は、火星人たちを眠りへと誘う。その眠りのなかを、火星人たちは今後死ぬまで夢遊病者のように歩きつづけるだろう。

あと一年たてば、肝硬変症で、腎臓炎で、高血圧で、どれだけの火星人が死ぬことだろう。何人が自殺するだろうか。

エティルは、がらんとした街路のまんなかに立っていた。二ブロックほど向こうから、一台の車が、こちらへ走ってくる。

エティルは選択しなければならない。ここにとどまり、スタジオの仕事に入ることが一つだ。毎朝のように進行状況を報告し、アドバイザーとして、適当にプロデューサーの御機嫌をとり、そう、たとえば火星に大虐殺があったことにしなければならぬ。そう、火星の女性は背が高くて、髪はブロンドです。そう、火星人は焚き火をかこんで踊りをおどり、いけにえを捧げたりします。その通り、その通り、その通り。これをやらないとすれば、今すぐロケットに乗って、たった一人で火星へ帰ること。

「しかし、来年はどうなる」と、彼は言った。

火星には、ナイト・クラブ「青い運河」が建てられるだろう。首都のどまんなかでは、カジノが営業を始めるだろう。そう、火星の首都のどまんなかでだ！　ネオンが輝き、競馬が始まり、先祖を祭った墓地では、みんながピクニックの弁当をひろげるだろう。そうなるにきまっている、きまっている。

だが、まだ大丈夫だ。数日後に、彼は自宅へ帰れる。ティラは息子といっしょに待っているだろう。彼は妻と手をとりあい、静かな運河の岸辺へ出て、おもむろに書物をひもとくだろう。すばらしいワインを飲むだろう。ネオンの毒々しい光が輝き始めるまで、しばしの生活を楽しむだろう。

そのあとは、ティラを連れて、青い山脈に疎開しよう。そこで、さらに一、二年は大丈夫だろう。だが、ある日、観光客がカメラをぶらさげてやって来る。そして、ここは鄙びているねえ、などと言うだろう。

そのとき彼がティラに言うことばまで、いまから予想できる。「戦争はよくないが、平和は生き地獄だ」

幅ひろい街路のまんなかに、彼は突っ立っていた。

ふと振り向くと、まるで当然のことのように、車が迫って来た。黄色い喊声をあげる子供たちを詰めこんだ自動車。どう見ても十六歳以下の少年少女をぎっしり乗せたそのオープン・カーは、街路をジグザグに暴走してくる。子供たちはエティルをゆびさし、わめいている。エンジンの音がすぐそばにきこえた。時速六十マイルで突っ走る車。

彼は駆け出した。

車がのしかかってきたとき、彼はぼんやりと思った。そう、そうだ、なんと奇妙な、悲しいことだろう。この音は……コンクリート・ミキサーにそっくり。

マリオネット株式会社

二人は、午後十時の夜の街路を、ゆっくりと、もの静かな会話をかわしながら歩いていた。いずれも年は三十五、六、そしていずれも、まるで素面だった。

「だってさ、どうしてこんなに早く?」スミスがいった。

「それはねえ」とブローリング。

「なん年ぶりかではじめての久しぶりの夜に十時やそこらで帰るって法があるかい」

「おくびょうだからだろうなあ」

「おれが不思議でならないのは、そんなでよく今夜出てこれたってことだね。おれはきみを軽く飲みに連れだそうと十年がかりで努力した。そして、ようやっと出たその第一夜に、早く帰って寝るなんて強情はってるんだ」

「欲ばらんことにしてるのさ、ぼくは」とブローリングは答える。

「いったい、どうやって出て来た？　奥さんのコーヒーなんかに睡眠薬でも仕込んだのか？」

「いいや。そんなのは不道徳だ。いますぐわかるよ」

二人は曲がり角をまがった。

「正直な話ねえ、ブローリング、こんなこた、いいたくないが、きみは奥さんに、じつに忍耐づよいもんだな。認めたくなきゃ認めないでもいいが……きみらの結婚生活、きみにとっちゃずいぶんと辛かったじゃないのか？」

「そんなこたないさ」

「なんか知らないが、あちこちでずいぶん噂を聞くぜ——奥さんが、どんな手をつかってきみと結婚したか。そら、一九七九年に、きみがリオに行くはずだったころ——」

「ああ、リオねえ。あれだけいろんな計画を立てたが、とうとう行かずじまいだった」

「なんでも、自分で着てるものを引き裂いて、髪をざんばらにして、うんといわなきゃ警察に訴えるって脅したっていう話だな」

「あいつはいつも神経質なんだよ、スミス、同情してやらなくちゃ」

「だってあんまり度がすぎるぜ。きみは奥さんを愛しちゃいなかったんだ。きみだって、そのことは、はっきりいったんだろ？」

「そういえば、そのことだけは、自信もっていいきれたね」

「そのくせ、きみらは、結婚した」

「ぼくには大事な事業があった。父や母のことも考えてやらなきゃならなかった。警察沙汰なんぞになったら、父や母はショックで死んでしまったろう」

「そして十年というものが経った」

「そうだ」と答えるブローリングの灰色の瞳に、ふいに気力が籠って見えた。「しかし、もうそろそろ、変わってもいいころだと思う。ぼくの、待ちに待っていたものが、とうとうやってきたんだ。これを見てくれ」

彼は、細長い青色の切符を取り出して見せた。

「おい！ こりゃ、この木曜のリオ行きロケットの切符じゃないか！」

「そうだよ。とうとう、ものにするとこなんだよ」

「そいつあすばらしいな！ いや、たしかに、きみにゃその資格はある――しかし……奥さんが反対しないのか？ 大騒ぎをおっぱじめるんじゃないか？」

ブローリングは神経質な笑みを口もとに浮かべた。「あれは、ぼくの行くことなんか知らないさ。ぼくは一ヵ月で帰ってくるし、きみ以外、だれもこのことは知らないんだ」

スミスは長嘆息した。「いっしょに行きたいがなあ、ぼくも」

「なんだスミス……きみらの結婚生活も、かならずしもバラの褥（しとね）じゃないっていうわけなのか？」

「かならずしもね。ぼくは……つまり、夫を愛しすぎる女と結婚しちゃったんだよ。それは、結構なことじゃある。しかし、だれだって結婚して十年にもなれば、いくら最愛の妻からだって、毎晩二時間も膝の上にだっこされたがったり、会社へ十回も二十回も用もない電話をかけてきて、甘ったるいお喋りをされたりしたくはなかろう。しかもそれが、先月ごろから、いっそう激しくなったんだ。あいつ、すこし、頭がおかしいんじゃないかと思うほどだよ」

「あいかわらず保守派だよ、きみは、スミス。さあ、家へ着いた。ところで、きみはぼくの秘密が知りたいか？　ぼくがどうして今夜外出できたかを」

「ほんきで話すか？」

「あそこを見てみろ、そら！」ブローリングが、いきなりいった。

二人は、並んで、闇をすかして前を見た。目の前の二階の窓のシェードが上がった。そして、そこから男がひとり――年のころ三十五、六、顳顬（こめかみ）の両側に白いものがちらほら見え、グレイのやや悲しげな目つきをし、うっすら、ちいさな口髭を生やした顔が、じっと二人を見おろした。

「あ、あれは――きみじゃないか！」スミスが叫んだ。

「しーッ！　そんな大声をたてないで！」ブローリングが手をあげて振った。窓の男は、心得顔の仕種をすると、ふっと窓口から消えた。

「気がくるったんだな、おれは」とスミスが言った。

「まあ、もうちょっと待ってみろ」

二人はそのまま待った。

アパートのサイド・ドアがあいて、すらりと背のたかい、悲しげな目つきの口髭の紳士が、二人のほうにすすみ出た。

「今晩は、ブローリング」と紳士はいった。

「今晩は、ブローリング」とブローリングも言った。

二人はまったくの瓜二つだった。

スミスは目をむいた。「このひと、きみの双生児の兄弟なのか？　ちっとも知らなかった、この……」

「ちがうよ」とブローリングは言葉しずかにさえぎって、「ずっとちかよって、かがんで、ブローリング二号の胸に耳をあててみろ」

スミスはためらったが、勇を鼓してかがみこむと、びくともしない相手の胸の、あばらのあたりに頭をちかづけた。

かっち・かっち・かち・かっち・かっち・かっち・かち・かっち……

「うわっ！　ま、まさか、こんなことが……」

「あるのさ」

「もう一ぺん聞かしてくれ」

かち・かっち・かっち・かち・かっち・かっち・かち……

スミスは、よろよろと後しざりし、目をしばたたいた。呆気にとられて、口もきけなかった。手をのばして、そのものの、温かい頬や手に触れてみた。

「いったい、どこで手に入れたんだ？」

「じつに見事なもんだろう？」

「信じられないくらいだ。どこだ、どこで買ったんだ？」

「このひとに説明書をやってくれ、ブローリング二号」

ブローリング二号は手品めいた手つきをして、どこからか白いカードを取り出した。

マリオネット株式会社

ご本人またはご友人の複製ロボットの製作をいたします。新ヒューマノイド・プラスチック・モデル一九九〇種は、完全自動・無故障・無損耗保証つきです。七千六百ドルより一万五千ドルのデラックス型まで。


「まさか」とスミス。

「ほんとうだよ」とブローリング。

「もちろんです」とブローリング二号も言った。

「いつごろから、こんなことが?」

「ぼくはこれを買って一カ月になる。地下室の道具箱のなかにしまってあるんだ。女房はぜったい地下室に降りないし、道具箱の鍵は、ぼくしか持っていない。今晩、ぼくは、女房に、葉巻を買いに行ってくると言ったんだ。そして地下室に降り、ブローリング二号を道具箱から出して、階上の女房のそばに行かせた。そのあいだに、ぼくは出かけて、きみと会ったというわけだよ」

「すごい! においまで、きみそっくりじゃないか。ボンド・ストリートとメラクリノスのにおいだ」

「無用の区別だてをすればいけないことかもしれないが、ぼくとしてはすこぶる道徳的なつもりなんだ。女房が求めているのは、要するにこのぼくだ。そして、このロボットは、髪の毛一本にいたるまでぼくなんだ。ぼくは今晩ずっと家にいた。今晩からさき一カ月のあいだ、ぼくはずっと家にいる。そのあいだに、もう一人のブローリングという男が、十年間恋い焦れていたリオへ旅立ってゆくのさ。一カ月後に、リオから帰ってきたら、このブローリング二号は、もとの道具箱へ帰ってゆくんだ」

スミスは一、二分のあいだ、黙って考えこんでいた。「この……ロボットは、一カ月のあいだ、ぜんぜん補給なしでやってゆけるかい?」

「必要とあれば半年は保つよ。それに、人間のやることとならなんでもできるように設計されているんだ。飲み食いはもちろん、眠ることもできれば汗もかく、要するに、なんでもだね。自然といって、これほど自然に振る舞うことができないほどね。ブローリング二号、ぼくの留守のあいだ、女房のほうはよろしくたのんだよ、いいな？」

「奥さんは非常にいい人だ」とブローリング二号が答えた。「ぼくは、だんだん、好きになってきましたよ」

スミスは小きざみに震えだした。

「こ、この……マリオネット株式会社というのは、いつごろから事業をはじめたんだ？」

「非合法だが、二年前からだよ」

「それじゃぼくも……つまりだな、つまり、もしかりにぼくが……」言いかけて、スミスは友の肘を鷲掴みにした。「ぼくにも、場所を教えてくれないか、この会社の。ぼくも、自分用にひとつこのロボット――マリオネットがほしいんだ。会社の住所を教えてもらうわけにはいかないか？」

「ここに書いてあるよ」

スミスは、カードを取りあげて裏がえし、ひねくりまわした。「ありがとう、感謝するよ」と、彼は言った。「誤解しないでくれよな、ブローリング。わかってもらえないかもしれないが、ほんのちょっとの息抜きがほしいだけなんだ、ぼくは。ほんの一晩か二晩、一ヵ月に一回かそこらの息抜きがね。おれの女房は、おれを愛するあまりに、ただの一時間でも、おれにどこかへ行かれるということに耐えられないんだな、そりゃ、おれは女房を愛してるよ、それはきみだって知ってるとおりだ。しかし、それこそ昔の詩にあるように、『愛は力たりざるときは飛び去って還らず、力あまればついには滅ぶ』だよ。おれは、女房に、もうすこし愛しかたを加減してもらいたいんだ」

「きみはいいな。すくなくともきみの場合、奥さんはきみを愛してるんだ。ぼくの場合は憎しみだからな、それほど楽じゃないんだよ」

「そりゃそうだよ。ネティーはおれを狂ったみたいに愛してる。だからこそおれは、愛されておれが気持ちのいいような愛しかたを、女房にさせるように持ってゆかなきゃならないんだ」

「まあ、うまくやってくれよ。ぼくがリオに行ってるあいだも、時どきは、いままでどおり家へ寄ってみてくれね。きみが急に来なくなったりすると女房が変に思うだろうからね。きみはこのブローリング二号を、ぼくだと思って、ぼく同然につきあってくれればいいんだ」

「よしわかった。それじゃ元気で。ありがとう」

スミスは満面に笑みをたたえながら、街路を歩み去って行った。ブローリングとブローリング二号とは、きびすをかえして、アパートのホールへ足を踏み入れた。

市内縦貫バスに乗ってから、スミスは軽く口笛を吹きながら、手のなかの白いカードをそっと裏がえしてみた。

契約者は絶対の秘密厳守を誓約していただきます。目下、当社を合法化する関係法案が下院に提出されておりますが、現段階においてはマリオネットの使用は違法であり、もし官憲の摘発を受けた場合には犯罪とみなされることをご承知おきください。

「なるほど」スミスは口の中で言った。

契約者は各自の身体の台型を作製し、また、眼、唇、髪、皮膚の色調のチェック・リストを準備しなければなりません。この期間は、約二カ月を要するものとお考えねがいます。

二カ月ならばそれほど長くはない、とスミスは考えた。いまから二カ月のちには、いままで、さんざひどい目にあっていたこのおれの身体にも、修繕の機会を与えてやれるのだ。今から二カ月たてば、この手も、ひっきりなしに握られづめであることから解放されて痛みがとれよう。二カ月たてば、なま傷の絶えないこの下唇も、もとのかたちを取り戻せよう。なにもおれは、女房に文句を言ってるわけじゃない、そうじゃなくて……彼はカードを裏がえした。

マリオネット株式会社は創立以来二年をむかえ、多数の顧客様のご満足を頂いた輝かしい実績を持っております。『完全自動無損耗』が、わが社のモットーであります。
本社　サウス・ウエズリー・ドライブ　四三番地

バスが、彼の降りる停留所にとまった。スミスはひらりと飛びおりた。そして、鼻うたまじりに家の階段をのぼりながらも、彼は考えていた。ネティーとおれには、共同名義の銀行預金が一万五千ドルある。あのなかから、そっと八千ドルだけ、引き出せばいい。もし聞かれたら、事業上の思惑に使うとでも、そこはどうでも理由がつく。そのくらいの金は、ロボットが、すぐに埋め合わせてくれるだろう――おそらくは、いろんなかたちの利子までついて戻ってくるのだ。わざわざネティーに教える必要はどこにもない。彼はドアの鍵をあけ、一分後にはもう寝室に入っていた。そこにはネティーがひっそりと寝ていた――血色のわるい、だぶだぶの大きな身体が、敬虔の念さえおこさせる静かな眠りを眠っている――。
「ああ、ネティー」

うす闇のなかに、なにも知らずに眠っている邪気のない妻のその顔が、彼の心を後悔の念で満たして、危うく圧倒されそうになった。

「もしいま目を覚ましていたら、おまえは、キスの雨でおれの息を詰まらせ、おれの耳に甘い睦言をささやくのだろうね。おれは自分が罪ぶかい悪人のように思えてならない。それほど、おまえは、心やさしい愛すべき妻なのだ。時おりおれは、おまえが、かつて愛していたあのバッド・チャプマンでなく、このおれと結婚してくれたことが、どうしても現実と信じられなくなることがある。おまえは先月ごろから、今までにもまして、狂おしいほどおれを愛してくれるようになった――」

涙がまぶたに押しあがってきた。とつぜんスミスは、妻の唇にキスしたい、ほとんど抵抗しがたい衝動を感じた。彼の愛をもう一度誓い、あのカードなど破り捨て、マリオネットもなにもかも忘れ去ってしまいたい衝動に。だが、そうしようと一歩足を踏みだしたら、彼の手がいたみ、あばらがきしんで、呻きを洩らした。彼はそこで立ちどまり、悲痛な表情を目に浮かべつつ、寝台からまわれ右をした。広間にとってかえし、まっくらな部屋から部屋へと通りすぎてゆくうちに、いつか鼻うたが舞い戻ってきていた。彼は書斎のキドニイのデスクをあけ、預金通帳を、盗むように取り出した。

「八千ドルだけ出しゃいいんだ」とひとりごちた。「それ以上はいらないんだ」彼はぎくんと言葉を切った。「ちょっと待てよ」

スミスは預金通帳を、狂気のようにしらべなおした。「待ってんだ！」大声でどなる。「一万ドル足りないじゃないか！」跳びあがった。「五千ドルしか残っていない！　あいつ、なんに使ったんだろう？　いったいネティーのやつ？　なんにこんなに無駄遣いしやがったんだろう？　またくだらん帽子や、香水や洋服だな——でなきゃ……まてよ……わかった！　れいのハドスン河のそばの家、あれを買っちまったんだ！　何カ月か前から、欲しい欲しいと騒いでたと思ったら、ちきしょう、夫の許しを得ようともしないで！」

スミスは猛りくるって寝室に突進した。憤激と正義の怒りに胸が燃えあがっていた。いったいどういう気でいるんだ、二人の共同の金を、こんなことに使うなんて！　彼は妻の身体の上にかがみこんだ。「ネティー！」どなりつけた。「ネティー、おきなさい！」

妻は身動きしなかった。「いったいおまえは、おれの金をどうしたんだ！」スミスは咆えた。

ネティーは、ぎくっと身動きした。街頭から流れこむ光線が、妻のきれいな両頰を一瞬あかあかと照らした。

それが、どこか、妙だったのだ。スミスの心臓は、いきなり奔馬の勢いで搏（う）ちはじめた。舌が乾いてからからになっていた。身体が、がたがたと震えた。両の膝頭が、とつぜん、水にかわったようだった。彼はがくんとひざまずいた。「ネティー、おい、おまえ！」彼は喚いた。「おれの金をなんに使ったんだよ！」

言い終わったとたん、ある恐ろしい予感がした。ついで、恐怖と孤独とが、ひと呑みに彼を呑みこんだ。悪熱と幻滅とがそれに入れ替わった。なぜなら——意志でないなにものかに引きずられて身をかがめ、そうする気もなくなおも身を乗りだして、熱病に罹ったようにかっかと火照る耳を、妻のまるい桃色の胸にしっかと押しつけたからだ。「ネティー！」彼は絶叫した。

そこに取りかえしのつかぬ音。

かっち・かっち・かち・かち・かっち・かっち・かっち・かっち・かち・かっち……

スミスが夜の街路を歩み去っていったあと、ブローリングとブローリング二号とは、アパートの玄関を入って部屋にむかった。「彼にも役に立てばぼくは嬉しい」とブローリング二号が言った。

「ええ」と、ブローリング二号の返事はうわのそらだった。

「さて、地下の道具箱へ御帰館ねがおうか、B‐二号くん」と、ブローリングは、ロボットの肘に触れて、地下室への階段のほうへ導いていった。

「じつはそのことで、あなたとお話があるのです」と、ブローリング二号が言った。二人は地階に行きついて、コンクリートの床を歩きかけていた。「この地下室です。ぼくはここが好きになれない。道具箱も気にいらないんです」

「なんとか工夫して、もうすこし居心地がいいようにしてやるよ」

「ぼくらマリオネットは活動するように設計されているんです。じっとしてるようにはできていない。あなたは、あんな箱の中に、ほとんどの時間おし込められて寝かされているのは好きですか?」

「それはまあ——」

「とても好きにはなれませんよ。ぼくは動きつづけます。そうすりゃ、ぼくを閉じこめることはできないんだ。ぼくは完全に生きてるんですよ。感情というものがあるんですよ」

「もう二、三日の辛抱だよ。ぼくはすぐリオに発つ。そうすればおまえは箱の中にいる必要はなくなる。階上でちゃんと住めるんじゃないか」

ブローリング二号は苛立った身振りをした。「そして、あなたが、さんざいい思いをして帰って来たら? ぼくはまた箱の中へ逆戻りなんだ」

「会社じゃ、不平をいう製品にぶつかることもあるなんて、ひとことも教えてくれなかったな」ブローリングが言った。

「会社の連中の知らないことは、いくらでもありますよ」とブローリング二号が言った。

「ぼくらは非常に新しい。非常に感受能力が鋭敏なんです。ぼくには、ぼくらが寒いところに縛りつけられてちぢかんでいるのに、あんただけが温かいリオへ行って太陽の下で笑ったりのうのうと日向ぼっこをしたりするというのがじつに気にいらんですね」

「しかしぼくは、今度の旅行を、一生涯ゆめに見つづけてきたんだ」と、ブローリングは言葉しずかにいい返した。

目をほそめると、まぶたの裏に、リオの青い海原と、みどり濃い山々と、黄色いちめんの砂浜とが浮かぶのだ。くだける波の音が、心の奥底にまで響くようで、すばらしい気分だった。はだかの肩にふりそそぐ太陽がまた快い。そして酒。酒がなにしろすばらしいんだ……。

「ぼくは決してリオへは行けない」と、相手が言った。「そのこと、考えてみたことがありますか？」

「いや。ぼくは――」

「それからもうひとつ。あんたの奥さんのこと」

「女房がどうしたって？」訊きかえしながら、ブローリングはそろそろとドアのほうへにじりよりはじめた。

「ぼくは、奥さんが、とても好きになってきた」

「仕事がエンジョイできるというのは、たいへん結構なことだね」ブローリングは不安げに上唇をなめていた。

「ぼくの言うことがわかってもらえないらしい。ぼくは――つまりぼくは、奥さんに恋しているのですよ」

って？」

ブローリングはもう一歩あるいて、その場に棒立ちになった。「きみが……なにしてる

「そしてぼくは考えている」とブローリング二号は続けた。「リオはどんなにすばらしい

だろう、そのリオへは、ぼくはけっして行けないんだ、とね。それから奥さんとぼくとの

ことを考えて――そして、ぼくらは、そうしようと思えば、非常に幸福にもなれるんだと

思った」

「そ――そりゃ結構だ」ブローリングは、あらんかぎりの工夫で何気なさを装いながら、

ドアに近よって行った。「すまないがちょっと待ってもらえないかね。電話を一本かけて

こなきゃ」

「だれに？」ブローリング二号の眉根がきゅっと寄った。

「なに、だれってほどのひとじゃない」

「マリオネット株式会社だな？　会社の連中に、ぼくを引き取りに来いというつもりだ

な？」

「ちがう、ちがう、そんなことじゃない！」

言いながら、彼はドアに駆けよった。外へ逃れ出ようとした。金属的な握力をもった手

が、しっかと彼の手頸をおさえた。

「逃げるな」

「手をはなせ！」

「だめだ」

「女房のやつにいい含められたな？」

「ちがう」

「女房のやつ、気がついたのか？　それでおまえに言いつけたのか？　知ってるんだな？　そうだな？」ブローリングは喚きたてた。手が、彼の口をおおった。

「あんたにはわからないだろう」ブローリング二号はなぞめいた笑みを頬に浮かべた。

「永久にわかりゃしない」

　ブローリングはもがいた。

「あいつが感づいたにちがいない！　あいつが、おまえを、たらしこんだにちがいないんだ！」

　ブローリング二号が言った。「ぼくはあんたを道具箱に入れる。鍵をかけて、その鍵をどこかになくしてしまう。それから、奥さんのぶんのリオ行きの切符を買いにゆく」

「おい、たのむ、ちょっと、ちょっと待ってくれ。早まっちゃいかん。ひとつ、よく話しあってみようじゃないか！」

「さよなら、ブローリング」

　ブローリングは、ふいに硬直したように身体をこわばらせた。「ど、どういう意味だ―

―さよならとは？」

十分ののち、ブローリング夫人は目を覚ました。手で、頬にさわってみた。だれかがそこに、たったいまキスしたのだ。ぶるっと震えて、見あげて――「まあ、あなたなの――こんなこと、もうなん年もしてくれなかったのに……」彼女は小さく呟いた。

「そのことだよ」と、だれかが、言った。「なんとかできるものかどうか、二人して努力してみようじゃないか」

町

町は二万年待った。

その惑星は空間を運行し、野の花は咲き乱れ、散りおち、それでも町は待っていた。その惑星の川は、水かさが増し、やがて涸れた。跡形もなくなり、それでも町は待っていた。年若く荒々しい風たちは、年をとり、静かになり、乱れ飛んだ空の雲は、おぼろに白くかすみ、それでも町は待っていた。

町は待っていた。その窓々。その黒曜石の壁。そびえ立つ大きな塔、旗のひるがえらぬ小さな塔。人の通らぬ街路。人の手のふれぬ、指紋のついていないドアのノブ。町は待っていた。その惑星は、青白色の太陽をめぐる軌道を運行し、季節は氷から火へ、ふたたび氷へ、そして緑の野と、黄色い夏の牧草地へと、めぐりめぐった。

二万年目の、とある夏の日の午後、町は待つことをやめた。

空にロケットがあらわれたのである。

ロケットは空高く舞い、一廻転し、徐々に高度を下げて、黒曜石の壁から五十ヤードの泥板岩の牧草地に着陸した。

まばらな草を踏む長靴の音。ロケットの中の人間たちが外の人間たちに呼びかける声。

「用意はいいか」

「オーライ。気をつけろ！　町へ前進！　イエンセン、きみとハッチンスンが先頭に立て。充分に警戒しろ」

町は、黒い壁のなかの秘密の鼻孔をひらいた。町の体内深く、繊細なフィルターとダスト・コレクターを通して、地上の大気が確実に吸引され、銀色の光を発するさまざまなコイルや、ふるえる網の目に送られた。吸引は幾度となく繰り返された。幾度となく、牧草地の匂いが、あたたかい風に乗って町の体内へ運びこまれた。

「火の匂い、隕石の匂い、焼けた金属の匂い。ロケットは他の惑星から来た。真鍮の匂い、熱した硫黄の匂い」

テープに打ちこまれたこの情報は、黄色い歯車に鎖止めされ、さらに奥の機械へと受け継がれた。

カチャッ、カチャッ、カチャッ。

計算器がメトロノームそっくりの音を立てた。五、六、七、八、九。九人！　瞬間的にタイプライターがこの知らせをテープに打ちこみ、テープはするすると滑って、みえなくなった。

カチャッ、カチャカチャッ、カチャッ。

町は、人間たちのゴム状の長靴に踏まれるのを待ちうけた。

町の大きな鼻孔がふたたびひろがった。

バターの匂い。忍び寄る人間たちから発散した匂いが、ほのかに町へただよい流れ、町の大きな「鼻」の記憶を呼びさました。ミルク、チーズ、アイスクリーム、バター、その他、日常生活のさまざまな匂い。

カチャッ、カチャッ。

「みんな、気をつけろ!」

「ジョーンズ、銃を構えろ。ぼやぼやするな!」

「町は死んでるんだろ。なぜそんなにびくびくするんだい」

「まだ分からん」

声高な会話に、「耳」が目ざめた。何千年もかすかな風の音、落ちる枯れ葉の音、雪どけの下からのびる若草の音を聞くだけだった「耳」が、今や自分で自分に油をさし、ぴんと立ち、虫の羽音よりもかすかな侵入者たちの心臓の鼓動の音を、激しいドラムの響きにまで拡大した。「鼻」は大きな匂いの部屋からサイフォンで匂いを吸い上げた。

おびえた人間たちの発汗作用が盛んになった。かれらの腋の下には汗がたまり、銃を持つてのひらも汗ばんだ。

「鼻」は鼻翼をひくひくさせ、年代もののワインを味わう通人のように、その匂いをかいだ。

カチャッ、カチャッ、カチャッ。

情報は、飛びからテープに刻まれ、下へ送られた。発汗の成分は、塩化物何パーセント、硫酸塩何パーセント、尿素、窒素、アンモニア、これこれ、しかじか。クレアチニン、糖分、乳酸、以上！

ベルが鳴った。小計がとびあがった。

「鼻」は、テストされた空気を吐き出した。大きな「耳」が神経を集中した。

「隊長、われわれはロケットへ戻るべきだと思います」

「命令を下すのはわたしだ、スミス君！」

「はい」

「おい、きみ！　パトロール！　何か見えたか」

「何も見えません。だいぶ以前から住民は死に絶えたような感じです」

「ほら、わかったか、スミス。こわがることはない」

「どうも妙なのです。理由はわかりません。この町を、いつか、どこかで見たような感じはしませんか。どうもそんな気がします」

「ばかな。この惑星は地球から何十億マイルもはなれているのだ。われわれは初めてここへ来たのじゃないか。光速ロケットはほかにまだ一台もない」

「しかし、そんな気がするのです。帰ったほうがよくはないでしょうか」

　足音がためらった。しずかな大気のなかで侵入者たちの呼吸の音。

「耳」は聞いていた。ローターが廻転し、バルブや送風器のあいだの溝に、液体がきらめいた。数式と仮説が、つぎつぎとあらわれた。一瞬後、「耳」と「鼻」の要請にこたえて、町の壁の巨大な穴から、新鮮な蒸気が侵入者たちに吹き送られた。

「この匂いはどうだ、スミス。あああ。草の匂いだ。いい匂いじゃないか。ああ、ここに立って、いつまでもこの匂いをかいでいたいな」

　目に見えぬ葉緑素が、男たちのなかを吹きぬけた。

「あああ！」

　足音がつづいた。

「この匂いに別に異常はないじゃないか、え、スミス？　さあ、行こう！」

「耳」と「鼻」は、その数十億番目のフラクションの緊張をといた。対抗手段が功を奏したのである。人質たちは前進をつづけている。

霧と霞のなかで、雲のような町の「目」が動いた。

「隊長、窓です！」

「どうした」

「あそこの、あの建物の窓です！　あれが動きました！」

「いい、おれは気がつかなかったぞ」

「窓が動きました。色が変わりました。急にあかるくなりました」

「ふつうの四角い窓じゃないか」

おぼろげな対象に焦点がピタリと合った。町の機械部分では、油をさされたシャフトが動き、平衡輪が緑色の油溜まりにもぐった。窓枠が曲がった。窓の輝きが増した。

下の街路では、パトロールの二人の男が前進し、間隔をおいて他の七人がそれにつづいた。かれらの制服は白く、かれらの顔は平手打ちをくったように桃色で、目は青かった。腰に金属製の武器を下げ、かれらは歩きつづけた。足には長靴をはいている。みんな男である。その目、鼻、口、耳。

窓はふるえた。窓はほそくなり、無数のレンズの絞りのように、ふたたびひらいた。

「隊長、やっぱり窓です！」

「うるさい」

「隊長、わたしは帰ります」

「なんだと」

「わたしはロケットへ戻ります」

「スミス君！」

「罠にかかりたくありません！」

「きみは、だれもいない町がこわいのか」

ほかの男たちは不安そうに笑った。

「笑うなら笑いなさい！」

街路には石が敷きつめられていた。どの石も縦三インチ、横六インチである。目に見えぬほどの動きで、敷石がわずかに沈んだ。敷石は侵入者たちの体重を測った。

機械の据えられた地下室では、赤い棒が数字を記入した。一七八ポンド……二一〇、一五四、二〇一、一九八——一人ひとりの体重が測られ、記録され、暗黒のなかへ送りこまれていった。

そして町は完全に目をさました！

送風口は、空気を吸いこみ、送り出し、侵入者たちの口からタバコの匂いを、手から石鹼の匂いを、さらには眼球の微妙な匂いさえもかぎとった。町はそれらを合計し、無数の小計が次から次へと加えられていった。水晶の窓はきらめき、「耳」はピンと立ち、あらゆる音を聞きわけ——町の感覚のすべては、目に見えぬ雪の一ひらひとひらのように、ぞくぞくと群がっては侵入者たちの体臭を、隠された心臓の音を、聞きとり、見守り、味わっていた。

街路は舌だった。男たちが通りすぎると、その踵の味が敷石を伝って、リトマス試験紙に試された。微妙なさまざまの方法で集められたそれらの化学的な小計は、今までの測定結果に加えられた。町は待っていた。最後の総計を。

足音。走っている。

「戻れ、スミス！」

「いやだ、まっぴらだ！」

「奴をつかまえろ！」

駆け出す足音。

最後のテスト。聞くことを、見守ることを、味わうことを、感じることを、測ることを終えた町は、今や最後の仕事にかからねばならぬ。

突然、ぽっかりと街路に穴があいた。ほかの男たちから離れて、一人で走っていた隊長は、そのなかに姿を消した。

カミソリが隊長の喉を切った。もう一つのカミソリが胸を切り裂いた。ただちに死体から内臓が取り出され、地下室のテーブルに置かれた。まっかにねじれた筋肉を、巨大な顕微鏡が凝視した。体をもたぬ指が、まだ悸ちつづける心臓を探った。チェスを遊ぶ人たちのように、すばやい器用な手が、薄く切った肌をテーブルにピンで止め、隊長の体の各部分を手際よく処理した。

上の街路では、男たちが走っていた。スミスは走り、男たちは叫んだ。スミスも叫んだ。

地下の不思議な部屋では、血液が小皿に移され、攪拌され、顕微鏡のスライドに塗りつけられた。大きさの測定。温度の測定。心臓は十七の部分に切り分けられ、肝臓や腎臓は巧みに切り裂かれた。頭蓋骨には穴があけられ、中身が抽出された。壊れたラジオのように、神経の糸が引き出され、筋肉の弾力性が試された。そして町の地下の奥深くでは、遂に「心」が最後の総計をまとめあげた。地下の機械がいっせいにピタリととまった。

総計。

この連中は確かに人間だ。この連中はまちがいなく遠くのあの惑星から来た人間だ。人間の目、人間の耳、人間独特の歩き方、考え方、戦い方、そして人間の心臓。遥か昔に記録された通りの諸器官。

地上では、男たちが街路をロケットの方へ走りつづけていた。

スミスは走った。

総計。

この連中はわれわれの敵だ。二万年待っていた相手にまちがいなし。われわれの復讐の目標にまちがいなし。すべては合計された。この連中は、地球と呼ばれる惑星からやって来た人間たちだ。地球人は、二万年前、このタオラン惑星に戦いを挑み、われわれを奴隷の境遇に追いやり、恐ろしい疫病でわれわれを皆殺しにした。そして自分らは疫病を逃れるために、他の惑星へ移り住んだ。われわれの世界はほろびた。かれらはあの戦争を忘れ、あの時代を忘れ、われわれを忘れている。だが、こちらは地球人を忘れてはいない。この連中はわれわれの敵だ。まちがいない。今こそ、復讐の時。

「スミス、戻れ！」

急げ！　隊長のからっぽの死体をのせた赤いテーブルの上で、新しい無数の手が忙しく動いた。銅や、真鍮や、銀や、アルミニウムや、ゴムや、絹の諸器官が、濡れた死体のなかに詰めこまれた。蜘蛛が金色の網を編み、その網が皮膚の裏側に張りめぐらされた。心臓がとりつけられ、青い火花を発してブンブン音を立てるプラチナの脳髄が、頭蓋骨のなかへ収められた。胴を伝って手足に達するコード。一瞬のうちに体は縫い合わされ、頸と喉と頭蓋の縫い目にはワックスが塗られた。完全な、新しい人間の誕生。

隊長は起きあがり、両腕を曲げた。

「とまれ！」

街路に忽然と隊長があらわれた。銃を構えて、発砲した。

スミスは心臓を撃ちぬかれて倒れた。

ほかの男たちはふりかえった。

隊長が駆け寄った。

「馬鹿者め！　町がこわいとは何事だ！」

一同は足もとに横たわったスミスの死体を眺めた。

それから視線を隊長に移し、まばたきした。

「よく聞け」と、隊長は言った。「大事な話がある」

重さを測り、味を味わい、匂いをかいだ町、一つをのぞいて他のあらゆる能力を使いはたした町は、今やその最後の能力、すなわち語る能力を行使しようとしていた。その口調には、分厚い壁と高い塔の怒りや憎しみも、街路や機械装置の大規模な執念もなかった。

町は一人の人間のしずかな声で語った。

「おれは、もうきみたちの隊長ではない」と、男は言った。「おれは人間でもない」

ほかの男たちはうしろへさがった。

「おれはこの町だ」と、隊長は言い、微笑した。

「おれは二万年待った」と、隊長は言った。「奴らの子供の子供の子供がやって来るのを待っていた」

「隊長、どうしたんです！」

「最後まで話を聞け。おれを、町を作りあげたのは誰か。死んだ人々がおれを作った。かつてここに住んでいた古い種族がだ。地球人に置き去りにされ、救いようのない恐ろしい疫病に倒れていった人々だ。その人々は、地球人がもどってくる日を夢みつつ、この町を作った。この町の名は〈復讐〉だ。この惑星の名は〈暗黒〉だ。彼方の海は〈世紀〉だ。彼方の山は〈死〉だ。なにもかも詩のようではないか。この町は、すべての宇宙旅行者をテストする秤であり、リトマス試験紙であり、アンテナだった。二万年間に、きみたち以外には二台のロケットが着陸した。一台はエントと呼ばれる惑星から来たもので、そのロケットの乗員たちはテストされ、体重を測られ、地球人ではないと分かった上で、全員ぶじに釈放された。第二のロケットも同様だった。だが、今日！　遂に、遂に、きみたちが来た！　復讐は徹底的におこなわれるだろう。二万年前に死んだ人々は、この町の姿をかりて、きみたちを歓迎する」

「隊長、体の具合がわるいのですか。ロケットに早く帰ったほうがいいと思います」

町がふるえた。

街路がぽっかりとひらいた。金切り声をあげて、男たちは落ちた。きらりと光るカミソリの刃！

時間が経過した。まもなく呼び声がきこえた。

「スミス？」

「はい！」

「イエンセン？」

「はい！」

「ジョーンズ、ハッチンスン、スプリンガー？」

「はい、はい、はい！」

一同はロケットの入口に立っていた。

「これからただちに地球へ帰る」

「はい！」

かれらの頸筋の縫合の跡は、すこしも目立たなかった。真鍮の心臓も、銀の内臓も、金の神経も、すべては巧みに隠されている。頭からはかすかに電流のブーンと唸る音がきこえる。

「急げ！」

九人の男たちは、金色の細菌爆弾をロケットに積みこんだ。

「これを地球へ落とすのだ」

「はい！」

ロケットのドアがとじた。ロケットは空へ飛びあがった。

その轟音が消える頃、町は夏の牧草地にとりかこまれ、しずかに横たわっていた。町の「目」はもの憂げにとじられた。「耳」はだらりと垂れ、巨大な鼻孔は送風を止め、街路はもはや重さを測りはしなかった。隠された機械装置は、油の海のなかで停止した。

ロケットが空の彼方に消えた。
ゆっくりと、満足げに、町は豪華な死を楽しんでいた。

ゼロ・アワー

ああ、それはとても面白くなるはずだった！ すてきなゲーム！ こんなに興奮したことは久しぶりだ。子供たちは芝生の上で、めったやたらにパチンコを打ち、わめき合い、手をつないでぐるぐるまわり、木にのぼり、とめどなく笑っていた。頭上ではロケットが飛び、カブト虫のような自動車が音も立てずに道を走っていたけれども、子供たちの遊びはつづいていた。とても愉快。わくわくする楽しさ。喉いっぱいの叫び声。

泥だらけで、汗だくの、ミンクが、家のなかに駆けこんで来た。七歳にしては、声の大きい、頑丈な、気性のしっかりした女の子である。母親のモリス夫人は、ふりかえりもしなかった。女の子は抽出（ひきだし）をあけ、お鍋や、そのほかの台所用具を大きな袋に入れている。

「いったい何事なの、ミンク」

「すごくおもしろいゲームをするの！」と、頬を紅潮させてミンクが喘いだ。

「まあ、すこし落ち着いたらどう」と、母親が言った。

「ううん、大丈夫」と、ミンクは、はあはあいった。「これ持ってっていいでしょ、母さん？」

「でもへこましたりしないでね」と、モリス夫人が言った。

「どうもありがとう！」と叫ぶなり、ミンクはロケットのように飛び出して行こうとする。

モリス夫人は初めてわが子を眺めた。「一体どんなゲームなの」

「侵略ごっこ！」と、ミンクは言った。ドアがぴしゃりとしまった。

どの家の庭も、子供たちが持ち出したナイフや、フォークや、火掻き棒や、こわれた煙突や缶切りなどで、ごったがえしている。

おもしろいことに、この大騒ぎは低学年の子供たちだけに見られる現象だった。満十歳以上の子供たちは、こんな遊びを軽蔑して、わざとその辺を散歩したり、自分たちだけで、たとえば隠れん坊のような、もっとおとなしい遊びをやっている。

一方、おとなたちは、クロム製のカブト虫型の自動車で、行き来していた。修理工がやって来て、真空エレベーターをなおしたり、ちらつくテレビ・セットを修理したり、具合のよくない調理チューブを叩いたりしている。おとなたちは元気いっぱいの子供たちのそばを通りながら、そのエネルギーをねたんだり、うらやんだりするのだった。

「これと、これと、これと」と、スプーンやねじ回しをほかの子供に渡しながら、ミンクが言った。「これをやったら、あっちのあれを持って来るのよ。ちがう！　ここよ、ばか！　そう、そう。じゃ、うしろへさがってて。あたしがこれをつくっちゃうからね」だらりと垂れた舌、まじめくさった顔。

「こうやるのよ。そうら」

「わあああい！」と、子供たちが叫んだ。

十二歳のジョゼフ・コナーズが走って来た。

「あっち へ行け」と、ミンクが言った。

「仲間に入れて」と、ジョゼフが言った。

「だめ！」と、ミンク。

「なぜ」

「あたしたちを馬鹿にするもん」

「ぜったい馬鹿にしないから」

「いや。あんたなんか。あっちへ行け。蹴っとばすぞ」

もう一人の十二歳の少年が、小さなモーター・スケートをはいて走って来た。「おおい、ジョー！　こっちへ来いよ！　女の子なんか、かまうな！」

ジョゼフは物足りなそうな顔をした。「仲間に入れてってば」

「あんたなんか、大きいから、だめ」と、ミンクが断乎として言った。

「そんなに大きかないよ」と、ジョーは悲しそうに言った。

「あんたなんか、侵略ごっこに入れない」

モーター・スケートをはいた男の子は、くちびるを野卑に鳴らした。「こっちへ来いよ、ジョー！　そんな幼稚な遊びになんか、入るな！」

ジョゼフは、うしろを振り返り振り返り、ゆっくりと歩み去った。

ミンクはもうせっせと仕事を始めていた。かき集めてきた品物で、何か機械らしきものを作っている。やがてミンクは一人の女の子に、言うことを書き取れと命じた。その女の子は便箋と鉛筆を受け取り、さもさもむずかしそうに書き取りを始めた。あたたかい日の光のなか、女の子たちの声が高くなったり低くなったりする。

子供たちのまわりで、町はしずかな騒音を立てていた。街路には、美しい緑色の平和な木々が立ち並んでいる。風だけが、町の上で、この地方の上で、この大陸の上で、争っていた。ほかの数千の町にも、並木があり、通りがあり、子供たちがいる。商売人たちはしずかな事務所で声をテープに吹きこみ、テレビを見ている。ロケットは青空を編み針のように動きまわっていた。世界中いたるところに、平和に馴れきった人々の自負心とやすらぎがあり、もはや二度と争いは起きないという確信があった。地球上の全人類は、手に手をとりあって、かたく団結していた。核兵器はあらゆる国家によって共同管理されていた。思いもよらぬほど美しいバランスが、世界中に保たれていた。人類のなかには、一人の裏切り者も、不幸な人間も、不平分子もいなかった。したがって、世の中は完全に安定していた。日光は地球の半面を照らし、木々はあたたかい大気のなかでうたたねしていた。

ミンクの母親は、二階の窓から庭を見おろしている。

子供たち。モリス夫人は、子供たちを見て、頭をふった。そう、あの子たちはよく食べ、よく眠り、月曜には学校へ行くだろう。

元気のいい、かわいい子供たち。モリス夫人は耳をすました。

ミンクは、バラの茂みにむかって、熱心に話しかけていた——そこには誰もいないのに。

変な子供たちだわ。あの女の子、あの子の名前は何といったっけ。アンナ？ アンナは便箋に書き取りをしていた。ミンクがバラの茂みに何か質問をする。それから、アンナに何か口述するのである。

「三角形（トライアングル）」と、ミンクが言った。

「トライ……」と、アンナはまわらぬ舌で言った。「……アングルってなあに」

「なんでもいいの」と、ミンクが言った。

「どう書くの」と、アンナが訊ねた。

「t、r、i——」と、ミンクは教え始めたが、面倒くさそうに言った。「ああ、なんでもいいから書いといて！」それから別のことばを言った。「光線」

「ちょっと待って」と、アンナ。「まだトライアングルを書いてないの！」

「じゃあ、早く、早く！」と、ミンクがどなった。

ミンクの母親は二階の窓から体を乗り出した。「a、n、g、l、e」と、アンナに綴りを教えた。

「あ、どうもありがとう、モリスさんのおばさん」と、アンナは言った。

「いいえ」と、ミンクの母親は言い、笑いながら窓から身を引いた。そして、電気掃除機でホールの掃除を始めた。

明るい光のなかで、声々がゆらめいた。「光線」と、アンナが言った。その声が遠ざかった。

「四、九、七、A、B、X」と、遠くでミンクが言った。「それから、フォークと、糸と、それから――ろ、ろ、六角形！」

昼食のテーブルにむかったミンクは、ひとくちで牛乳を飲み干し、すぐドアの方へ歩き出した。母親がテーブルをぴしゃりと叩いた。

「ここへ来ておすわりなさい」と、モリス夫人は命令した。「あったかいスープをお飲みなさい」そしてテーブルの赤いボタンを押した。十秒後、何かがゴムの受け皿にどしんと落ちた。モリス夫人はアルミニウムのホールダーで缶を摑み出し、手早くそれをあけ、熱いスープを皿に注いだ。

そのあいだ中、ミンクはそわそわしていた。「早くして、母さん！　重大事件なんだから！　ああ――」

「母さんも、あんたぐらいの頃は、せっかちだったものよ。いつも重大事件ばっかりでね。ちゃんと知ってるんだから」

ミンクはがつがつとスープを飲んだ。

「もっとゆっくり」と、母親が言った。

「ゆっくりなんかできない」と、ミンクが言った。「ドリルが待ってるんだもん」

「ドリルってだあれ。変な名前ね」と、母親が言った。

「母さんの知らない子」と、ミンクが言った。

「近所に越して来た家の子？」と、母親が訊ねた。

「うん、新しい友だち」と、ミンクは言い、二はい目のスープを飲み始めた。

「どこの家の子？」と、母親が訊ねた。

「近所らしいよ」と、ミンクはあいまいに言った。「とってもおもしろいゲームをやるの。みんな大騒ぎだよ。ほんとにすごいんだから」

「ドリルって子は、恥ずかしがり屋？」

「そう。ううん。まあね。さあ。走っていかなきゃ、侵略ごっこにおくれちゃう！」

「だれがどこを侵略するの」

「火星人が地球を侵略するの。ほんとは火星人じゃないんだけど。ほんとは――分からないや。とにかく空から来るの」ミンクはスプーンで上を指した。

「そして中にはいるのね」と、母親はミンクの額に手をあてた。

ミンクは不満そうに言った。「母さんも馬鹿にしてるんだ！　ドリルや、みんなを殺しちゃうのね」

「そんなつもりじゃないのよ」と、母親は言った。「ドリルは火星人なの」

「ちがうわ。あの子は——きっと——木星か、土星か、金星から来たの。とっても大変だったって」

「そうでしょうね」モリス夫人は手で口を覆って、笑いをかくした。

「地球を攻める方法が見つからなかったんだって」

「地球は難攻不落ですもの」と、わざとまじめに母親は言った。

「ドリルもそう言ってた！　難攻——そう言ってたよ、母さん」

「おや、おや、ドリルはお悧巧さんね。そんなむずかしいことばを知ってるの」

「攻める方法が分からなかったんだって。ドリルが言ってたけど——上手に戦争をするには、新しいやり方で人をびっくりさせなきゃいけないんだって。そうすれば勝てるんだって。それから、敵をうまく利用しなきゃいけないんだって」

「第五列ね」と、母親が言った。

「そう。ドリルもそう言った。でも、地球をびっくりさせたり、うまく利用したりするには、どうしたらいいか、分からなかったんだって」

「そりゃそうでしょうよ。わたしたちは強いんですもの」母親は食器を片付けながら笑った。ミンクは坐ったまま、テーブルを見つめ、母親のことばを大まじめに考えている。

「ところが、ある日」と、ミンクは、芝居がかりの声で言った。「ふっと子供のことがあたまに浮かんだんだって！」

「へええ！」と、モリス夫人は明るい声で言った。

「それに、おとなは忙しいから、バラの木のかげや芝生なんか、あんまり見ないでしょう！」

「カタツムリやキノコをとるときでなければね」

「それから、ディム・ディムがどうとかって言ってた」

「ディム・ディム？」

「ディメンス・シャン」

「次元？」

「それが四つあるんだって！　それから、九つより小さな子と、そうぞうりょくが、どうとかって言ってた。

　モリス夫人は話に疲れた。ドリルの話って、とっても面白いの」「そう、おもしろいわね。さ、ドリルが待ってるでしょ。もうだいぶ時間が経ったわよ。今日はお風呂だから、早く侵略ごっこをしてらっしゃい」

「お風呂？　いやだなあ」と、ミンクはふくれっ面をした。

「だめ、だめ。どうして子供はお湯をいやがるのかしらね。どんな時代になっても、子供がお湯をいやがることには、変わりがありゃしないわ！」

「ドリルが言ってたけど、もうお風呂になんか入らなくてもいいんだって」と、ミンクが言った。

「まあ、そんなこと言うの」

「だあれもお湯になんか入らなくてもいいんだって。夜十時まで起きていたってかまわないし、土曜の晩はテレビをいつまで見てもいいんだって！」

「まあ、ドリルって、とんでもないことを言う子ね。その子のお母さんに逢って――」

ミンクはドアの方へ行きかけた。「ピート・ブリッツや、デール・ジェリックって、わるい子なの。だんだん大きくなってきたでしょう。あたしたちを馬鹿にするの。おとなよりわるいや。ドリルの言うことを本気にしないんだもの。たった二つしかちがわないのに。あたし、あの子たちが一番きらい。あの子たちを最初に殺しちゃうんだ」

「父さんと母さんは最後？」

「父さんと母さんは危険なんだって。ドリルが言ってた。どうしてだか知ってる？　どうしてかというと、火星人なんてウソだと思ってるから！　火星人はね、あたしたちを地球で一番えらい人にしてくれるんだって。あたしたちだけじゃなくて、隣りの町の子もよ。

そしたら、あたし女王様になっちゃうの」ミンクはドアをあけた。「母さん」

「なあに」

「ロジ・イックってなあに」

「論理（ロジック）？　それはね、何がほんとうで、何がウソかってことを勉強すること」

「そのことをドリルが述べてた」と、ミンクは言った。「じゃあ、感・受・性ってなあに」ミンクは大骨折でそのことばを発音した。

「それはね、つまり――」母親は笑いながらことばをさがした。「それはね――子供らしくすること」

「ごちそうさま！」と、ミンクは駆け出したが、すぐまたドアから頭を突っこんだ。「母さん、おこってない？　ほんと？」

「怒ってなんかいないわよ」と、母親は言った。

ピシャリとドアがしまった。

四時にテレビ電話のブザーが鳴った。モリス夫人はボタンを押した。「あら、ヘレン！」と、モリス夫人は嬉しそうに言った。

「こんにちは、メアリ。ニューヨークの様子はいかが」

「相変わらず。スクラントンはどう？　なんだかくたびれてるみたいね」

「あなたもよ。もう子供たちがきかなくて」と、ヘレンが言った。

モリス夫人は溜息をついた。「うちのミンクもよ。侵略ごっこだなんて」

ヘレンは笑った。「そっちでもそのゲームが流行？」

「そうなの。あしたはまた、幾何お手玉だの、モーター石けりだのに戻るでしょうけどね。わたしたちも、四八年頃は、こんなに手に負えなかったかしら」

「もっとひどかったんじゃない。日本とナチスで大騒ぎだったでしょ。父も母も大変だったと思うわ。おてんば娘だったんですもの」

「親はいちいち子供の言うことを聞いてたら大変ね」

沈黙。

「どうしたの、メアリ」と、ヘレンが訊ねた。

モリス夫人の目はなかば閉じていた。ゆっくりと下くちびるをなめている。「え？」と、モリス夫人は訊きかえした。「あ、なんでもないの。ちょっといま言ったことを考えてたの。いちいち子供の言うことを聞かないってことをね。なんでもないわ。今なんの話をしてたかしら」

「うちのティムは、なんとかいう子に夢中なのよ――ドリル、いったかしら」

「それが新しい合い言葉なのね。うちのミンクもなの」

「そうお、ニューヨークまでそうとは知らなかった。子供の遊びって、すごい早さで伝わるのね。ジョセフィンに電話したら、ボストンでも、子供はこのゲームばかりやってるんですって。アメリカ中の流行ね」

このとき、ミンクが台所に入って来て、水を飲んだ。モリス夫人は振り向いた。「工作はすんだの」

「もうすぐ」と、ミンクが言った。

「そう」と、モリス夫人が言った。「それはなあに」

「ヨーヨー」と、ミンクが言った。「いい、みててね」

女の子はヨーヨーの木片を、するすると紐の端まで引き下げた。端に達すると、木片は――消えた。

「ね？」と、ミンクが言った。「よいしょ！」指をうごかすと、ヨーヨーはふたたびあらわれ、紐をつたって上って来た。

「もう一回やってごらんなさい」と、母親が言った。

「だめ。ゼロ・アワーは五時だもの！」ミンクはヨーヨーをもてあそびながら、出て行った。

テレビ電話のなかで、ヘレンが笑った。「ティムも今朝方あいうヨーヨーを持ってたわ。でも、なかなかわたしに見せないの。とうとう取り上げて、わたしがやってみたら、うまくいかないのよ」

「それは感受性の問題ね」と、モリス夫人が言った。

「え?」

「いえ、こっちのこと。何か用事だったんじゃない?」

「あのね、ほら、あの黒と白のケーキの作り方を教えて下さらない——」

時間が流れた。日は平和な西の空に傾いた。緑の芝生に長い影が落ちた。子供たちの笑いと興奮はつづいていた。一人の女の子が、泣きながら走って行った。モリス夫人は玄関に出た。

「ミンク、いま泣いていたのはペギー・アンじゃない?」

ミンクは、バラの茂みのそばにしゃがみこんでいた。「そう。臆病なの。もうあの子は仲間に入れない。大きくなったから、だめ。急に大きくなっちゃったみたい」

「それで泣いたの? ウソをおっしゃい。ちゃんと正直にお答えなさい。でないと、外へ出してあげませんよ」

ミンクは、おどろいて振り向き、じれったそうに言った。「いま手を放せないの。もうじきだもの。ごめんなさい。おとなしくします」

「ペギー・アンをぶったの?」

「ううん、そうじゃない。あの子に訊いたっていいわ。ただ——あの子が臆病なだけよ」

子供たちの輪がミンクをとりかこんでいた。ミンクはせっせとスプーンを動かし、金槌とパイプを妙なかたちに並べていた。「こうして、こうして、と」と、ミンクはつぶやいた。

「何をしてるの」と、モリス夫人が言った。

「ドリルが中途でつっかえて、来られなくなっちゃったの。ドリルが来られれば、ほかの人たちはあとをついて来るんだって」

「手伝ってあげましょうか」

「いいわ。あたしがするから」

「そう。じゃあ、あと三十分でお風呂よ。呼ばなくてもすぐ来るのよ」

モリス夫人は中に入り、電気安楽椅子に坐って、コップに半分ほどビールを飲んだ。椅子は夫人の背をマッサージした。子供、子供。子供と、愛情と、憎しみと。それがごっちゃになって分からない。子供というものは、いま愛情をこめて話しかけるかと思うと、次の瞬間には――憎んでいる。子供って妙ね。一度でも、ぶったり、乱暴なことばで命令したりすると、それをいつまでも忘れないのかしら。自分より大きいもの、上にいるもの、背の高い、命令を下す者を、忘れたり、許したりできないのかしら。

時間が流れた。奇妙な、何事かを待ちうけるような静けさが、街路を包んだ。

五時。家の中のどこかで、時計がやさしい声でうたった。

「五時です――五時です。時間の無駄をはぶきましょう。五時です」そしてふっつり黙った。

ゼロ・アワー。

モリス夫人は思わず小声で笑った。ゼロ・アワーなんて。

カブト虫のような車がドライブウェイを入って来た。夫だ。モリス夫人はにっこりした。モリス氏は車から下りて、車に鍵をかけ、忙しそうにうごいているミンクに、ただいまと言った。ミンクは知らん顔をしている。モリス氏は笑って、すこしのあいだ子供たちの遊びを眺めた。それから家の中に入って来た。

「ただいま」

「お帰りなさい、ヘンリ」

モリス夫人は体を乗り出して、耳をすました。子供たちが静かになった。静かすぎる。

モリス氏はパイプのタバコを捨てて、新しいタバコを詰めた。「いい日だな。生きているのが嬉しくなるような日だ」

ブーン。

「あれはなんだい」と、ヘンリが訊ねた。

「さあ、何かしら」夫人は目を見張って、あわただしく立ちあがった。そして口をひらきかけて、ふとだまった。ばかげている。「子供たち、何かあぶないことをしてませんでした？」と、夫人は言った。

「べつに。パイプや金槌を並べていただけだ。どうして？」

「電気を通すようなものはなかった？」

「とんでもない」と、ヘンリは言った。「そんなものは全然なかったよ」

夫人はキッチンへ行った。ブーンという音は続いている。「でも、もう遊びをやめるように言って下さらない。もう五時すぎよ。おそくなったから――」夫人は目をほそめた。「おそくなったから、侵略ごっこはあしたになさいって、おっしゃって」そして、わざとらしく笑った。

ブーンという音が高くなった。

「何をやらかしたんだ。よし、叱ってこよう」

爆発！

鈍い音響とともに、家全体が揺れた。近所の家からも、つぎつぎと爆発音がきこえた。

その瞬間、意味もなく、理由もなく、モリス夫人は叫んだ。「こっちへ、早く！」庭に何かがちらりと見えた。妙な匂い、妙な音。ヘンリに説明しているひまはない。気がくるったと思われてもかまわない。そう、気がへんになりそう！　金切り声をあげて、夫人は階段を駆けあがった。ヘンリはおどろいて、あとを追った。「屋根裏部屋へ！」と、夫人は叫んだ。「そこよ、爆発は！」それは一刻も早く夫を屋根裏部屋へ上げるための、まずい策略だった。ああ、なんでもいい——一刻も早く！

もう一度、戸外で爆発の音。子供たちは花火の打ち上げのように歓声をあげた。

「屋根裏じゃない！」と、ヘンリは叫んだ。「外だ！」

「ちがうのよ、ちがうのよ！」はあはあああえぎながら、夫人は屋根裏部屋のドアにたどりついた。

「見せてあげるわ。早く！　見せてあげるわ！」

二人は屋根裏部屋に駆けこんだ。モリス夫人はドアをぴしゃりとしめ、鍵をかけ、その鍵を手のとどかない片隅へ投げ捨てた。脈絡のないつぶやきが、夫人のくちびるから洩れた。午後いっぱい、かかって、すこしずつ蓄積され、ワインのように醸（かも）された意識下の疑惑や恐怖。朝から絶えず気がかりだった、些細な出来事や、知識や、感覚。論理の上では、意識の上では、それをしりぞけてきた。けれども今、それらは夫人の内部で爆発し、夫人の心をこなごなに打ち砕いたのである。

「これでいいわ、これでいいわ」と、夫人は泣きじゃくりながらドアに凭（よ）りかかった。

「今晩までは安全よ。たぶん脱け出せると思うわ。きっと逃げられるわ！」

ヘンリも、わけがわからぬままに動転していた。「気がくるったのか。どうして鍵を捨てたんだ。おい、しっかりしろよ！」

「そうよ、そうよ、気がくるったことにしてもいいわ。でも、ここにいて！　わたしと一緒にいて！」

「どうやって外へ出るんだい。出るに出られないじゃないか！」

「しいッ。きこえるわ。ああ、見つかりませんように――」

階下からミンクの声がきこえた。夫は口をつぐんだ。ブーンという音、シュウシュウいう音、子供たちの叫び声、笑い声。階下でテレビ電話のブザーが鳴り出した。いつまでも、甲高く鳴りつづけた。あれはヘレンかしら、とモリス夫人は思った。やっぱりこのことで、電話をかけてきたのね。

大勢の足音が家の中に入って来た。重々しい足音。

「だれだろう、ことわりもなしに他人の家にあがりこんで」と、ヘンリがおこって言った。「どたどた歩いてるのは何者だ」

重々しい足音。二十人、三十人、四十人、五十人はいるだろうか。五十人も入って来た。ブーンという音。子供たちのくすくす笑う声。「こっちよ！」と、階下でミンクが叫んだ。

「だれだ、入って来たのは」と、ヘンリがどなった。「何者だ！」

「しいッ、ね、お願い、お願い、お願い」と、妻は夫にしがみついて、かぼそい声で言った。「お願い、しずかにして。黙っていれば出て行くかもしれないわ」

「母さあん」と、ミンクが呼んだ。「父さあん」沈黙。「どこにいるの」

重々しい足音。重い、重い、ひどく重々しい足音が、階段をあがってくる。先頭に立っているのはミンクらしい。

「母さあん？」一瞬のためらい。「父さあん？」答を待つ沈黙。

ブーンという音。足音が屋根裏部屋へむかった。先頭はミンク。

モリス夫妻は屋根裏部屋で抱き合ったまま、ものも言えずにふるえていた。とつぜん、ブーンという音と、妙に冷たい光が、ドアの下の隙間から流れこんだ。奇妙な匂い。ミンクの声にこもった不思議な調子。ヘンリ・モリスは、くらやみのなかに突っ立ったまま、ふるえながら妻を抱きしめた。

「母さん！　父さん！」

足音。急にするどいブーンという音。屋根裏部屋の錠が熔けた。ドアがあいた。ミンクの顔がぴょこりと中をのぞきこんだ。そのうしろに、背の高い、青い、無数の影。

「いないいないばあ！」と、ミンクが言った。

ロケット

夜ごと、フィーオレロ・ボドーニは目をさまし、暗い夜空に飛びかうロケットの音を聞くのだった。そして、妻がぐっすり眠っているのを見とどけた上で、そっとベッドから起きあがり、夜の戸外へ出て行った。河ぞいの小さな家のなかには、食物のすえたような匂いがこもっている。その匂いから解放されて、しずかなくらやみに出たボドーニは、ひとり思いを天空に馳せ、行きかうロケットを仰ぎ見るのである。

今晩もボドーニは寝巻姿で戸外に出て、噴水のように小止みないロケットの火を見まもっていた。はるか火星へ、土星へ、金星へと、突きすすむロケット！

「やあ、ボドーニじゃないかね」

ボドーニはびっくりして振り向いた。

しずかな河べりの牛乳籠に、一人の老人が腰をおろし、やはり夜半の空を飛ぶロケットを見上げていた。

「ああ、ブラマンテさんでしたか！」

「毎晩見てるのかね、ボドーニ」

「いや、ただ新鮮な空気を吸いたくなりましてね」

「隠さなくてもいい。わたしだってロケットを見てたんだ」と、ブラマンテ老人は言った。

「これが始まった頃、わたしは子供だったよ。八十年前の話だ。ところが、いまだに、わたしはロケットというものに乗ったことがない」

「わたしはそのうちに乗ってみるつもりです」と、ボドーニは言った。

「ばかな！」と、ブラマンテは叫んだ。「乗れるものか。この金持ちの世界ではな」ブラマンテ老人は白髪の頭をふった。「わたしが若い頃、新聞はさかんに書き立てていた。未来の世界！　科学が万人に倖せをもたらす世界！　は！　八十年経った。未来が今になった。わたしらはロケットを乗りまわしているかね。とんでもない！　先祖伝来のボロ家で暮らしているだけじゃないか」

「しかし、わたしの息子は――」と、ボドーニが言いかけた。

「いいや、息子どころか、孫だって、とても駄目さ！」と、老人は叫んだ。「夢もロケットも、みんな金持ちが独占してるのだ！」

ボドーニはためらった。「おじいさん、わたしは三千ドル貯金しました。六年かかって溜めたんです。商売に必要な道具を買おうと思いましてね。しかし、ひと月ほど前から、毎晩目が冴えて眠れないんです。ロケットの音がきこえます。わたしは考えました。たった今、決心しました。うちの家族のなかから、だれか一人が火星へ行くことにします！」

ボドーニの目はきらきら光っていた。

「ばかな」と、ブラマンテは即座にやりかえした。「行く者を、どうやってえらぶ？　だれが行くかね？　あんたが行けば、奥さんは恨むだろう。亭主一人いい目をみていると言ってな。帰って来てから、あんたがいくら土産話をしても、奥さんはいっこうに喜ばんだろうよ」

「そんなことはありません！」

「そうなるさ！　子供たちはどう思う？　自分らはここにいて、パパ一人だけ火星に行ったとしたら、喜ぶだろうかね。とんでもない。二六時中ロケットのことばかり考えるだろうよ。夜、目が冴えて眠れないだろうよ。ロケットに乗りたくて、気が気でなくなるだろうよ。ちょうど今のあんたみたいにな。乗れなければ死ぬとまで思いつめるだろうよ。わるいことは言わん、そんな無鉄砲な計画は立てなさんな。貧乏に甘んじて暮らすほうが身のためだ。空の星ばかり眺めないで、自分の金屑置場(ジャンク)でも眺めるんだな」

「しかし――」

「あんたの奥さんが行ったとしたら、どうなる。奥さん一人がおもしろおかしく旅行して、あんたは行けなかったとしたら、どんな気持ちになるね。奥さんが俄然えらく見えてくる。あんたは奥さんをこの河に突き落としたくなる。そう、ボドーニ、仕事に必要な新しい道具を買って、そんなあまい夢なんぞ、こなごなにこわしちまうこったな」

老人は口をつぐみ河を眺めた。水面には、火を噴いて空を飛ぶロケットの影が映っていた。

「おやすみなさい」と、ボドーニが言った。

「ゆっくりおやすみ」と、老人は言った。

銀色のトースターから、こんがり焼けたパンが跳びあがると、ボドーニはもうすこしで悲鳴を上げそうになった。ゆうべ、ちっとも眠れなかったのである。神経質な子供たちにかこまれ、体の大きな妻のかたわらに横たわったボドーニは、輾転反側し、まんじりともせず、くらやみを見つめていたのだった。ブラマンテさんの言う通りだ。やはり貯金は道具の購入にあてたほうがいい。家族のなかの一人だけしかロケット旅行ができないとすれば、残りの人間はひがむにきまっている。

「フィーオレロ、トーストをあがらないの」と、妻のマリアが言った。

「たべたくない」と、ボドーニは言った。

子供たちが駆けこんで来た。三人の男の子は、一台のおもちゃのロケットを奪い合っている。二人の女の子は、それぞれ人形を抱いている。それは火星や金星や海王星の生物をかたどった緑色の人形で、黄色い目が三つあり、指は十二本もある。

「金星ロケットを見たよ！」と、パオロが叫んだ。

「出発の音がすごかった。ヒュ、、、ーッて」と、アントネルロが真似した。

「うるさい！」と、ボドーニが耳をふさいでどなった。

みんな父親の顔を見た。この父親がどなるのは珍しいことなのである。

ボドーニは立ちあがった。「いいかね、みんな」と、父親は言った。「お父さんはお金を貯金してある。ちょうど火星ロケットの切符一枚分だけね」

子供たちはどよめいた。

「分かったのかい？」と、父親は言った。「一、、、人だけしか行けないんだよ。だれが行く」

「ぼく、ぼく、わたし！」と、子供たちは叫んだ。

「あなたよ」と、マリアが言った。

「お前だ」と、ボドーニが妻に言った。

そして急に静かになった。

子供たちは考え直していた。「ロレンゾが行けばいい――いちばん年が上だから」

「ミリアムネが行けばいい――女の子だもの！」

「すばらしい旅行じゃありませんか」と、ボドーニの妻が言った。しかし、その目は異様に輝き、声はふるえていた。「流れ星がお魚みたいに泳いでるんでしょう。宇宙ですものね。お月様も見られるわ。帰って来てから、みんなに話してもらうように、お話の上手な人がいいわ。あなたがいらっしゃい」

「ばか。お前だって話はうまいじゃないか」と、ボドーニが反対した。

一同はふるえた。

「よし」と、ボドーニは不満そうに言った。そして箒（ほうき）の先から、いろんな長さの藁を引きぬいた。

「みじかいのを引いた者が当たりだ」ボドーニは藁を束ねて差し出した。「さあ、引きなさい」

子供たちはきまじめな顔をして、順々に引いた。

「長いのだ」

「長いのだ」

最後の一人。

「長いのだ」

子供たちは終わった。部屋中がしんとした。

藁は二本残った。ボドーニは胸のときめきを感じた。「さあ」と、ボドーニは小声で言った。

「ママが火星に行くのか」

「ああ」と、悲しいとも嬉しいともつかぬ溜息を、ロレンゾが洩らした。「ママが火星に行くのか」

ボドーニはむりに笑顔をつくった。「おめでとう。今日さっそく切符を買おう」

「待って、フィーオレロ――」

「出発は来週になるね」と、夫はつぶやいた。

妻はあたりを見まわした。子供たちはみんな残念そうな目をして、それでも口もとには微笑を浮かべて、母親を見つめている。マリアはゆっくりと藁を夫に渡した。「火星には行けないわ、わたし」

「なぜ」

「赤ちゃんが生まれるんですもの」

「なんだって！」

妻は顔をそむけていた。「こんなときに旅行すると、体によくないでしょう」

ボドーニは妻の手をつかんだ。「それはほんとうか」

「もういちど引き直して。最初から」

「なぜ今まで黙っていたんだ」と、ボドーニは不思議そうに言った。

「あなたに言わなかったかしら」

「マリア、マリア」と、夫は妻の顔を撫でた。そして子供たちに言った。「もう一ぺん、引き直しなさい」

パオロがすぐにみじかい藁を引き当てた。

「ぼくが火星に行くんだ！」と、パオロはおどりくるった。「どうもありがとう、お父さん！」

ほかの子供たちは部屋の隅にかたまった。「いいなあ、パオロ」

パオロはふっと真顔になり、両親や兄妹たちの顔色をうかがった。「ほんとに行っても、いいいの」と、口ごもりながらパオロは言った。

「そうだよ」

「帰って来たとき、いじめたりしない？」

「もちろん、そんなことはない」

パオロは指先の貴重な藁をながめていたが、あたまをふって、それを投げ捨てた。「やめたっと。学校の勉強があるもん。旅行には行けないや。もういちど引き直しをして」

しかし、もう誰もクジをひこうとはしなかった。大きな悲しみが家族一同を覆った。

「だれも行かないのが一番いいよ」と、ロレンゾが言った。

「そうね、それがいいわ」と、マリア。

「ブラマンテさんの言った通りだ」と、ボドーニが言った。


喉を通らぬ朝食をすますと、フィーオレロ・ボドーニは金屑置場に出て、金物をたたいたり、熔かしたり、値打ちのあるものをよりわけたりして働いた。そのうちに使っていた道具がこわれた。朝から縁起がわるい。この商売は競争が激しいので、二十年この方、ボドーニはいい目を見たためしがないのである。


その日の午後、一人の男が金屑置場に入って来て、仕事中のボドーニに声をかけた。

「よう、ボドーニ、あんたに金物を持って来たぜ！」

「ものは何だい、マシューズさん」と、気がなさそうにボドーニは訊ねた。

「ロケットさ。どうしたんだ。要らないのか」

「いや、要るよ、要るよ！」ボドーニは惑乱したような表情になって、男の腕をつかんだ。

「もちろん」と、マシューズは言った。「ただの模型だよ。ほら、ロケットを製造するとき、まず実物大の模型をアルミニウムで作るだろ。あれさ。アルミでも、熔かせば、いくらかにならあ。値は二千ドルにしてもらいたいんだが――」


ボドーニは男の腕を放した。「金がない」

「そうか。残念だなあ。こないだ、金屑が高くって仕方がねえと言ってただろ。だから、こいつは特に内緒で安くと思ったんだが。それじゃあ――」

「新しい道具が要るんだ。そのために貯金をしていたんだ」

「そうだろうね」

「ロケットを買っても、それを熔かすことができないよ。先週、アルミの炉がぶっこわれたんだ――」

「なるほど」

「だから、あんたからロケットを買っても、そいつを始末できないんじゃね」

「まったくねえ」

ボドーニは、まばたきして、目をとじた。その目をひらいて、マシューズを見つめた。

「でも、おれは大馬鹿者だ。銀行から金をおろしてこよう。やっぱり買うよ」

「だってロケットを熔かせなくっちゃあ――」

「持って来てくれないか」と、ボドーニが言った。

「あんたさえよければ、構わないがね。じゃあ、今晩でも持って来るか」

「今晩か」と、ボドーニは言った。「いいね。そう、今晩、ぜひ持って来てくれ」

月が出ていた。ロケットは白い巨体を金屑置場(ジャンク)に横たえていた。白い月光と、青い星の光。ボドーニは惚れぼれとロケットを見つめた。撫でたり、さすったり、頬を押しつけたりしたいくらいだ。心のたけを打ち明けたいような気持ち。

ボドーニはロケットを凝視しながら言った。「お前はわたしのものだ。お前が動けなくても、火を噴かなくても、そこに横たわったまま錆びついてしまっても、やっぱりわたしのものだ」

ロケットには、時間と空間の匂いがしみついていた。それはまるで時計の内側へ入っていくような感じだった。スイス製の時計のようなデリカシー。鎖につけて、腰にぶらさげたい。「今晩はここで夜明かししてもいいな」と、ボドーニは小声でつぶやいた。

そして操縦席に腰をおろした。

操縦桿にふれた。

目をとじて、口のなかでブーンと言った。

その声が次第に高くなった。ピッチがあがった。熱がこもった。狂暴になった。その声はボドーニの内部で震動し、ボドーニを引きずり、ボドーニを揺り動かした。ロケットの沈黙がとどろきわたり、被覆の金属が金切り声をあげた。ボドーニの手が制御盤を走った。とじたまぶたがふるえた。音響は高まり、高まり、火になり、力になり、浮力になり、ボドーニを引き裂くほどの推進力になった。ボドーニは喘いだ。口のなかでブーン、ブーンと言いつづけた。もう止まらない。止めるわけにはいかない。目をかたくとじ、心を波打たせて、ボドーニは叫んだ。「出発！」急激なピッチング！　雷鳴！　「月だ！」と、目をとじたままボドーニは叫んだ。「流星だ！」烈しい光線のなかを突きすすむ音。「火星だ。ああ、火星！　火星！」

疲れきって、喘ぎながら、ボドーニは座席の背に凭（よ）りかかった。ふるえる手が制御盤からはなれた。頭がふらりと傾いた。荒い息を吐きながら、ボドーニは永いあいだ操縦席に坐っていた。

ゆっくり、ゆっくり、目をあけた。

そこはしずかな金屑（ジャンク）置場だった。

身動きもせずに、ボドーニは坐っていた。月光に照らされた金物の山を茫然と眺めていた。それから急に跳びあがり、操縦桿を蹴とばした。「ちくしょう、出発だ！」

ロケットは音も立てない。

「ばかやろう！」と、ボドーニは叫んだ。

それから、ロケットを下り、電気ハンマーのエンジンをかけ、それをロケットのそばまで持っていった。そして、ふるえる手でロケットを叩きこわそうとした。このにせものめ、まがいものめ、こわれてしまえ、粉々になれ、砕けろ。わざわざ金を払って買った、下らないおもちゃめ。だがロケットはビクともしない。ボドーニの攻撃を受けつけない。「この野郎！」と、ボドーニは絶叫した。

その手が、ふと止まった。

月あかりのなか、銀色のロケットはしずかに横たわっていた。ロケットの向こうには、わが家のあかりが黄色く浮かびあがっていた。家のなかから、ラジオの音楽が流れてきた。ボドーニは半時間も考えていた。ロケットのこと。わが家のあかりのこと。ボドーニの目がほそくなり、ふたたびはっきりと見ひらかれた。ボドーニは電気ハンマーを投げ捨て、歩き出した。ひとりでに笑いがこみあげてくる。わが家の裏口に入ると、一息ついてから、大声で呼んだ。「マリア、マリア、荷作りをしなさい。火星へ出かけるんだ！」


「おお！」

「ああ！」

「まさか！　ウソでしょ！」

「ほんとだ、ほんとだとも！」

子供たちは、金屑置場（ジャンク）へ走り出た。出るなり、歓声をあげた。

マリアは夫を見つめた。「なんていうことをなさったの、こんなものに、せっかくのお金を使ってしまったのね。飛ばないロケットなんかに」

「飛ぶよ」ボドーニはロケットを見ていた。

「本物のロケットは何百万ドルもするのよ。あなた、何百万ドルも持ってらしたの」

「飛ぶよ」と、ボドーニは自信ありげに繰りかえした。「さあ、みんな、家に入った。お父さんは、方々に電話をかけたり、お仕事をしなきゃならないからね。出発はあしたの晩だ! だれにも言っちゃ駄目だよ。秘密だからね」

子供たちはロケットから離れ、がやがやと家に入った。まもなく、熱に浮かされたような目で、家の窓からロケットを眺める子供たちの顔が見えた。

マリアは動かなかった。「うちの経済がめちゃめちゃになったわ」と、マリアは言った。「こんな——こんなものを買うなんて。道具を買うためのお金だったのに」

「まあ、そう責めるな」と、ボドーニは言った。

無言で、マリアはそっぽを向いた。

「やれやれ」と、ボドーニはつぶやき、仕事にかかった。

真夜中にトラックが何台も到着した。荷物が下ろされた。ボドーニは笑顔で銀行預金を使いはたした。そしてバーナーと金槌を使って、ロケットに挑みかかり、部品を取りはずすやら、付け加えるやら、噴射装置をとりつけたりして、大奮闘した。ロケットのからっぽの機関室には、古自動車のモーターが六基もネジどめされた。やがてボドーニは機関室のアルミ板を熔接した。これで秘密の仕事の跡は、だれにも見えないだろう。

夜明けちかく、ボドーニは裏口からキッチンに入った。「マリア」と、ボドーニは言った。「朝めしにしてくれないか」

　妻は返事をしない。

　日が沈むころ、ボドーニは子供たちを呼んだ。「準備完了だ！　さあ行こう！」家のなかはしんとしている。

「物置きにとじこめたのよ」と、マリアが言った。

「なんだって」と、ボドーニが問い返した。

「あんなロケットで出かけたら、死んでしまうわ。二千ドルで買えるロケットなんか、ひどい安物にきまってるじゃありませんか！」

「ちがうんだ、マリア」

「爆発してしまうわ。それに、あなたは操縦できないでしょう」

「それでも、このロケットは大丈夫なんだ。うまく作っておいた」

「気が変になったんじゃありませんか」と、妻は言った。

「物置きの鍵はどこだ」

「わたしが持っています」

　ボドーニは手を出した。「よこしなさい」

妻は鍵を手渡した。「子供たちを殺してしまう気なの」

「ちがう、ちがう」

「そうよ、きっとそうなるわ。予感がします」

ボドーニは妻を見つめた。「お前は一緒に来ないのかい」

「ここに残ります」

「いまに分かる。お前も分かってくれるときが来る」と、ボドーニは微笑した。そして物置きの戸をあけた。「おいで、みんな。父さんについておいで」

「行って参ります、行って参ります、ママ！」

母親は台所の窓ぎわに立ちつくし、何も言わずに子供たちを見送った。

ロケットの入口で、父親は言った。「いいかい、これから一週間の旅行をする。お前たちは学校があるし、お父さんには仕事があるからね」父親は子供たちの手を順番に握りしめた。「よく聞きなさい。このロケットは古いロケットだから、一度しか飛べない。もう一度といっても駄目だよ。たった一ぺんの宇宙旅行だ。ようく目をあけて、いろんなものを見なさい」

「はい、パパ」

「それから、耳をすまして、いろんな音を聴くこと。ロケットの匂いをかぐこと。感じること。おぼえておくこと。帰って来てから、いつまでも旅行の話ができるようにね」

「はい、パパ」

ロケットは、振り子のとまった時計のように、しんとしていた。エアロックが、シュッと音を立てて、しまった。父親は子供たちを一人一人ゴムのハンモックに、まるで小さいミイラのように縛りつけた。「用意はいいか！」と、呼びかけた。

「準備完了！」と、子供たちはいっせいに答えた。

「出発！」ボドーニは十のスイッチをひねった。ロケットは轟音を発して、揺れ始めた。子供たちがハンモックのなかでばたばたあばれ、歓声をあげた。

「ほら、月だよ！」

夢にまで見た月の表面。花火のように落ちてくる隕石。時間のしみこんだ蛇紋石。子供たちは叫んだ。数時間後、ハンモックから解き放された子供たちは、ロケットの窓にむらがって、夢中で外をのぞいた。「あれが地球！」「あれが火星！」

時間のダイヤルが廻るにつれて、ロケットは赤い花びらのように火を散らした。子供たちは目をかたくとじた。そのうち、船酔いしたようになって、ハンモックにもぐりこんだ。

「これでよし」と、ボドーニは独りつぶやいた。

そして、そっと操縦室から出て、エアロックの前で耳をすました。それからボタンを押した。エアロックが、さっとひらいた。

ボドーニは外へ出た。そこは宇宙の空間か？　隕石とガスの流れるインク色の空間か？　すばやく飛び去る空間か、限りない次元か？

いや。ボドーニは微笑した。

揺れつづけるロケットの周囲は、金屑置場（ジャンク）だった。

門には相も変わらぬ錆びついた南京錠。河べりの静かなあばら家。キッチンの窓が明るい。河は相も変わらず海の方角へ流れつづけている。金屑置場（ジャンク）のまんなかには、揺れつづけ、鳴りつづけ、夢をつくる魔法のロケット。網にかかったハエのように、子供たちをゆすぶりつづけるロケット。

マリアはキッチンの窓ぎわに立っていた。

ボドーニは妻に手をふり、にっこり笑った。

妻が手をふったかどうかは、よく見えなかった。わずかに手をふったかもしれない。わずかに笑顔を見せたかもしれない。

太陽が昇りかけていた。

ボドーニは急いでロケットに入った。静かである。子供たちはみんな眠っている。ボドーニはほっと息をついた。ハンモックに自分を縛りつけて、目をとじた。そして心に祈った。ああ、あと六日間、この幻想に故障が起こりませんように。いろんな宇宙空間が窓の外を通りすぎ、赤い火星が、その二つの衛星がロケットに接近しますように。カラー・フィルムが切れませんように。隠された鏡やスクリーンが、三次元の幻想をよびさますさまざまな装置が、故障しませんように。ぶじに時間が経過しますように。

目がさめた。

ロケットのすぐそばに、まっかな火星が浮かんでいた。

「パパ！」子供たちはハンモックから跳び起きた。

ボドーニは赤い火星を見つめ、フィルムに傷がないことを確かめ、ほっとした。

七日目の夕暮れ、ロケットの震動がとまった。

「帰ったよ」と、ボドーニは言った。

ひらかれたロケットのドアから、一行はぞろぞろ出て来て、金屑置場（ジャンク）を横切った。子供たちの顔は輝いている。その血は歌っている。

「みんなにハム・エッグを作っておきましたよ」と、キッチンの戸口からマリアが言った。

「ママ、ママ、どうして一緒に来なかったの。すごかったよ。火星を見たよ、ママ。流れ星も。いろんなものをいっぱい見たよ！」

「よかったわね」と、母親は言った。

子供たちはベッドに入る前に、ボドーニに言った。「パパ、どうもありがとう」

「お礼なんか言わなくてもいいさ」

「いつまでも忘れないよ、パパ、絶対忘れないよ」

その夜おそく、ボドーニは目をあけた。かたわらの妻が、ボドーニをじっと見守っている様子が感じられたのである。マリアは永いあいだ身動きもしなかった。それから、だしぬけに、ボドーニの頬と額にキスした。「どうしたんだ」と、ボドーニはおどろいて言った。

「あなたは世界一の父親」と、妻はささやいた。

「どうして」

「いま分かったの」と、妻は言った。「よく分かったわ」

マリアはボドーニの手を握りしめ、安らかに目をとじた。

「楽しい旅行でした?」と、マリアは訊ねた。

「うん」と、夫は言った。

「ねえ」と、妻は言った。「そのうちに、夜でも、わたしをその旅行に連れていって下さらない？　日帰りでもいいわ」

「そう、日帰り旅行でもするか」と、夫は言った。

「うれしいわ」と、妻が言った。「おやすみなさい」

「おやすみ」と、フィーオレロ・ボドーニは言った。

エピローグ

もう夜半ちかい。月はすでに空高く昇っていた。刺青の男は横たわったまま動かない。見るべきものはすべて見た。物語はすんだ。すべて語り終えられた。

あとは刺青の男の背中にある、あの空間が残っているばかりだ。あのもやもやした、絵になっていない色彩とかたちの部分である。わたしが見守るうちに、その漠然たる部分はそろそろと凝り固まり、ひとつのかたちから、またひとつのかたちへと、ゆっくり変化し始めた。やがて、それは顔のかたちに固まった。いろどられた肉のなかから、じっとわたしを見つめる顔。見おぼえのある鼻と口、見おぼえのある目。

その顔はまだおぼろげだった。夢中で凝視するうちに、わたしは思わず跳びあがった。あたりは一面の月光である。風か、あるいは星あかりに、わたしの足元の奇怪な画廊が、目をさましはしないだろうか。だが男は安らかに眠りつづけていた。

男の背中にあらわれたのは、刺青の男そのものの姿だったのである。絵のなかの男は、絵のなかのわたしの頸に指をくいこませ、わたしを絞め殺そうとしている。そのおぼろげな輪郭が、すこしずつ明瞭になり、するどい線に変化してゆくのを、わたしは待ちはしなかった。

月あかりの道路を、わたしは走り出した。ふりかえりもせずに。行く手には、暗い田舎町が眠っている。たぶん夜が明けぬうちに、町へ行き着くだろう……

ブラッドベリおぼえがき

この短篇集『刺青の男』（一九五一）におさめられた十八の物語は、一、二篇を除いて、ほとんどすべてが、時代をいわゆる「宇宙時代」にとったSFの体裁をなしている。わたしたち現在の読者にとって、未来に舞台をおいたそのような空想物語は、どんな意味をもつのだろうか。

おろかしい戦争が人類全体をほろぼさぬ限り、やがて本格的な宇宙時代が始まるだろうことは、疑いをさしはさむ余地がない。そのような未来の時代から、ふりかえってみれば、今日のわたしたちの時代は、いわば揺籃期あるいは少年時代と見えるに違いなかろう。未来について楽観的であるとか、悲観的であるとか、ともすれば、くたびれた大人の考え方にはまりこんでしまうのは、わたしたちのよくない習性であるけれども、そういう固定しかかった精神とは正反対の、充分にリラックスした精神状態は、すでにわたしたちのあいだに芽生えている。そして少年のように柔軟で、弾力性に富み、未来のイメージに満ちあふれた心が、現在ほど必要とされるときはないのではなかろうか。しかも、若々しい少年の心は、ことさらに新しく生み出されるものではなくて、さまざまな時代の嵐や天候不順を通りぬけ、大昔から人類が運びつづけてきたものだった。すくなくとも、この本の著者レイ・ブラッドベリは、そう信じているように思われる。

十八の短篇は、宇宙旅行、原水爆、児童心理、宗教、宇宙人の侵入、人種問題など、さまざまなテーマによるサイエンス・ポエジーともいうべき、詩的で劇的な物語ばかりである。そしてこの本ぜんたいは、ふしぎな魅力をもつプロローグとエピローグにしめくくられている。ウィスコンシン州の田舎で一人称の若者が出逢ったグロテスクでしかも美しい刺青の男とは、そもそも何者なのだろうか。かれは重苦しい過去と、それ以上に重苦しいかもしれぬ未来とを一身に背負った男である。男の肌に彫りこまれた刺青からは、奇妙に郷愁をそそる、それでいて未知への恐怖を煽り立てる、奇怪な匂いがただよってくる。若者は生命の危険を感じながらも、それらの刺青にあらわれた物語から目をそらすことができない。それはちょうど、無数の政治的・科学的な危機をはらむ現実にたいして、のびやかな心の若者たちが抱く好奇心や怯えに似ていないだろうか。それは若者たちに限らず、宇宙時代の前夜にあるわたしたちみんなの好奇心であり、怯えである。つまり、揺籃期あるいは少年時代としての現代の精神的構造を、かなり詳しく正確に記述できるという点で、ブラッドベリはたいそう現代的な作家であるといわねばならない。

　それならば、やがて揺籃期を脱した場合のわたしたち地球人は、一体どんな問題にぶつかるだろうか。宇宙時代とは、いかなる時代なのだろうか。それは断じて狭い意味の科学がひとり幅をきかせる時代ではないし、昔ながらの宗教と科学、精神と物質とのたたかいの場でもない、とブラッドベリは考える。それは、おそらくは、感受性をはぐくむ者と、はぐくまぬ者とのたたかい、想像力を尊重する者と、尊重せぬ者との葛藤――つまりは、芸術と非芸術との闘争の時代であろう。これもまた、しかし、考えてみれば、有史以来、連綿とつづいてきたドラマであった。ブラッドベリの十八の短篇は、いずれも対立関係が明瞭に打ち出され、巧みに構成されたドラマであって、狭義のSFの域をこえ、これは宇宙時代前夜の短篇小説と呼ぶにふさわしい、シーリアスな思想の骨格をそなえた作品群であるといえよう。この作家は、上機嫌な宇宙馬鹿にとどまるには、あまりにも知的で繊細な芸術家である。感受性や想像力のかけらも持たぬ愚か者が、どこかでボタンを一押しして、それでわたしたちの世界がほろびてもいいものだろうか。いいえ、とブラッドベリは答える。未来においても、幾度となく本は焼かれ、孤独な夜は永く、人々の錯覚は残るだろう。けれども、結局のところ、もっとものぞましいのは、たとえば十八番目の短篇「ロケット」の主人公フィーオレロ・ボドーニのようなささやかな人物が、のびのびと動きまわることのできる未来なのである。それはまた、ブラッドベリの作品中いたるところで、はしゃぎまわり、反抗し、大人たちをおびやかし、しかも無心に遊びつづける、不可解かつ潑剌たる少年少女たちの、かくあるべき夢なのである。

翻訳のテキストには、バンタム・ブックス版（一九五二年）を使用した。なお、『マリオネット株式会社』のみ福島正実氏の訳であることをおことわりしておく。

訳　者

本書は一九七六年にハヤカワ文庫NVより刊行
された『刺青の男』の新装版です。

レイ・ブラッドベリ

火星年代記〔新版〕
小笠原豊樹訳

火星に進出する人類、そして消えゆく火星人——その姿と文明を描く、壮大なＳＦ叙事詩

太陽の黄金の林檎〔新装版〕
小笠原豊樹訳

地球救出のため、宇宙船は、全てを焦がす太陽の果実を求める旅に出た……22の傑作童話

瞬きよりも速く〔新装版〕
伊藤典夫・村上博基・風間賢二訳

奇妙な出来事をシニカルに描いた表題作など21篇を収録した幻想の魔術師が贈る傑作集。

よろこびの機械
吉田誠一訳

火星の古井戸で、あることを待つ男の悲哀を描いた「待つ男」など21篇を収録した短篇集

黒いカーニバル
伊藤典夫訳

処女短篇集『ダーク・カーニバル』からと、雑誌発表作などを収録した珠玉の初期短篇。